中國語言文字研究輯刊

二一編

許學仁 主編

第 12 冊

齊系文字字根研究（上）

張鵬蕊 著

花木蘭文化事業有限公司

國家圖書館出版品預行編目資料

齊系文字字根研究（上）／張鵬蕊 著 -- 初版 -- 新北市：花
木蘭文化事業有限公司，2021〔民110〕
目 4+222 面；21×29.7 公分
（中國語言文字研究輯刊　二一編；第 12 冊）
ISBN 978-986-518-665-4（精裝）
1. 春秋戰國時代 2. 古文字學 3. 詞根 4. 研究考訂
802.08　　　　　　　　　　　　　　　　110012606

ISBN-978-986-518-665-4

9 789865 186654

中國語言文字研究輯刊
二一編　　第十二冊　　　　　ISBN：978-986-518-665-4

齊系文字字根研究（上）

作　　者　張鵬蕊
主　　編　許學仁
總 編 輯　杜潔祥
副總編輯　楊嘉樂
編　　輯　許郁翎、張雅淋、潘玟靜　美術編輯　陳逸婷
出　　版　花木蘭文化事業有限公司
發 行 人　高小娟
聯絡地址　235 新北市中和區中安街七二號十三樓
　　　　　電話：02-2923-1455／傳真：02-2923-1452
網　　址　http://www.huamulan.tw 信箱 service@huamulans.com
印　　刷　普羅文化出版廣告事業
初　　版　2021 年 9 月
全書字數　438735 字
定　　價　二一編 18 冊（精裝）　台幣 54,000 元　　版權所有・請勿翻印

齊系文字字根研究（上）

張鵬蕊　著

作者簡介

　　張鵬蕊，1995 年出生，北京海淀人。2017 年畢業於首都師範大學漢語言文學師範專業，師從黃天樹先生。2020 年畢業於臺灣師範大學國文系，獲得文學碩士學位，撰《齊系文字字根研究》，師從季旭昇先生、羅凡晸先生，研究方向為戰國文字。

　　另有發表會議論文〈從《上博簡》看系詞「是」的形成原因和形成時間〉、〈臺灣藏敦煌北魏寫卷俗字研究〉。

提　要

　　本文以齊系文字為研究範疇，包含春秋戰國時期齊魯兩國及其影響下的周邊各國的文字，有銘文、陶文、璽印、貨幣、磚文等。齊系文字字形材料以孫剛《齊文字編》和張振謙《齊魯文字編》作為研究材料。本文將齊系文字拆解為「齊系字根」，即構成齊系文字的最小成文單位，並討論字根的字形、本義及演變，以及齊系文字字根的字形變化。

　　本文共分為三章：第一章為緒論，談及研究目的、文獻探討、研究的方法與步驟。第二章為字根分析，逐一分析齊系文字字形所包含的字根，將字根歸為「人類」、「物類」、「工類」、「抽象類」四大類別，再把每個齊系文字字形放入其所包含的字根底下。並分析齊系文字字根字形的特點和變化。

　　第三章為結論，談論本文的研究成果。主要分為四個部分，一是概述齊系字根分析成果，共歸納出 424 個字根，並歸納出齊系文字典型字根的字形；二是探究齊系文字字根的特點，共有三個特點：義近互用、同形異字、形近易訛；三是用齊系文字字根與金文、璽印、楚系文字字根進行對比，總結字根的增減情況；四是運用齊系文字字根與具有齊系文字特點的楚簡文字字形做比照分析。

目

次

凡　例

一、本論文以齊系文字為研究範圍，以孫剛《齊文字編》和張振謙《齊魯文字編》為研究材料，進行字形蒐集、字形截圖、字形分析。

二、字根的分類參照唐蘭「自然分類法」，名稱和順序略有調整。本論文分為人類、物類、工類和抽象類四種類別。每一類別底下又分為部目，部目的名稱按所收之字根的性質命名。

三、每一字根下先進行字根分析。首先列出《說文解字》的解釋；再列出甲骨、金文、楚系文字的字形；其後引用本論文比較接受的各家說法；最後是對齊系字根形體的解說。

四、字根編號為方便閱讀查閱，為連續編號，不受論文章節限制。

五、每一字根下在字根分析之後，列出字表。字表分為「單字」、「偏旁」、「重文」、「合文」四個欄位。含有此字根的文字字形圖片歸入此字根字表的合適欄位之中。

六、每一字根下所收錄的字形圖片按照本文的字根表順序進行排列。為方便閱讀，遇到本字與異體字字形不同的情況時，則以本字字形為準進行編列，異體字排列在本字之後。

七、字頭後面括號裡的字是該字的異體字。

八、字表的每一格的內容形式如下：

人/集成 01.274

（字形隸定/齊系文字材料簡稱及位置）

九、除業師之外，本論文所引用學者姓名一律不加稱謂。本論文受到季旭昇師和羅凡晸師的指導。

十、本論文所研究的齊系文字材料皆來源於孫剛《齊文字編》和張振謙《齊魯文字編》，並綜合使用這兩本文字編中的字形材料簡稱，將其列成表格：

書　　名	簡　　稱
《2004 中國重要考古發現》	發現
《三代吉金文存》	三代
《小校經閣金文拓本》	小校
《小邾國遺珍》	遺珍
《山東金文集成》	山東
《山東新出土古璽印》	山璽
《山東新泰出土戰國印跡陶文初考》	新泰
《山東師範大學學報》	山師
《天津古史尋繹》	尋繹
《中國錢幣大辭典》第一卷《先秦編》	先秦編
《中國歷代貨幣大系》	貨系
《中國歷史文物》	歷文
《中國歷史博物館藏法書大觀》	歷博
《古文字研究》	古研
《古文字與古貨幣文集》	古貨幣
《古陶文彙編》	陶彙
《古錢大辭典》	錢典
《古錢新典》	新典
《古璽文編》	璽文
《古璽彙編》	彙編
《古璽彙考》	彙考
《考古與文物》	考文
《近出殷周金文集錄》	集錄
《我國古代貨幣的起源和發展》	起源

《東亞錢志》	東亞
《周金文存》	周金
《珍秦齋藏印（戰國編）》	珍秦
《陶文圖錄》	陶錄
《殷周金文集成》	集成
《國史金石志稿》	國史
《商周金文錄遺》	錄遺
《商周青銅器銘文選》	銘文選
《新收殷周青銅器銘文暨器影彙編》	新收
《對鄒城張莊磚文的補充》	張莊磚文
《齊魯古印攗》	齊魯
《齊幣圖釋》	齊幣
《歐洲所藏中國青銅器遺珠》	遺珠
《戰國鉨印分域編》	分域
《臨淄拾貝》	臨淄
《臨淄後李齊國陶文》	後李
《瀓秋館印存》	瀓秋
《新泰出土陶文及相關問題研究》，山東大學碩士學位論文，2006 年	山大

第一章 緒 論

第一節 研究目的

　　戰國時期，諸侯割據，造成了許慎《說文解字・敘》中描述的局面，「其後諸侯力政，不統於王，惡禮樂之害己，而皆去其典籍，分為七國。田疇異畝，車塗異軌，律令異法，衣冠異制，言語異聲，文字異形。」〔註1〕「文字異形」即是指戰國文字具有獨特的地域性。關於戰國文字體系的分域，李學勤〈戰國題名概述〉一文中首次將戰國文字分為秦、楚、齊、三晉、燕五系。〔註2〕

　　齊國和魯國，是周初滅商時，武王分封姜太公與周公的兩個重要國家。這兩個國家最初都是國力強盛，疆域遼闊，人才鼎盛，文化繁榮。雖然後來由於發展方向不同，齊國日趨強大，魯國日趨衰弱，但齊國的思想學說加之當地的東夷文化形成的齊文化，和以儒學思想為代表的魯文化，可以說各擅勝場，且兩國之間交往頻繁，形成了獨特的齊魯文化。繁盛的齊魯文化也孕育了獨特的文字體系——齊系文字，指在齊魯兩國及其影響下的周邊各國文字。李學勤所以稱之為齊系文字，大概是因為齊系材料較多，齊大魯小的緣故。

　　由於齊系文字包含齊魯及其他小國，因此內部仍具有不同特徵，還可進行

〔註1〕漢・許慎撰，徐鉉校：《說文解字》（北京：中華書局，2013年），頁316。
〔註2〕參考李學勤：〈戰國題名概述〉，《文物》，1959年7月，頁54～61。

更細緻的分類。張振謙提出齊系文字內部的字體特點存在著差異，可分為齊莒文字和魯邾文字兩類，《齊魯文字編》：

> 實際上齊系文字內部的字體特點並非嚴格一致，而是分為兩個不同的文字體系：一是以齊國為中心，包括鑄、夆、邿、莒、紀、萊等國的文字，這些地域的文字形體相近，可為一類，稱作「齊莒文字」；一是邾國為中心，包括魯、滕、倪、薛、曹、淳于、羊子等國族的文字，其文字形體相近，為另一類，稱為「魯邾文字」。……總之，齊莒文字和魯邾文字字形特點差別很大，甚至可以這樣說，在某種程度上，魯邾文字的某些特點可能更接近其他系的文字，而不是齊莒文字。〔註3〕

魯邾文字與齊莒文字有如此大的差異，卻沒有另分一系的原因，張振謙認為是：

> 1. 目前所見已知的魯邾滕文字材料，主要以邾國陶文為主，材料單一且字量偏少。2. 與其他系文字以及齊國文字相比，由於受到出土材料的限制，目前對魯邾滕陶文的研究還很不夠，還有相當一部分文字不能正確釋讀。……3. 許多魯邾滕的出土材料還有待於確定歸屬。……4. 非典型的齊系文字在地域內的形體構形也有區別。
>
> 〔註4〕

可見，齊系文字內部存在著較大的字體差異，尤其是魯國、邾國的文字與齊國文字在齊系文字體系內有較大的差異，這就給文字釋讀和器物考證制造了一定程度的困難。不過，由於上舉的理由，即使張振謙明白地提出齊系文字應再細分二類，但在他的論著中也仍然把齊魯文字合在一起。因此，本論文仍然沿用李學勤的舊稱：齊系文字。

古文字學者每當研究出土文獻材料中的字形時，往往需要「文字編」類的工具書，方便快速查找字形的出處和辭例。若遇到較難釋讀的字形，大抵需要先從偏旁分析法來進行研究識讀。齊系文字的字體具有差異性，識讀時若是有字根類研究成果或著作，則可根據已知的字根，來比對未識之字。字

〔註3〕張振謙：《齊魯文字編》（北京：學苑出版社，2014年），頁2～6。
〔註4〕張振謙：《齊系文字研究》，安徽大學博士論文，2008年，頁191。

根的提出，始見於 1982 年周何主編的《中文字根孳乳表稿》，其中提到了分析字根的原則：

> 根據中國文字之特性及組成方式，徹底分析其形體結構與組合
> 成分，歸納以字根為基礎之聲母孳乳系統與形母孳乳系統，從而建
> 立字根統計表。……凡同一形母之形子，列表繫於該形母字根之下。
> 如該字根猶為多體組合之無聲字，再析其主要組合成分定為此字之
> 字根，於是再併同一形母之其他聲子，列表繫於其下。依此類推，
> 直推至單一形體之字根為止；乃以此單一形體之字根為此形系之原
> 始字根。〔註5〕

周何提出了「原始字根」的概念，即：徹底分析文字的形體與組合成分後，推至單一形體的字根；以及具體分析文字字根的方法，即：在分析文字形體之後，歸納其字根，並將該字形一一列於其各個字根之下。但周何此書中分析的材料為現代楷書字體，與古文字字形有所不同。

季旭昇師《甲骨文字根研究》將周何的「字根」概念運用於古文字研究上，研究甲骨文之最小成文單位。此書「字根」的定義為：「甲骨文字根之定義，係指最小單位之成文之甲骨文。」〔註6〕這是第一次以「字根」的概念研究古文字材料。其研究方式也如周何的「字根」研究方式相同。

其後，在季旭昇師的指導下，李佳信《說文小篆字根研究》（2000 年）用「字根」概念研究《說文解字》中的小篆字體，將「字根」定義為「具有獨立形、音、義之最小成文單位。」〔註7〕董妍希《金文字根研究》（2001 年）運用「字根」概念研究金文材料，將「金文字根」定義為「構成金文的最小成文單位」。〔註8〕何麗香《戰國璽印字根研究》（2002 年）運用「字根」概念研究戰國璽印文字材料，將「戰國璽印字根」定義為「構成戰國璽印文字最小的成文單位」。〔註9〕

六國文字的字根研究，目前集中於楚系文字上。陳嘉凌《楚系簡帛字根研

〔註5〕周何等編：《中文字根孳乳表稿》（臺北：中央圖書館出版社，1982 年），說明頁 1 ～2。

〔註6〕季旭昇師：《甲骨文字根研究》（臺北：文史哲出版社，2003 年），頁 17。

〔註7〕李佳信：《說文小篆字根研究》，臺灣師範大學國文研究所碩士論文，2000 年，頁 6。

〔註8〕董妍希：《金文字根研究》，臺灣師範大學國文研究所碩士論文，2001 年，頁 6。

〔註9〕何麗香：《戰國璽印字根研究》，臺灣師範大學國文研究所碩士論文，2002 年，頁 2。

究》（2002 年）首先運用「字根」概念研究楚系簡帛文字材料，將「楚系簡帛文字字根」定義為「構成楚系簡帛文字所具獨立形、音、義之最小成文單位」〔註10〕。之後，王瑜楨《〈上海博物館藏戰國楚竹書（一）至（六）〉字根研究》（2011 年），將「上海博物館藏戰國楚竹書字根」定義為「構成戰國楚系文字的最小成文單位」〔註11〕。駱珍伊《〈上海博物館藏戰國楚竹書（七）～（九）〉與〈清華大學藏戰國竹簡（壹）～（叁）〉字根研究》（2015 年）將「上海博物館藏戰國楚竹書與清華大學藏戰國竹簡字根」定義為「構成戰國楚系文字的最小成文單位」〔註12〕。范天培《〈清華大學藏戰國竹簡（肆）～（柒）〉字根研究》（2020 年）將「清華大學藏戰國竹簡字根」定義為「構成戰國楚系文字的最小成文單位」〔註13〕。其餘戰國各系文字截至目前為止尚未有相關的字根研究。

本文將「字根」概念運用於研究春秋戰國齊系文字，將「齊系文字字根」定義為「構成齊系文字所具獨立形、音、義之最小成文單位」。

就筆者所見，目前研究齊系文字者有黃聖松《東周齊國文字研究》〔註14〕、孫剛《齊文字編》〔註15〕、張振謙《齊魯文字編》等文字編類著作；徐在國《論晚周齊系文字特點》〔註16〕、孫光英《齊系文字形體演變研究》〔註17〕等研究分析齊系文字字形結構特點的論文；以及劉釗〈齊國文字「主」字補證〉〔註18〕、吳振武〈試說齊國陶文中的「鍾」和「溢」〉〔註19〕等考釋補釋單個齊系文字的論文。但是，還未有針對齊系文字字根的相關研究。

〔註10〕陳嘉凌：《楚系簡帛字根研究》，臺灣師範大學國文研究所碩士論文，2002 年 6 月，頁 5。

〔註11〕王瑜楨：《〈上海博物館藏戰國楚竹書（一）至（六）〉字根研究》，淡江大學中國文學學系碩士論文，2011 年 1 月，頁 5。

〔註12〕駱珍伊：《〈上海博物館藏戰國楚竹書（七）～（九）〉與〈清華大學藏戰國竹簡（壹）～（叁）〉字根研究》，臺灣師範大學國文學系碩士論文，2015 年，頁 5。

〔註13〕范天培：《〈清華大學藏戰國竹簡（肆）～（柒）〉字根研究》，臺灣師範大學國文學系碩士論文，2020 年，頁 6。

〔註14〕黃聖松：《東周齊國文字研究》，臺灣政治大學中文系碩士論文，2002 年。

〔註15〕孫剛：《齊文字編》（福州：福建人民出版社，2010 年）。

〔註16〕徐在國：《論晚周齊系文字特點》，吉林大學碩士論文，1992 年。

〔註17〕孫光英：《齊系文字形體演變研究》，北京師範大學碩士論文，2006 年。

〔註18〕劉釗：〈齊國文字「主」字補證〉，《出土文獻與古文字研究》第三輯（上海：復旦大學出版社，2010 年）。

〔註19〕吳振武：〈試說齊國陶文中的「鍾」和「溢」〉，《考古與文物》，1991 年第 1 期。

　　本文旨在通過分析齊系文字的字形結構，判斷每個齊系文字的義符、聲符、飾筆等，構建齊系文字的最小成文單位字根表，方便研究、解釋齊系文字的字形結構。同時，研究齊系文字字根也有助於考釋齊系文字，研究其他各系文字，研究漢字之演變，方便釋讀出土文獻。

第二節　文獻探討

　　2002 年，黃聖松的碩士論文《東周齊國文字研究》中已含有東周齊國的文字編。其後，在 2008 年孫剛的碩士論文《齊文字編》和張振謙的博士論文《齊系文字研究》先後發表。因 2010 年 1 月出版的孫剛《齊文字編》是最早正式出版的、收錄字形較為豐富全面的齊系文字文字編類著作，故筆者以這本書為字形材料的主要來源。這本書中齊系文字材料，包括齊魯兩國以及在其影響下的邾、薛、滕、莒、邳、淳于等國的銅器銘文、兵器銘文、璽印文字、貨幣文字和陶文。字形收錄的截止時間是 2009 年 4 月，編排順序與《說文解字》的體例一致，並於每個字形下附註出處和辭例。

　　齊系文字編類的著作除了孫剛《齊文字編》，還有 2014 年 7 月出版的張振謙《齊魯文字編》。這兩部著作的體例和內容大體相似，同樣是將齊系文字以《說文解字》中部首的順序排列，每個字頭下列出各個字形，並在其後列出其出處、辭例。不同之處在於《齊魯文字編》因出版較晚，其收錄的材料更多，比《齊文字編》多出了 2011 年-2014 年的出土文字材料。同時，《齊魯文字編》的字形排列按照器物、年代、國別的順序依次排列，在查閱字形資料時更為便捷。並且《齊魯文字編》在最後一章，收錄了所有齊系出土文物的釋文，有利於研究字形字義和查閱釋文資料。

　　學界有較多與齊系文字本身相關的研究。例如：張振謙《齊系文字研究》（2014 年）對各類齊系文字出土材料作出綜述和考釋，並研究分析了齊系文字的形體特點和地域差別。王雁君《戰國齊系銅器文字構形研究》（2019 年）〔註 20〕針對齊系銅器文字的構形部件、構形方式和區域特點進行了研究，並整理了基礎構件表。以及還有只針對某一出土材料中的齊系文字進行研究，

〔註20〕王雁君：《戰國齊系銅器文字構形研究》，陝西師範大學漢語言文字學碩士論文，2009 年。

例如：史國豪《東周魯國金文整理與研究》（2018 年）〔註21〕對魯國金文進行了整理與研究，並探討了魯國的政治、社會、文化等方面問題。諸如此類的研究還有江淑惠《齊國彝銘彙考》（1984 年）〔註22〕、劉偉傑《齊國金文研究》（2004 年）〔註23〕、劉偉《齊國陶文的研究》（2008 年）〔註24〕等。

除此之外，還有學者注意到楚簡文字中具有齊系文字特點的現象，相關研究著作有：馮勝君《郭店簡與上博簡對比研究》〔註25〕、蘇建洲《〈上博楚竹書〉文字及相關問題研究》〔註26〕、柯佩君〈論上博簡非楚系色彩之字形〉〔註27〕等。

綜上所述，可見研究者逐漸重視齊系文字的整理、探討與研究，然而到目前為止尚未有與齊系文字字根相關的研究成果，本文將分析、歸納、解釋每一個齊系文字的字根，進行齊系文字構形的字根層面探究，期為學界盡綿薄之力。

第三節　研究方法與步驟

一、研究方法

在研究出土文物和出土材料的方法上，王國維曾提出二重證據法，是指地下出土物與傳世文獻可以互證。在文字考釋中常常會運用此方法，尤其是簡帛文字材料。此方法也是文字考釋中的一個基本方法，既可以運用此法對讀考釋出文字，也可以在釋讀文字後進行驗證。齊系文字因其載體和內容，較難找到可以對讀的傳世文獻，但是在考釋文字階段，可以通過同一個字形會出現在不同文字材料中的情況，用其他系別的戰國文字材料來和傳世文獻作比對。因此，此法仍是考釋齊系文字的基本方法和準則。

〔註21〕史國豪：《東周魯國金文整理與研究》，曲阜師範大學歷史文化學院碩士論文，2018 年。

〔註22〕江淑惠：《齊國彝銘彙考》，臺灣大學中文系碩士論文，1984 年。

〔註23〕劉偉傑：《齊國金文研究》，山東大學碩士論文，2004 年。

〔註24〕劉偉：《齊國陶文的研究》，山東大學歷史文獻學碩士論文，2008 年。

〔註25〕馮勝君：《郭店簡與上博簡對比研究》（北京：線裝書局，2007 年）。

〔註26〕蘇建洲：《〈上博楚竹書〉文字及相關問題研究》（臺北：萬卷樓出版社，2008 年）。

〔註27〕柯佩君：〈論上博簡非楚系色彩之字形〉，《臺灣中興大學人文學報》，第 47 期，2011 年。

　　除了此基本方法之外，還有具體的文字考釋方法。唐蘭提出考釋古文字字形的具體方法為：對照法、推勘法、偏旁分析法、歷史考證法。〔註28〕高明提出了四種考釋古文字的方法：因襲比較法、辭例推勘法、偏旁分析法、據禮俗制度釋字法。〔註29〕何琳儀歸納戰國文字的考釋方法為：歷史比較、異域比較、同域比較、古文比較、諧聲分析、音義相諧、辭例推勘、語法分析這八種。〔註30〕其他學者說法還有很多，但歸納起來大體都在上述三位學者所說的範圍之內，本文就不再一一列舉了。

　　文字的考釋離不開文字的形、音、義，以及文字在不同時空中的變化與差異。于省吾提出：

　　　　我們研究古文字，既應注意每一字本身的形、音、義三方面的相互關係，又應注意每一字和同時代其他字的橫的關係，以及它們在不同時代的發生、發展和變化的縱的關係。只要深入具體地全面分析這幾種關係，是可以得出符合客觀的認識的。〔註31〕

　　于省吾認為考釋文字不只要重視形音義三者之間的關係，還要重視文字的共時和歷時的差異和變化。本論文就依據于省吾的形、音、義三大類，把重要的考釋方法分列其下：

1. 字形部分

　　考釋文字要以字形為主，如果字形辨識錯誤，則無法進一步的解讀。本文將採用唐蘭的四種考釋文字方法對齊系文字進行分析、考釋。

（1）對照法

唐蘭說：

　　　　因為周代的銅器文字和小篆相近，所以宋人所釋的文字，普通一些的，大致不差，這種最簡易的對照法，就是古文字學的起點。一直到現在，我們遇見一個新後見的古文字，第一步就得查《說文》，差不多是一定的手續。對照的範圍逐漸擴大，就不僅限於小

〔註28〕唐蘭：《古文字學導論》（山東：齊魯書社，1981 年），頁 163。
〔註29〕高明：《中國古文字學通論》（北京：北京大學出版社，1996 年），頁 167～172。
〔註30〕何琳儀：《戰國文字通論訂補》（南京：江蘇教育出版社，2003 年），頁 266～306。
〔註31〕于省吾：《甲骨文字釋林》（北京：中華書局，1979 年），頁 4。

篆。〔註32〕

對照法就是用未釋出之字去對照其他文字材料中已釋出之字，用形體相近者來推測、釋出未識之字。

例如：齊系陶文 字（《陶文圖錄》3.486.1）〔註33〕，可對照睡虎地秦簡中的 字（〈為吏之道〉第35簡）〔註34〕，可知是「肥」字。

（2）推勘法

唐蘭說：

> 有許多字是不認識的，但因尋繹文義的結果，就可以認識了。
>
> 雖然由這一種方法認識的文字不一定可信，但至少這種方法可以幫
>
> 助我們找出認識的途徑。〔註35〕

推勘法則是考釋文字時，比對其上下文義，由此來推勘出此字當解讀為何字較為合理，再據此進行文字字形的分析和檢驗。

例如：齊系璽文 （《古璽彙考》60）〔註36〕，張振謙將其隸定為「士」字〔註37〕。但是陸德富根據璽文內容「節墨之亓市 」，認為應該隸定為「工」字。因為「節墨」為今地名即墨，「市 」則應是官職、職稱等含義。但是先秦時期，在市中並無「士」這一官職，「市士」具體為何恐不好解釋。而隸定為「工」，則「市工」可解釋為市中的工官或工匠，此璽為「亓市」工官或工匠所用之印〔註38〕。

（3）偏旁分析法

唐蘭說：

> 在這一個趨勢裡，孫詒讓是最能用偏旁分析法的。……他的方
>
> 法是把已認識的古文字，分析做若干單體——就是偏旁，再把每一
>
> 個單體的各種不同形式集合起來，看它們的變化；等到遇見大眾所

〔註32〕唐蘭：《古文字學導論》，頁165。

〔註33〕王恩田：《陶文圖錄》（濟南：齊魯出版社，2006年）。

〔註34〕彭浩：《睡虎地秦墓竹簡》（武漢：湖南美術出版社，2002年）。

〔註35〕唐蘭：《古文字學導論》，頁170。

〔註36〕施謝捷：《古璽彙考》，安徽大學博士論文，2006年。

〔註37〕張振謙：《齊魯文字編》，頁62。

〔註38〕陸德富：〈齊國古璽陶文雜識二則〉，《考古與文物》2016年第1期，頁112～113。

不認識的字，也只要把來分析做若干單體，假使每個單體都認識了，

再合起來認識那一個字，這種方法雖未必便能認識難字，但因此認

識的字，大抵總是顛撲不破的。〔註39〕

此法是將文字的各個偏旁進行分析後，整合歸納出該文字的字義。通過已識的偏旁進行分析，掌握需要辨識的形體，進而去探求疑難的形體。此方法的關鍵之處在於正確地認識偏旁。

例如：齊系文字中的 ![字]（《陶文圖錄》3.485.5），《說文解字》中無此字。張振謙將其隸定為「记」，釋為「起」，「從『辵』，『已』聲」〔註40〕。張氏先運用對照法，用齊系文字中的「已」字和「忌」字，確定該字形的右上方字形為「已」字。然後運用偏旁分析法，分析出從「辵」、「已」聲的字，當隸定為「记」，其義與「起」相同。

（4）歷史考證法

唐蘭說：

我們所見的古文字材料，有千餘年的歷史，不獨早期的型式和

晚期的型式中間的差異是很大的，就是同一時期的文字也因遲早的

不同，而有許多的差異。文字是活的，不斷地在演變著，所以我們

要研究文字，務必要研究它的發生和演變。……我們精密地分析文

字的偏旁，在分析後還不能認識或者有疑問的時候，就得去追求它

的歷史。〔註41〕

此種方法是縱向的歷時比較法，需要追尋文字演變的歷史，來考釋古文字。用此法考釋文字時，需將甲骨文、金文、戰國文字和小篆排列起來，觀察各個時期字形上的變化和差異，發現其演變規律，以釋讀文字。

例如：季旭昇師考釋「朱」字：

「朱」是個假借分化字，在甲骨文中本來是借「束」字為之。

甲骨文「栽」字作「![字]」，又加「束」聲作「![字]」，這就說明了甲骨

文時期「龜」和「束」是同音或極為音近的。其後把「束」形中間

〔註39〕唐蘭：《古文字學導論》，頁170。

〔註40〕張振謙：〈齊系陶文考釋〉，《安徽大學學報（社會科學版）》，2009年7月，頁57。

〔註41〕唐蘭：《古文字學導論》（山東：齊魯書社，1981年），頁197～198。

填實，又再變為短橫畫，就分化出「朱」字了。戰國楚文字「速」

作「𧤛」，從二朱，舊多不解，現在知道「朱」本從「束」分化出

來，那麼楚文字從二朱猶從二束，字形的問題就迎刃而解了。金文、

戰國文字「朱」字中間多從二橫畫，可能是戰國文字「朱」多作「𪚥」

的聲符，因而以兩橫畫象徵蜘蛛絲。〔註42〕

　　季旭昇師考察此字從甲骨文至戰國文字的演變，運用了歷史考證法解決「朱」字的字形演變問題。齊系文字中「朱」字寫作 （《陶文圖錄》3.56 3.2），中間多出的兩橫畫，應是象徵蜘蛛絲。

2. 字音部分

　　考釋古文字常會遇到假借字的破釋，故要瞭解某字的聲符、所屬聲紐韻部、以及確定其假借字。本論文上古音採用王力的上古音體系，運用郭錫良的《漢字古音手冊》中的聲韻體系，同時運用高亨《古字通假字典》中的實際通假之例，並參考《古漢語字典》、《古韻通曉》、《古文字通假字典》、《簡牘帛書通假字字典》、《漢字通用聲素研究》等書作為輔助，以正確通讀文句。

　　如齊國文字，《殷周金文集成》285 叔尸鐘「𫮃受天命」和《殷周金文集成》276 叔尸鐘「專受天命」中的「𫮃」、「專」當是假借為「溥」，意為大，《詩經‧商頌‧烈祖》「我受命溥將」。「溥」訓為「大」〔註43〕。「𫮃」和「溥」皆為形聲字，聲符為「專」，屬滂母魚部。

3.字義部分

　　字義的部分以齊系文字為基礎，根據字形字音探討該字的字義，對於字形和字音不甚清楚的字，則可根據其出土文物的實際文辭內容，進行合理釋讀和推測。但是文字的字義往往隨著時代有所改變，因此也需要進行同時期的橫向對比研究，考察字義時以先秦文獻為主，並結合同時期的其他各國出土文字材料進行研究。

二、研究材料與步驟

　　本文的研究對象為齊系文字，指春秋戰國時期齊魯兩國及受其影響下的

〔註42〕季旭昇師：《說文新證》（臺北：藝文出版社，2014 年），頁 487。

〔註43〕程俊英、蔣見元：《詩經註析》（北京：中華書局，1991 年），頁 1029。

周邊各國的具有鮮明齊地文字特徵的文字。研究材料為孫剛《齊文字編》、張振謙《齊魯文字編》中收錄的已隸定的字形材料。本文研究的齊系文字材料來源為銘文、陶文、貨幣、璽印等，收錄的文字材料截止時間為 2013 年。2013 年之後雖有齊系文字材料相關專著出版，例如：徐在國《新出齊陶文圖錄》〔註44〕，但因為其字形圖檔較不清晰、字形未歸納，並且未受到較多學者目驗，暫不將這類材料納入本論文的研究範圍。

1. 收集資料

本文選用的齊系文字字形材料，為 2013 年以前出土的齊系文字。具體研究材料為孫剛《齊文字編》、張振謙《齊文字編》，並參考張振謙《齊系金文集成》〔註45〕，為方便閱讀和研究，每個字形下列出其出處。

2. 剪輯字形

將所需要的研究材料，進行圖檔掃描後，再剪切字形，最後將每個字的各個字形用 Microsoft Word 統合起來並標明其具體出處。為了檢索方便，暫且將其按照《說文解字》的體例進行排列。

3. 分析字形

分析每一個字的字形、字根和字義，對於已識之字，則可直接記錄其構字字根。至於未識有疑問之字，則綜合運用上述的文字考釋方法，即唐蘭提出的對照法、推勘法、偏旁分析法、歷史考證法，和王國維提出的二重證據法，進行分析和考釋。並結合字音和字義加以分析和驗證，最後記錄其字根。

4. 歸納字根

上一步驟中，已經將每個字所包含的字根一一記錄下來，現在只要將這些字根進行歸納排列即可。這些字根很多是象形字，因此字根排列方法依據唐蘭所提倡的「自然分類法」，即「分象形字為三類，第一是屬於人形或人身的部分；第二是屬於自然界的；第三是屬於人類意識或由此產生的工具和文化。這三大類來統屬一切象形文字，同時也就統屬一切文字。」〔註46〕之後，唐蘭又將第三類細分為「象工類」，指利用自然萬物制成的器物；和「象物類」，

〔註44〕徐在國：《新出齊陶文圖錄》（北京，學苑出版社，2014 年）。
〔註45〕張振謙：《齊系金文集成》（北京：學苑出版社，2017 年）。
〔註46〕唐蘭：《古文字學導論》（山東：齊魯書社，1981 年），頁 76。

指許慎所言的指事字〔註47〕。本文字根排列次序為：第一、象人類，即與人及人體各個部位相關的事物，如：人、卩、耳等字根；第二、象物類，即自然界的動物植物等物體，如：日、魚、中等字根；第三、象工類，即建築與工具器物等，如：車、戈等字根；第四、抽象類，即數字、抽象事物等，如：一、上、入等字根。董妍希和駱珍伊等學姊的字根類研究中同樣使用此種字根分類法。

5. 分析字根

將每一個字依其所包含字根的順序依次歸入每一個所屬字根下，然後進行字根的分析與解說。這樣可以整理出每一個字根從春秋到戰國各個階段的發展變化，以及其在齊系文字中的形體差異，並且還可以與其他各系文字，乃至甲骨文、金文、簡帛文等出土文字材料進行對比研究。這樣，就可以掌握每個字根在不同時期的歷時發展演變，和在同一時期的共時差異對比。

〔註47〕參考自唐蘭：《中國文字學》（上海：上海古籍出版社，2005 年），頁 70。

第二章　字根分析

第一節　人　類

　　人類字根，即與人及人體各個部位相關的事物的字根字形。人類字根又細分為人部、大部、卩部、女部、子部、首部、目部、耳部、自部、口部、齒部、須部、心部、手部、足部，共 15 小類。人類字根分類按照從人體、面部到四肢，從人體上部到下部的順序。

一、人　部

1. 人

　　《說文解字・卷八・人部》：「尺，天地之性最貴者也。此籀文。象臂脛之形。凡人之屬皆从人。」甲骨文作 𠆢（合 00003）、𠆢（合 32273）；金文作 𠂉（虢叔盨）、𠂉（作册矢令簋）；楚系簡帛文字作 𠂉（包 2.2）、𠂉（上 2.從甲.2）。林義光謂「象人側立形，有頭背臂脛之形。」〔註 1〕

　　齊系「人」字承襲甲骨金文，單字與偏旁字形大致相同。「人」字有兩種寫法：一是，人的身形為一筆，手形為另一筆作 八（集成 01.274）；二是從人的頭部到手部為一筆，身形為另一筆作 𠆢（陶錄 2.562.1）。人形中的手形或

〔註 1〕林義光：《文源》（上海：中西書局，2012 年），頁 43。

左或右，尚未完全定形。其餘特殊字形如下：

1.「人」與「千」字形義俱近可通用，如「信」字從人作▨（歷博 1993.2）；從千作▨（集成 18.12107）。

2.「人」與「卩」字形義俱近可通用，如「夏」字從人作▨（集成 01.172）；從卩作▨（集成 01.285）。

3.「人」與「卜」字形近易訛，例：⺅（人/齊幣 108）、⺁（卜/貨系 2517）。

4.「人」字偏旁字形中的表示人身形的筆畫拉平後，與「勹」形近似，例：▨（佣/集成 01.286）

5. 在「壬」字中，「人」與「土」形相結合共筆，例：▨（聖/集成 01.27）。

6. 在「疒」字偏旁字形中，「人」和「爿」形結合共筆，人的身軀和「爿」形的豎筆合而為一，人的手臂作一橫畫，例：▨（疾/陶錄 2.463.4）。

7.「人」字偏旁字形中表示人的頭部到手部的筆畫，或上端彎曲拉長，例：▨（從/集成 15.9733）。

8.「人」字偏旁字形，表示身形的筆畫縮短，例：▨（慌/集成 01.14）。

單 字						
人/集成 16.10374	人/集成 16.10374	人/集成 16.10374	人/集成 16.10374	人/集成 15.9730	人/集成 16.10261	人/集成 15.9729
人/集成 15.9729	人/集成 01.274	人/集成 01.271	人/集成 09.4668	人/集成 17.11000	人/璽彙 0277	人/璽彙 0173
人/璽彙 0642	人/璽考 66 頁	人/璽考 66 頁	人/陶錄 3.624.1	人/陶錄 2.81.1	人/陶錄 2.81.2	人/陶錄 2.224.3
人/陶錄 3.601.3	人/陶錄 2.182.1	人/陶錄 2.184.1	人/陶錄 2.186.3	人/陶錄 2.188.4	人/陶錄 2.190.4	人/陶錄 2.194.3
人/陶錄 2.196.4	人/陶錄 2.197.2	人/陶錄 2.198.3	人/陶錄 2.200.1	人/陶錄 2.205.3	人/陶錄 2.206.3	人/陶錄 2.208.1

人/陶錄 2.211.1	人/陶錄 2.212.1	人/陶錄 2.215.2	人/陶錄 2.218.2	人/陶錄 2.218.4	人/陶錄 2.220.1	人/陶錄 2.225.3
人/陶錄 2.229.4	人/陶錄 2.228.1	人/陶錄 2.230.4	人/陶錄 2.249.4	人/陶錄 2.251.3	人/陶錄 2.251.4	人/陶錄 2.252.3
人/陶錄 2.257.1	人/陶錄 2.257.2	人/陶錄 2.257.3	人/陶錄 2.257.4	人/陶錄 2.258.1	人/陶錄 2.259.1	人/陶錄 2.264.3
人/陶錄 2.659.1	人/陶錄 2.58.3	人/陶錄 2.60.2	人/陶錄 2.68.1	人/陶錄 2.71.1	人/陶錄 2.72.1	人/陶錄 2.77.1
人/陶錄 2.81.1	人/陶錄 2.81.2	人/陶錄 2.81.3	人/陶錄 2.82.2	人/陶錄 2.82.4	人/陶錄 2.85.3	人/陶錄 2.86.2
人/陶錄 2.158.3	人/陶錄 2.171.4	人/陶錄 2.172.1	人/陶錄 2.172.4	人/陶錄 2.173.2	人/陶錄 2.175.2	人/陶錄 2.262.1
人/陶錄 2.262.3	人/陶錄 2.263.1	人/陶錄 2.272.3	人/陶錄 2.280.4	人/陶錄 2.289.4	人/陶錄 2.434.3	人/陶錄 2.434.4
人/陶錄 2.435.1	人/陶錄 2.435.3	人/陶錄 2.436.1	人/陶錄 2.436.2	人/陶錄 2.436.4	人/陶錄 2.469.2	人/陶錄 2.469.3
人/陶錄 2.561.2	人/陶錄 2.561.4	人/陶錄 2.562.1	人/陶錄 2.674.3	人/陶錄 2.549.3	人/陶錄 2.551.1	人/陶錄 2.551.4
人/陶錄 2.667.3	人/陶錄 2.665.4	人/陶錄 2.528.4	人/陶錄 2.529.1	人/陶錄 2.540.2	人/陶錄 2.544.1	人/陶錄 2.543.2

人/陶錄 2.544.3	人/陶錄 2.546.4	人/陶錄 2.547.3	人/陶錄 2.547.1	人/陶錄 2.299.1	人/陶錄 2.304.3	人/陶錄 2.759.3
人/陶錄 3.601.3	人/齊幣 107	人/齊幣 111	人/齊幣 108	人/齊幣 258	人/齊幣 249	人/齊幣 261
人/齊幣 263	人/齊幣 245	人/齊幣 251	人/齊幣 281	人/貨系 2498	人/貨系 2560	人/後李二 1
人/後李一 7	人/桓台 41	人/古研 29.310	人/山東 161 頁			

偏　旁

从/陶錄 3.476.3	北/陶錄 2.275.3	北/陶錄 2.278.1	北/陶錄 2.278.2	北/陶錄 2.303.3	北/陶錄 2.307.4	北/陶錄 3.585.5
北/陶錄 2.276.1	北/陶錄 2.268.1	北/陶錄 2.269.1	北/陶錄 2.269.2	北/陶錄 2.302.4	北/陶錄 2.268.2	北/陶錄 2.271.4
北/桓台 40	北/新泰圖 1	北/山大 1	北/張莊磚 文圖一	北/張莊磚 文圖三	北/張莊磚 文圖四	北/周金 6.132
俟/璽彙 5687	倦/璽彙 3560	瘱/陶錄 3.496.1	鬼/集成 01.102	媿/遺珍 65 頁	寬/集成 16.10261	鬼（槐）/ 集成 08.4190
畏/璽彙 4030	畏/集成 01.271	畏/陶錄 2.562.3	畏/陶錄 3.480.5	愄/集成 01.272	愄/集成 01.285	愄/集成 08.4190
溟/陶錄 3.547.6	朡/陶錄 3.498.5	朡/陶錄 3.498.5	朡/陶錄 3.498.1	朡/陶錄 3.498.2	朡/陶錄 3.498.4	朡/陶錄 3.498.1

腮/陶錄 3.498.2	腮/陶錄 3.498.4	䚻/陶錄 3.600.4	佝/後李三 7	佝/陶錄 2.313.4	佝/陶錄 2.313.2	佝/陶錄 2.313.3
化/陶錄 2.116.1	化/陶錄 2.116.2	化/陶錄 2.129.4	化/陶錄 2.140.3	化/陶錄 2.126.1	化/陶錄 3.581.6	疕/陶錄 3.390.6
疕/陶錄 3.390.5	偡/陶錄 2.119.2	偡/陶錄 2.140.1	偡/陶錄 2.85.1	偡/陶錄 2.119.1	夾/陶錄 3.391.3	夾/陶錄 3.391.4
夾/陶錄 3.391.5	夾/陶錄 3.391.6	倚/璽彙 0651	倚/璽彙 0641	惢/璽彙 3121	惢/陶錄 3.390.3	痳/陶錄 2.336.1
痳/陶錄 2.337.2	痳/陶錄 2.337.1	痳/陶錄 2.336.2	竣/周金 6.132	癋/陶錄 2.686.2	癋/陶錄 3.22.4	癋/陶錄 2.615.3
癋/陶錄 2.612.2	癋/陶錄 2.615.2	癋/陶錄 2.613.4	寋/陶錄 2.187.1	寋/陶錄 2.310.1	寋/陶錄 2.188.1	寋/陶錄 2.188.4
僅/璽彙 3690	寬/集成 09.4645	邔/璽彙 2056	邔/璽彙 2057	疤/陶錄 2.15.1	疤/陶錄 2.15.2	鄁/璽彙 2239
瘏/陶錄 3.371.5	瘏/陶錄 3.370.2	瘏/陶錄 3.371.2	侟/陶彙 3.302	侟/陶錄 2.42.1	侟/陶錄 2.166.4	侟/陶錄 2.42.3
疝/陶錄 3.488.1	疝/陶錄 3.488.3	疝/陶錄 3.488.6	仗/陶錄 3.333.6	痰/陶彙 9.40	瘐/璽彙 0236	夏/陶錄 2.653.4
夏/集成 01.172	曉/陶錄 3.268.5	曉/陶錄 3.269.5	曉/陶錄 3.268.6	曉/陶錄 3.269.1	曉/陶錄 3.269.2	曉/陶錄 3.269.3

曉/陶錄 3.268.2	曉/陶錄 3.268.3	曉/陶錄 3.268.6	曉/陶錄 3.269.1	曉/陶錄 3.269.3	監/集成 17.10893	監/陶錄 3.1.3
監/陶錄 3.2.1	監/陶錄 3.1.2	監/古研 29.396	監/古研 29.395	伹/璽彙 0590	伹/璽彙 3561	聖/璽彙 0198
聖/集成 05.2750	聖/集成 15.9729	聖/集成 15.9730	聖/集成 01.180	聖/集成 17.11128	聖/集成 01.172	聖/集成 01.175
聖/集成 01.177	聖/集成 01.271	聖/集成 01.271	做/璽考 250 頁	做/璽彙 3705	做/璽彙 0590	做/璽彙 3561
做/璽彙 3532	旨/桓台 41	旨/集成 05.2750	旨/陶錄 2.660.4	旨/陶錄 2.168.1	旨/陶錄 3.493.4	鎰/集成 18.11651
敔/陶錄 3.26.1	敔/陶錄 3.26.4	敔/陶錄 3.374.4	敔/陶錄 3.375.1	敔/陶錄 3.377.4	敔/陶錄 3.378.3	敔/陶錄 3.636.3
敔/陶錄 3.28.5	敔/陶錄 3.377.5	敔/陶錄 3.378.3	敔/陶錄 3.374.1	敔/陶錄 3.374.2	敔/陶錄 3.375.3	迟/陶錄 3.522.1
愍/陶錄 3.293.5	蠶/陶錄 2.149.1	蠶/陶錄 2.108.2	蠶/陶錄 2.109.3	蠶/陶錄 2.110.1	蠶/陶錄 2.147.1	蠶/陶錄 2.148.4
蠶/陶錄 2.149.4	蠶/陶錄 2.108.1	蠶/陶錄 2.109.1	瘁/集成 16.10361	醤/璽彙 0177	醤/璽彙 0234	疣/集成 16.10361
疣/陶錄 3.364.2	疣/陶錄 3.362.4	疣/陶錄 3.363.6	疣/陶錄 3.363.4	疣/陶錄 3.363.2	疣/陶錄 3.363.5	瘤/陶錄 3.358.5

瘑/陶錄 3.358.6	瘑/陶錄 3.358.4	疾（瘑）/ 陶錄 2.406.4	瘑/陶錄 3.22.4	何/集成 16.10361	何/璽彙 2198	何/陶錄 2.262.3
何/陶錄 2.564.3	何/陶錄 2.362.1	何/陶錄 2.362.2	何/陶錄 2.268.1	何/陶錄 2.268.2	何/陶錄 3.506.5	屍/陶錄 3.293.3
偏/陶錄 2.268.1	偏/陶錄 2.268.2	嘗/集成 09.4646	嘗/集成 09.4648	嘗/集成 09.4649	信/陶錄 2.702.1	信/陶錄 3.596.2
信/山璽 005	信/歷博 1993.2	信/璽彙 0652	信/璽彙 3706	信/璽彙 1956	信/璽彙 3728	信/璽彙 1589
信/璽彙 2415	信/璽彙 3704	信/璽彙 0306	信/璽彙 0062	信/璽彙 0282	信/璽彙 0482	信/璽彙 5643
信/璽彙 0653	誇/集成 15.9700	鍾/集成 01.88	鍾/集成 01.14	鍾/集成 01.86	鍾/集成 01.102	鍾/集成 01.285
鍾/集成 01.50	鍾/集成 01.87	鍾/集成 15.9730	鍾/集成 01.149	鍾/集成 15.9729	鍾/集成 01.151	鍾/集成 01.245
鍾/集成 01.245	鍾/集成 01.149	飤/集成 09.4518	飤/集成 09.4519	飤/集成 09.4638	飤/集成 09.4639	飤/集成 09.4520
飤/集成 09.4639	飤/集成 09.4517	飤/集成 09.4517	飤/璽彙 0286	飤/新收 1042	飤/新收 1042	鏐/集成 01.180
鏐/集成 01.149	鏐/集成 01.151	鏐/集成 01.150	鏐/集成 01.245	鏐/集成 01.172	鏐/集成 01.174	鏐/銘文選 848

癏/璽彙2056	愖/陶錄2.175.4	憢/陶錄2.60.2	憢/陶錄2.60.3	懇/陶錄3.56.4	愧/璽彙0243	憨/璽彙3742
疾（癏）/璽彙3726	及/集成01.142	及/集成01.275	及/集成01.285	及/集成01.412	及/集成01.102	付/陶錄3.237.3
付/陶錄3.234.3	付/陶錄3.234.4	付/陶錄3.235.3	付/陶錄3.235.6	付/陶錄3.236.5	付/陶錄3.233.4	付/陶錄3.236.2
付/陶錄3.234.5	付/陶錄3.233.5	付/陶錄3.233.2	付/陶錄3.234.5	付/陶錄3.235.2	付/陶錄3.236.6	付/陶錄3.234.1
付/陶錄3.237.1	付/陶錄3.237.2	付/陶錄3.237.4	付/陶錄3.231.1	付/陶錄3.231.4	付/陶錄3.233.3	付/陶錄3.233.1
虢/集成16.10272	/集成15.9632	傳/集成15.9729	傳/陶錄2.152.2	傳/陶錄2.152.3	傳/陶錄2.153.1	傳/陶錄2.152.1
傳/璽彙3551	傳/璽彙0583	胥/陶錄遠2.232.4	胥/陶錄2.231.1	胥/陶錄2.231.3	胥/陶錄2.230.3	胥/陶錄2.230.4
胥/陶錄2.231.2	胥/陶彙3.205	疽/璽彙0599	疽/陶彙3.809	僕/山東696頁	僕/古貨幣227	僕/山大5
僕/新泰8	僕/集成01.285	僕/集成01.275	府/古貨幣222	攸/集成01.142	攸/璽彙1946	敫/璽彙0643
敫/璽彙3725	斁/集成01.272	斁/集成01.285	佐/集成17.11211	佐/收藏家2011.11.25	痏/陶錄3.369.1	痏/陶錄3.368.6

瘔/陶錄 3.368.1	瘔/陶錄 3.368.3	先/集成 01.285	先/集成 01.140	先/集成 01.272	先/集成 01.275	先/集成 01.285
洗/山東 104 頁	洗/山東 104 頁	往/陶錄 3.459.2	往/陶錄 3.458.3	往/陶錄 3.458.1	往/陶錄 3.458.2	往/陶錄 3.458.6
往/陶錄 3.458.5	陟（徙）/ 陶錄 3.195.1	陟（徙）/ 陶錄 3.195.2	陟（徙）/ 陶錄 3.195.4	陟（徙）/陶 錄 3.194.6	陟（徙）/ 陶錄 3.649.4	陟（徙）/ 陶錄 3.196.4
陟（徙）/ 陶錄 3.195.3	陟（徙）/ 陶錄 3.196.1	從/集成 15.9733	從/集成 15.9730	從/集成 15.9729	從/集成 01.271	從/集成 15.9729
從/陶錄 3.476.2	從/陶錄 3.476.1	縱/集成 18.12092	晏/珍秦 14	稷/集成 16.10374	疸/三代 18.22.2	休/中新網 2012.8.11
休/集成 01.285	休/集成 01.92	休/集成 01.274	休/古研 29.311	休/古研 29.310	休/山東 104 頁	榷/陶錄 3.504.4
年（季）/ 國史 1 金 1.13	年（季）/ 文明 6.200	年（季）/ 山東 189 頁	年（季）/ 璽考 61 頁	年（季）/璽 考 60 頁	年（季）/ 集成 05.2602	年（季）/ 集成 07.3977
年（季）/ 集成 01.102	年（季）/ 集成 01.178	年（季）/ 集成 15.9709	年（季）/ 集成 16.10316	年（季）/ 集成 09.4566	年（季）/ 集成 16.10163	年（季）/ 集成 01.285
年（季）/ 集成 01.278	年（季）/ 集成 01.175	年（季）/ 集成 15.9729	年（季）/ 集成 15.9730	年（季）/ 集成 15.9704	年（季）/ 集成 09.4567	年（季）/ 集成 16.10318

年（秊）/集成01.102	年（秊）/集成01.149	年（秊）/集成16.10154	年（秊）/集成05.2592	年（秊）/琊瑯網2012.4.18	年（秊）/集成09.4638	年（秊）/集成09.4428
年（秊）/集成07.3989	年（秊）/集成09.4440	年（秊）/集成09.4441	年（秊）/集成16.10116	年（秊）/集成15.9687	年（秊）/集成09.4629	年（秊）/集成03.939
年（秊）/集成15.9687	年（秊）/集成16.10266	年（秊）/集成15.9688	葬（竁）/張莊磚文圖一	葬（竁）/張莊磚文圖二	葬（竁）/張莊磚文圖三	葬（竁）/張莊磚文圖四
住/集成01.271	住/陶錄2.470.2	住/陶錄2.473.3	伴/陶錄2.172.2	伴/陶錄2.172.3	偄/璽彙1586	仕/集成17.11049
仕/集成17.11050	仕/璽彙1463	座/陶錄2.679.3	繞/陶錄2.517.3	繞/陶錄2.517.4	繞/陶錄2.676.1	繞/陶錄2.516.4
繞/陶錄2.515.1	繞/陶錄2.515.2	繞/陶錄2.515.3	繞/陶錄2.515.4	繞/陶錄2.516.1	繞/陶錄2.516.3	繞/陶錄2.517.1
繞/陶錄2.517.2	倗/集成12.6511	倗/集成12.6511	倗/集成01.277	倗/陶錄3.55.5	倗/陶錄3.56.3	倗/陶錄3.56.1
倗/陶錄3.55.4	倗/陶錄3.55.5	倗/陶錄3.56.4	倗/陶錄3.55.6	倗/陶錄3.56.3	倗/陶錄3.56.1	倗/集成01.286
倗/陶錄3.56.4	倗/陶錄3.55.6	倗/陶錄3.55.4	綳/陶錄3.55.1	羌/陶錄3.295.6	㦴/璽彙0482	虎/璽彙3028
虎/集成07.3828	虎/集成07.3830	虎/集成01.276	虎/集成01.283	虎/集成01.285	虎/集成17.11265	虎/銘文選484

虤/遺珍 46頁	虤/集成 15.9733	處/古研 29.310	處/集成 01.276	處/集成 01.283	處/集成 01.50	處/集成 01.285
虓/集成 01.14	癱/陶錄 3.367.4	癱/陶錄 3.367.5	癱/陶錄 3.367.6	癱/陶彙 3.1008	癱/陶錄 3.366.2	癱/陶錄 3.364.5
癱/陶錄 3.365.1	癱/陶錄 3.10.2	佗/陶錄 2.49.4	佗/陶錄 3.260.1	佗/陶錄 3.260.3	佗/璽彙 1585	佅/山東 853頁
佰/陶錄 2.13.1	疣/陶錄 3.373.3	疣/陶錄 3.373.4	疣/陶錄 3.373.2	痹/陶錄 3.367.4	痹/陶錄 3.367.6	痹/陶錄 3.359.3
痹/陶錄 3.360.1	痹/陶錄 3.360.2	痹/陶錄 3.361.5	痹/陶錄 3.362.1	痹/陶錄 3.362.1	痹/陶錄 3.359.4	痹/陶錄 3.360.4
痹/陶錄 3.496.1	痹/陶錄 3.361.6	痹/陶錄 3.361.2	疾/桓台 40	疾/齊魯 2	疾/璽彙 1433	疾/璽彙 1481
疾/陶錄 2.465.1	疾/陶錄 2.222.4	疾/陶錄 2.240.1	疾/陶錄 2.463.4	疾/陶錄 2.464.3	疾/陶錄 2.439.1	疾/陶錄 2.100.2
疾/陶錄 2.438.1	疾/陶錄 2.438.3	疾/陶錄 2.100.3	疾/陶錄 2.101.1	疾/陶錄 2.439.1	疾/陶錄 2.674.4	疾/陶錄 2.463.3
痙/陶錄 3.614.3	翏/新收 1067	翏/新收 1068	翏/陶彙 3.787	繆/陶錄 2.141.2	繆/陶錄 2.142.1	繆/陶錄 2.142.2
繆/陶錄 2.158.1	繆/陶錄 2.141.1	旅/集成 09.4547	旅/集成 07.4029	旅/集成 09.4428	旅/集成 09.4415	旅/集成 09.4415

旅/遺珍 43頁	旅/遺珍 46頁	旅/集成 03.939	旅/集成 09.4458	旅/山東 393頁	旅/新收 1042	旅/新收 1042
旅/集成 03.894	旅/集成 09.4458	旅（肇）/ 遺珍65頁	任/澂秋 30	任/璽彙 2559	俓/陶錄 3.625.5	俓/陶錄 3.625.6
俓/新泰 6	俓/新泰 7	俓/山大 4	俓/新泰 5	死/歷文 2009.2.51	死/集成 01.271	死/集成 01.272
死/集成 01.285	伐/集成 07.4041	伐/集成 15.9703	伐/集成 16.9975	伐/集成 15.9733	伐/集成 01.276	伐/集成 01.285
伐/集成 07.4029	伐/集成 15.9733	備/集錄 1140	備/集成 15.9729	備/集成 15.9729	備/集成 15.9730	備/集成 15.9730
備/集成 17.11021	宛/集成 01.88	宛/集成 16.10236	宛/集成 01.91	宛/集成 01.102	突/集成 16.10124	丏/考古 1973.1
丏/考古 1973.1	丏/考古 1973.1					
合　文						
千丏/考古 1973.1	千丏/考古 1973.1	夫人/璽考 31頁	夫人/山東 718頁	夫人/山東 747頁	夫人/山東 748頁	夫人/新收 1084
夫人/新收 1082	夫人/新收 1082	夫人/新收 1083	夫人/新收 1081	石人/璽彙 3.818	去疾/璽考 294頁	事人/璽考 63頁
它人/璽彙 1556	一人/集成 01.285	二丏/考古 1973.1	三丏/考古 1973.1	五丏/考古 1973.1	七丏/考古 1973.1	八丏/考古 1973.1

八丏/考古 1973.1	六六丏/考 古 1973.1	十丏/考古 1973.1				

2. 元

《說文解字・卷一・一部》:「元，始也。从一从兀。」甲骨文作 （合04855）;金文作 （師酉簋）;楚系簡帛文字作 （清 1.繫.56）; （清 1.金.3）。高鴻縉謂「元兀一字,意為人之首也。名詞。从人,而以●或＝指明其部位。」〔註2〕

　　齊系「元」字絕大多數字形與金文 形相同,偏旁字形或簡省上部的一橫畫。

單　字						
元/集成 09.4630	元/集成 09.4691	元/集成 18.11651	元/集成 09.4690	元/集成 16.10316	元/集成 08.4190	元/集成 09.4689
元/集成 01.245	元/集成 05.2592	元/集成 09.4691	元/集成 09.4629	元/集成 01.277	元/集成 17.11265	元/新收 1127
元/新收 1129	元/新收 1074	元/新收 1781	元/雪齋 2.72	元/古研 29.396	元/考古 1973.1	
偏　旁						
麗/集成 17.11082	寇/集成 17.11083	寇/集成 16.10154	寇/新收 1917	賓/集成 03.1422	賓/集成 15.9700	賓/集成 05.2732
合　文						
司寇/璽彙 0220						

〔註 2〕高鴻縉:《中字國例》(臺北:三民書局,1992 年),頁 374。

3. 千

《說文解字·卷三·千部》:「𠦪,十百也。从十从人。」甲骨文作■(合19946)、■(合24525);金文作■(大盂鼎)、■(㝬生盨);楚系簡帛文字作■(帛甲4.31)、■(上2.容.51)。于省吾謂字形本義為「係在人字的中部附加一個橫畫,作為指事字的標誌,以別於人,而仍因人字以為聲。」〔註3〕

齊系「千」字承襲甲骨金文■形,字形或將指事符號變為點形作■(季/集成16.9975);或將指事符號變為向下之弧筆作■(千/考古1973.1);或將短畫指示符號下移至人形底下作■(考古1973.1)。偏旁字形中有一種特殊字形,在「年(季)」字中,「千」字的「人」形與「禾」形相連,並受到「禾」形的類化作用,「千」字的指示符號作 V 形,例■(集成16.10280)。

單 字						
千/璽考 67頁	千/陶錄 3.607.1	千/考古 1973.1	千/考古 1973.1	千/考古 1973.1	千/考古 1973.1	千/考古 1973.1
千/考古 1973.1	千/考古 1973.1					
偏 旁						
信/璽彙 0193	信/集成 18.12107	信/璽考 312頁	信/璽考 334頁	信/璽考 40頁	信/璽考 37頁	信/璽考 37頁
信/璽考 31頁	信/璽考 311頁	信/璽彙 0245	信/璽彙 3719	信/璽彙 3746	信/璽彙 4033	信/璽彙 0234
信/璽彙 5537	信/璽彙 0249	信/璽彙 3125	信/璽彙 3715	信/璽彙 0007	信/璽彙 1661	信/璽彙 3125
信/璽彙 0248	信/璽彙 0650	信/璽彙 5557	信/璽彙 0232	信/璽彙 0235	信/璽彙 1366	信/璽彙 1480

〔註3〕于省吾主編:《甲骨文字詁林》(北京:中華書局,1996年),頁451。

信/璽彙 0656	信/璽彙 1954	信/璽彙 1957	信/璽彙 1958	信/璽彙 3701	信/璽彙 3702	信/璽彙 1562
信/璽彙 3695	信/璽彙 3922	信/璽彙 0233	信/璽彙 0234	信/璽彙 0237	信/璽彙 0238	信/璽彙 0240
信/璽彙 0241	信/璽彙 0242	信/璽彙 0244	信/璽彙 0246	信/璽彙 0247	信/璽彙 0249	信/璽彙 0651
信/璽彙 1590	信/璽彙 1955	信/璽彙 0654	信/璽彙 1147	信/璽彙 1149	信/璽彙 1265	信/璽彙 1326
信/璽彙 2187	信/璽彙 2239	信/璽彙 2414	信/璽彙 2709	信/璽彙 3087	信/璽彙 3698	信/璽彙 3714
信/璽彙 3729	信/璽彙 3722	信/璽彙 3726	信/璽彙 3727	信/璽彙 1481	旨/集成 16.10361	旨/集成 16.10361
旨/陶錄 2.173.4	旨/陶錄 2.173.2	年（季）/ 新收 1781	年（季）/ 新收 1078	年（季）/ 新收 1077	年（季）/ 貨系 2621	年（季）/ 遺珍 67 頁
年（季）/ 集成 09.4646	年（季）/ 集成 07.3987	年（季）/ 集成 09.4458	年（季）/ 集成 03.670	年（季）/ 集成 07.4037	年（季）/ 集成 01.245	年（季）/ 集成 07.3740
年（季）/ 集成 07.3893	年（季）/ 集成 15.9703	年（季）/ 集成 16.10280	年（季）/ 集成 15.9709	年（季）/ 集成 09.4630	年（季）/ 集成 04.2587	年（季）/ 集成 09.4560
年（季）/ 集成 16.9975	年（季）/ 集成 09.4570	年（季）/ 集成 09.4574	年（季）/ 集成 08.4152	年（季）/ 集成 16.10135	年（季）/ 銘文選 2.865	年（季）/ 古研 29.310

芊/陶錄 3.277.5	芊/陶錄 3.277.6				

合　文					
千丙/考古 1973.1	千丙/考古 1973.1	二千/考古 1973.1	四千/集成 01.285	四千/集成 01.273	五千/考古 1973.1

4. 身

《說文解字・卷八・身部》：「身，躬也。象人之身。从人厂聲。凡身之屬皆从身。」甲骨文作 （合 00376 正）、 （合 13669）；金文作 （獻簋）、 （班簋）；楚系簡帛文字作 （郭.性.57）、 （上 2.容.22）。李孝定認為，「从人而隆其腹，象人有身之形。」〔註4〕季旭昇師謂「从人，而以半圓形的指示符號指示部位，表示人體除了頭、四肢之外的部位。」〔註5〕

齊系「身」字與金文 、 形相同。偏旁字形或簡省人形的下半部分作 （畐/璽考 43 頁）。

單　字						
身/集成 01.149	身/集成 01.245	身/集成 01.285	身/集成 01.285	身/集成 16.10163	身/集成 16.10318	身/集成 16.10282
身/集成 15.9709	身/集成 15.9733	身/集成 01.275	身/集成 16.10280	身/集成 01.151	身/集成 01.278	身/集成 01.271
身/古研 29.395	身/古研 29.396	身/陶錄 3.494.3				

〔註4〕 李孝定：《甲骨文字集釋》（臺北：中央研究院歷史語言研究所出版社，1965 年），頁 2719。
〔註 5〕 季旭昇師：《說文新證》，頁 661。

偏 旁						
殷/集成 05.2750	殷/集成 15.9733 〔註6〕	寋/陶錄 2.199.1	寋/陶錄 2.198.1	寋/陶錄 2.199.2	晶/山璽016	晶/中原文物 2007.1
晶/璽彙 0259	晶/璽考 43頁	晶/璽考 43頁	晶/璽考 44頁	晶/陶錄 2.23.2		

5. 并

《說文解字·卷八·并部》:「羳,相從也。从从开聲。一曰從持二為並。」甲骨文作■(合33570)、■(合00738);金文作■(中山王■鼎);楚系簡帛文字作■(望 2.2)、■(上 2.容.4)。李孝定謂字形本義為「从从、从二或从一,象兩人相并之形。」〔註7〕

齊系「并」字承襲甲骨作■(璽彙1589),單字和偏旁字形大致相同。

單 字					
并/璽彙 1589	并/璽彙 3664				
偏 旁					
救/遺珍 32頁	救/遺珍 32頁	救/遺珍 33頁			

6. 兒

《說文解字·卷二·皿部》:「■,亂也。从爻工交皿。一曰窒■。讀若穰。■,籀文■。」甲骨文作■(合03458);金文作■(薛侯盤);楚系簡帛文字作■(郭.成.29)。于省吾以為,甲骨文从人,上从■,不知所象,待考。金文增加「土」形和「攴」形。〔註8〕

〔註6〕此字形為摹本字形,因原字形殘缺不清楚,故不對此字形進行具體分析。
〔註7〕李孝定:《甲骨文字集釋》,頁2691。
〔註8〕于省吾:《甲骨文字釋林》(臺北:藝文印書館,1979年),頁132~134。

齊系「兒」字偏旁與金文、楚系字形相同。但有些字形在「兒」字形又多加「田」形。

偏　旁						
叟/集成 16.10133	叟/集成 16.10263	叟/集成 01.285	叟/璽彙 5294	叟/集成 01.276	叟/陶錄 2.438.1	叟/陶錄 2.439.3
叟/陶錄 2.674.4	叟/陶錄 2.675.2					

7. 兒

《說文解字・卷八・兒部》：「⬛，孺子也。从儿，象小兒頭囟未合。」甲骨文作⬛（合01075）、⬛（合03399）；金文作⬛（寬兒鼎）、⬛（小臣兒卣）；楚系簡帛文字作⬛（郭.語 4.27）。其字形本義，學者多從《說文》。季旭昇師以為不像小兒囟門未合之狀，字形待考。〔註9〕

齊系「兒」字承襲甲骨，單字與偏旁字形相同。

單　字					
兒/古研 23.98	兒/遺珍 41頁	兒/遺珍 41頁	倪/遺珍 41頁	兒/遺珍 69頁	
偏　旁					
郳/集成 03.596	郳/集成 17.10969	郳/集成 16.10381	郳/古研 29.395	郳/古研 29.396	郳/璽彙 3233

8. 長

《說文解字・卷九・長部》：「⬛，久遠也。从兀从匕。兀者，高遠意也。久則變化。亡聲。匕者，倒亡也。凡長之屬皆从長。⬛，古文長。⬛，亦古文長。」甲骨文作⬛（合27641）、⬛（合28195）；金文作⬛（長子沬臣簋）、⬛（寡長方鼎）；楚系簡帛文字作⬛（包2.207）、⬛（上1.紂.6）。余永梁謂字

〔註9〕季旭昇師：《說文新證》，頁687。

形本義為「象人髮長貌，引申為長久之義。」〔註10〕季旭昇師以為上部不像頭髮，字形待考。〔註11〕

　　齊系「長」字與金文 ⿰ 相同。有些偏旁字形中的頭髮形筆畫簡省，例：⿰（張/陶錄 3.456.6）；或人形與頭髮形分離，例：⿰（張/貨系 2578）。

單　字						
長/璽彙 0874	長/璽彙 0884	長/璽彙 0881	長/璽彙 0224	長/璽彙 0223	長/璽考 282 頁	長/璽考 282 頁
長/集成 15.9733						

偏　旁						
脹/璽彙 0193	張/陶錄 3.549.3	張/陶錄 3.456.6	張/陶錄 3.549.2	張/璽彙 3735	張/璽彙 3932	張/璽彙 0301
張/璽彙 3931	張/齊幣 283	張/齊幣 280	張/齊幣 275	張/齊幣 278	張/齊幣 281	張/齊幣 273
張/齊幣 276	張/齊幣 271	張/齊幣 286	張/齊幣 272	張/齊幣 277	張/齊幣 284	張/齊幣 275
張/齊幣 274	張/貨系 2576	張/貨系 2578	張/貨系 2586	張/貨系 2577	張/貨系 2575	張/錢典 859
張/錢典 858	張/錢典 862	張/錢典 857	張/錢典 864	張/錢典 849	悵/璽彙 3551	

9. 老

　　《說文解字·卷八·老部》：「⿰，考也。七十曰老。从人毛匕。言須髮

〔註10〕于省吾主編，《甲骨文字詁林》，頁 75。
〔註11〕季旭昇師：《說文新證》，頁 729。

· 31 ·

變白也。凡老之屬皆从老。」甲骨文作 ▨（合 20613）、▨（合 23715）；金文作 ▨（殳季良父壺）；楚系簡帛文字作 ▨（包 2.217）、▨（上 2.容.17）。商承祚謂字象老者倚杖之形。〔註12〕葉玉森認為，「象一老人戴髮傴僂扶杖形。」〔註13〕

齊系「老」字承襲甲骨，單字字形中的杖形訛變為「止」形，例：▨（老/集成 01.285），偏旁字形則省略杖形。有些偏旁字形的右下部增加尾形飾筆，例：▨（耆/陶錄 2.407.1）。偶有偏旁字形的上部字形訛變，例：▨（壽/集成 15.9687）。

單　字						
老/集成 01.285	老/集成 01.271	老/集成 09.4642	老/集成 16.10163	老/集成 16.10282	老/集成 16.10151	老/集成 01.277
老/考古 1989.6	老/山東 675 頁	老/新收 1043	老/璽彙 1646			
偏　旁						
孝/集成 09.4649	孝/集成 09.4649	孝/集成 08.4190	孝/集成 09.4646	孝/集成 07.4040	孝/集成 07.4040	孝/集成 09.4458
孝/集成 09.4458	孝/集成 05.2750	孝/集成 01.142	孝/集成 01.88	孝/集成 01.89	孝/山東 189 頁	孝/新收 1088
孝/山東 161 頁	壽/瑯琊網 2012.4.18	壽/歷文 2009.2.51	壽/文明 6.200	壽/山東 696 頁	壽/古研 29.396	壽/璽彙 3676
壽/集成 09.4648	壽/集成 01.102	壽/集成 16.10151	壽/集成 07.3987	壽/集成 03.670	壽/集成 03.717	壽/集成 15.9688

〔註12〕商承祚：《殷墟文字類編》（北京：北京圖書館出版社，2000 年）卷八，頁 7。
〔註13〕葉玉森：〈罍契枝譚〉，《學衡》第 31 期，1924 頁，126。

壽/集成 01.271	壽/集成 05.2639	壽/集成 15.9709	壽/集成 16.10381	壽/集成 09.4690	壽/集成 09.4567	壽/集成 08.4111
壽/集成 07.4096	壽/集成 01.245	壽/集成 09.4441	壽/集成 16.10275	壽/集成 16.10277	壽/集成 11.6511	壽/集成 09.4443
壽/集成 09.4444	壽/集成 09.4560	壽/集成 09.4560	壽/集成 09.4570	壽/集成 09.4574	壽/集成 05.2589	壽/集成 09.4458
壽/集成 05.2641	壽/集成 07.4019	壽/集成 16.10133	壽/集成 05.2589	壽/集成 05.2642	壽/集成 15.9687	壽/集成 05.2602
壽/集成 07.4040	壽/集成 16.10163	壽/集成 15.9730	壽/集成 09.4642	壽/集成 16.10361	壽/集成 16.10144	壽/集成 16.10280
壽/集成 16.10318	壽/集成 16.10283	壽/集成 01.277	壽/集成 01.278	壽/集成 01.285	壽/集成 01.285	壽/集成 01.173
壽/集成 01.180	壽/集成 09.4629	壽/遺珍 44 頁	壽/遺珍 30 頁	壽/遺珍 38 頁	壽/陶錄 2.39.1	壽/陶錄 3.66.5
壽/陶錄 3.66.2	耆/古研 29.396	耆/陶錄 3.616	耆/陶錄 2.672.2	耆/陶錄 3.612	耆/古研 29.395	耆/璽考 334 頁
耆/集成 17.11077	耆/集成 17.11078	耆/璽彙 5678	耆/陶錄 2.407.3	耆/陶錄 2.407.1	耆/陶錄 2.407.2	養/新收 1781
養/集成 09.4629	養/集成 09.4630	耆/陶錄 2.144.3	耆/陶錄 2.144.4	耆/陶錄 2.144.4	考/山東 161 頁	考/山東 104 頁

考/集成 09.4649	考/集成 09.4649	考/集成 01.87	考/集成 01.245	考/集成 01.175	考/集成 01.176	考/集成 03.648
考/集成 01.177	考/集成 09.4428	考/集成 05.2639	考/集成 09.4440	考/集成 15.9688	考/集成 16.10275	考/集成 07.3828
考/集成 07.3831	考/集成 01.92	考/集成 01.18	考/集成 09.4441	考/集成 08.4127	考/集成 01.142	考/集成 01.277
考/集成 01.278	考/集成 01.285	考/集成 01.285	考/集成 01.176	考/集成 09.4596	考/古研 29.396	考/古研 29.310
考/古研 29.311	考/古研 29.310					
合　文						
孝孫/集成 08.4152						

10. 殺

《說文解字・卷三・殺部》:「▨，戮也。从殳杀聲。凡殺之屬皆从殺。
▨，古文殺。▨，古文殺。▨，古文殺。」甲骨文作 ▨ （乙7795）;金文
作 ▨ （史墻盤）、▨ （庚壺）;楚系簡帛文字作 ▨ （包2.95）、▨ （上2.容.6）。
陳劍認為「殺」的初文為「蚑」，字形演變序列為:▨—▨—▨—▨—▨—▨—
▨，「殺」字字形象執杖擊殺蛇虺、犬豕等動物或人，鮮血四濺之形，加義
符「人」或「犬」，表示「殺人」、「殺犬」之義，演變為後世的「殺」字。
〔註14〕

　　齊系「殺」字作執杖或戈殺人鮮血四濺之形。單字字形中表示鮮血的小點
形或作撇畫，寫在人形兩側，作 ▨ （陶錄3.293.2）。偏旁字形只作殺人後人鮮

〔註14〕陳劍:〈試說甲骨文的「殺」字〉，《古文字研究》第29輯，頁9～17。

血四濺之形，省略「戈」或「攴」形。

單　字						
殺/集成 15.9733	殺/陶錄 3.293.2					
偏　旁						
逃/集成 16.10374	逃/集成 16.10374	逃/集成 01.271	逃/璽彙 0232	逃/璽彙 3233	逃/璽彙 0155	逃/璽彙 3920
逃/璽彙 0282						
重　文						
殺/集成 01.285	殺/集成 01.277	殺/集成 01.172	殺/集成 01.174	殺/集成 01.179		

11. 夌

《說文解字‧卷五‧夌部》：「▨，越也。从夊从夌。夌，高也。一曰夌徲也。」甲骨文作▨（合 08243）、▨（合 01095）；金文作▨（子夌作母辛尊）。何琳儀認為下从人，上所象不明。〔註15〕

齊系「夌」字偏旁承襲甲骨字形，有些字形或簡省人形的下部，例：▨（墢/新收 1082）。

偏　旁						
墢/新收 1082	墢/新收 1083	墢/新收 1084	墢/新收 1081	墢/山東 747 頁	墢/山東 748 頁	墢/山東 718 頁
遠/周金 6.132	暞/璽彙 0344	暞/璽彙 3513	淩/臨淄商 王墓地 42-43 頁	淩/臨淄商 王墓地 42-43 頁	棱/璽彙 3127	棱/璽彙 3813

〔註15〕何琳儀：《戰國古文字典》（北京：中華書局，1998 年），頁 152。

棱/陶錄 2.11.1	棱/陶錄 2.11.3	棱/陶錄 2.8.2	棱/陶錄 2.10.1	棱/陶錄 2.7.2	棱/陶錄 2.8.3	棱/陶錄 2.9.1
棱/陶錄 2.10.4						

12. 允

《說文解字・卷八・允部》:「允，信也。从儿㠯聲。」甲骨文作（合 10869）、（合 10427）；金文作（班簋）、（不娶簋蓋）；楚系簡帛文字作（郭.成.25）、（上 1.紂.18）。羅振玉認為,「象人回顧形，殆言行相顧之意。」[註16]

齊系「允」字承襲甲骨，單字字形中的人形筆畫較短。

單　字				
允/集成 09.4442	允/集成 09.4444			
偏　旁				
訊/集成 01.285				

13. 㠯

《說文解字・卷十四・巳部》:「㠯，用也。从反巳。賈侍中說：巳，意巳實也。象形。」甲骨文作（合 32917）；金文作（大鼎）；楚系簡帛文字作（清 3.赤.15）。郭沫若以為象懸持提挈之形。[註17]

齊系「㠯」字偏旁承襲甲骨金文。在「姻」中,「㠯」與「司」相結合共筆作（陶錄 2.371.2）。

〔註16〕羅振玉：《增訂殷墟書契考釋》（臺北：藝文印書館，1971 年）卷中，頁 54。
〔註17〕郭沫若：〈釋挈〉,《甲骨文獻集成》（成都：四川大學出版社，2001 年）第八冊，頁 26。

偏　旁						
俟/璽彙 5687	矣/陶錄 2.557.2	偬/璽彙 3560	郘/璽彙 2202	郘/璽彙 2203	郘/璽彙 0246	郘/璽彙 3570^艺
郘/陶彙 3.328	郘/陶錄 2.55.3	姒/集成 05.2589	姒/璽彙 3599	始/歷文 2009.2.51	始/歷文 2009.2.51	始/璽彙 0330
姻/陶錄 2.374.3	姻/陶錄 2.684.1	姻/陶錄 2.374.1	姻/陶錄 2.370.1	姻/陶錄 2.370.4	姻/陶錄 2.371.2	姻/陶錄 2.375.1
姻/陶錄 2.371.3	姻/陶錄 2.373.1	台/古研 29.396	台/山東 853頁	台/集成 09.4629	台/集成 01.245	台/集成 01.245
台/集成 09.4 630	台/集成 09.4646	台/集成 09.4630	台/集成 09.4646	台/集成 09.4647	台/集成 09.4647	台/集成 09.4629
台/集成 09.4647	台/集成 09.4648	台/集成 09.4648	台/集成 01.151	台/集成 01.149	台/集成 01.245	台/集成 09.4629
台/集成 09.4649	台/集成 09.4646	台/集成 09.4648	台/集成 09.4649	台/集成 01.245	台/集成 15.9700	台/集成 16.10374
台/集成 01.245	台/集成 05.2732	台/集成 16.10151	台/集成 01.271	台/集成 01.274	台/集成 01.275	台/集成 09.4145
台/集成 01.275	台/集成 01.285	台/集成 01.285	台/集成 01.285	台/集成 15.9733	台/集成 15.9733	台/集成 16.10374
台/集成 15.9733	台/集成 15.9733	台/集成 15.9733	台/集成 15.9733	台/集成 05.2732	台/集成 01.150	台/集成 16.10374

台/集成 01.150	台/集成 01.151	台/集成 01.151	台/集成 01.152	台/集成 01.152	台/集成 01.152	台/集成 09.4630
台/集成 01.245	台/新收 1088	台/新收 1781	台/新收 1781	台/新收 1781	怡/集成 01.105	貽/陶錄 2.50.1
胎/集成 17.11127	卣/集成 01.172	卣/集成 01.175	卣/集成 01.177	卣/集成 01.142	卣/璽彙 402	斫/璽彙 0175
辝/集成 01.273	辝/集成 01.151	辝/集成 09.4592	辝/集成 01.273	辝/集成 01.285	辝/集成 01.151	辝/集成 01.285
辝/集成 01.149	辝/集成 01.285	辝/集成 01.271	辝/集成 01.271	㑴/陶錄 2.169.2	㑴/陶錄 2.120.4	㑴/陶錄 2.169.4
㑴/陶錄 2.131.2	㑴/陶錄 2.131.3	㑴/陶錄 2.169.1	逸/陶錄 2.547.4	酨/陶錄 2.99.2	酨/陶錄 2.76.2	酨/陶錄 2.76.3
酨/陶錄 2.76.4						

14. 尸

《說文解字・卷八・尸部》：「尸，陳也。象臥之形。凡尸之屬皆从尸。」甲骨文作 𠆢（合 32285）、 （合 33039）；金文作 （靜簋）、 （史墻盤）。林義光謂字象人箕踞之形。〔註 18〕季旭昇師謂「人、尸恐為一字之分化，字从人而小變其筆。」〔註 19〕

齊系「尸」字承襲甲骨字形，單字和偏旁字形相同。

〔註 18〕林義光：《文源》卷四，頁 1。
〔註 19〕季旭昇師：《說文新證》，頁 672。

單 字						
尸/集成 01.272	尸/集成 01.274	尸/集成 01.275	尸/集成 01.276	尸/集成 01.276	尸/集成 01.277	尸/集成 01.285
尸/集成 01.285	尸/集成 01.285	尸/集成 01.285				
偏 旁						
居/陶錄 2.35.1	興/集成 09.4458	興/集成 09.4458	徙（遷）/ 璽彙 0198	徙（遷）/ 璽彙 0322	徙（遷）/ 璽考 55 頁	徙（遷）/ 璽彙 0200
徙（遷）/ 璽彙 0202	展/集成 18.12088	展/集成 16.9940	展/新收 1079	展/新收 1080	璧/集成 15.9729	璧/集成 15.9730
璧/集成 15.9729	璧/集成 15.9730	璧/集成 15.9730	璧/集成 15.9729	辟/古研 29.310	辟/古研 29.311	辟/山東 675 頁
辟/集成 16.10374	辟/集成 01.285	辟/集成 18.12107	辟/集成 01.271	辟/集成 01.273	辟/集成 01.276	辟/集成 01.277
辟/集成 01.285	辟/集成 01.285					

15. 勹

《說文解字·卷九·勹部》：「▊，裹也。象人曲形，有所包裹。凡勹之屬皆从勹。」甲骨文作▊（合 14295）、▊（合 14294），用作偏旁時，金文作▊（匐/師克盨）。于省吾以為象人側面俯伏之形，即「伏」之初文。[註20]

齊系「勹」單字承襲甲骨▊形，偏旁承襲甲骨▊形和金文偏旁字形。「勹」字偏旁的特殊字形：

〔註20〕于省吾：《甲骨文字釋林》，頁 374～377。

1. 將「勹」形左邊筆畫拉長，例：（訇/集成 15.9688）。

2. 拉長「勹」形左邊筆畫並在上部加點形，而形近「宀」形，例：（訇/陶錄 2.116.1）。

3. 拉長「勹」形左邊筆畫並在上部加豎畫和橫畫，例：（訇/陶錄 2.152.3）

4.「勹」字訛變成形近「宀」的字形後，又在下部增加兩點畫，而形近「穴」形，例：（訇/陶錄 2.186.3）。

單　字					
 勹/集成 17.11260					
偏　旁					
 癋/陶錄 3.496.1	 鄲/集成 17.10828	 鄲/集成 17.10932	 迿/集成 01.285	 迿/銘文選 848	 腏/陶錄 3.595.3
 腏/陶錄 3.595.1	 腏/陶錄 3.595.4	 腏/陶錄 3.595.2	 夢/陶錄 2.12.3	 鞄（鞏）/ 歷文 2009.2.51	 鞄（鞏）/ 集成 01.271
 鐩/陶彙 3.717	 邅/集成 07.3987				
 迿/璽彙 0240	 佣/集成 01.285	 佣/集成 01.277	 佣/集成 12.6511	 佣/集成 12.6511	 訇/歷文 2009.2.51
 訇/歷文 2009.2.51					
 訇/璽考 66頁	 訇/璽考 66頁	 訇/璽考 66頁	 訇/後李一 7	 訇/後李一 8	 訇/後李三 1
 訇/集成 15.9688					
 訇/集成 18.11651	 訇/璽彙 0272	 訇/陶錄 2.741.3	 訇/陶錄 3.29.4	 訇/陶錄 2.257.2	 訇/陶錄 2.152.3
 訇/陶錄 2.549.3					
 訇/陶錄 2.238.1	 訇/陶錄 2.663.4	 訇/陶錄 2.83.4	 訇/陶錄 2.90.3	 訇/陶錄 2.90.4	 訇/陶錄 2.92.1
 訇/陶錄 2.92.2					

匋/陶錄 2.92.3	匋/陶錄 2.94.2	匋/陶錄 2.94.3	匋/陶錄 2.95.1	匋/陶錄 2.96.1	匋/陶錄 2.96.3	匋/陶錄 2.96.4
匋/陶錄 2.97.2	匋/陶錄 2.97.3	匋/陶錄 2.98.2	匋/陶錄 2.99.1	匋/陶錄 2.99.3	匋/陶錄 2.99.4	匋/陶錄 2.100.2
匋/陶錄 2.101.1	匋/陶錄 2.101.4	匋/陶錄 2.102.1	匋/陶錄 2.105.1	匋/陶錄 2.105.4	匋/陶錄 2.108.1	匋/陶錄 2.109.1
匋/陶錄 2.111.3	匋/陶錄 2.115.2	匋/陶錄 2.115.3	匋/陶錄 2.116.1	匋/陶錄 2.117.3	匋/陶錄 2.117.4	匋/陶錄 2.119.4
匋/陶錄 2.120.4	匋/陶錄 2.129.1	匋/陶錄 2.129.3	匋/陶錄 2.130.1	匋/陶錄 2.130.2	匋/陶錄 2.131.2	匋/陶錄 2.131.3
匋/陶錄 2.133.1	匋/陶錄 2.134.1	匋/陶錄 2.134.3	匋/陶錄 2.135.4	匋/陶錄 2.136.2	匋/陶錄 2.142.4	匋/陶錄 2.137.1
匋/陶錄 2.138.1	匋/陶錄 2.139.1	匋/陶錄 2.139.4	匋/陶錄 2.140.2	匋/陶錄 2.140.3	匋/陶錄 2.143.1	匋/陶錄 2.144.1
匋/陶錄 2.146.2	匋/陶錄 2.144.4	匋/陶錄 2.144.4	匋/陶錄 2.151.1	匋/陶錄 2.152.2	匋/陶錄 2.154.1	匋/陶錄 2.155.1
匋/陶錄 2.156.1	匋/陶錄 2.159.3	匋/陶錄 2.159.4	匋/陶錄 2.164.1	匋/陶錄 2.164.4	匋/陶錄 2.159.2	匋/陶錄 2.170.1
匋/陶錄 2.170.3	匋/陶錄 2.180.2	匋/陶錄 2.196.4	匋/陶錄 2.665.4	匋/陶錄 2.239.4	匋/陶錄 2.248.4	匋/陶錄 2.249.3

匋/陶錄 2.249.4	匋/陶錄 2.250.2	匋/陶錄 2.251.2	匋/陶錄 2.251.3	匋/陶錄 2.258.1	匋/陶錄 2.257.3	匋/陶錄 2.258.3
匋/陶錄 2.261.3	匋/陶錄 2.285.3	匋/陶錄 2.285.4	匋/陶錄 2.548.1	匋/陶錄 2.548.3	匋/陶錄 2.548.4	匋/陶錄 2.248.3
匋/陶錄 2.549.1	匋/陶錄 2.549.2	匋/陶錄 2.549.4	匋/陶錄 2.659.1	匋/陶錄 2.667.3	匋/陶錄 2.551.1	匋/陶錄 2.551.3
匋/陶錄 2.550.4	匋/陶錄 2.551.4	匋/陶錄 2.658.1	匋/陶錄 2.562.1	匋/陶錄 2.533.1	匋/陶錄 2.62.2	匋/陶錄 3.31.1
匋/陶錄 2.429.2	匋/陶錄 2.146.2	匋/陶錄 2.113.4	匋/陶錄 2.170.1	匋/陶錄 2.667.1	匋/陶錄 3.30.1	匋/陶錄 3.29.2
匋/陶錄 3.549.1	匋/後李三 7	匋/璽考 50頁	匋/集成 09.4668	匋/陶錄 2.211.1	匋/陶錄 2.311.1	匋/陶錄 2.38.1
匋/陶錄 2.182.1	匋/陶錄 2.182.4	匋/陶錄 2.184.1	匋/陶錄 2.185.4	匋/陶錄 2.186.3	匋/陶錄 2.667.2	匋/陶錄 2.434.3
匋/陶錄 2.190.1	匋/陶錄 2.190.2	匋/陶錄 2.191.3	匋/陶錄 2.195.2	匋/陶錄 2.196.1	匋/陶錄 2.197.1	匋/陶錄 2.197.2
匋/陶錄 2.206.2	匋/陶錄 2.208.1	匋/陶錄 2.208.4	匋/陶錄 2.211.2	匋/陶錄 2.212.1	匋/陶錄 2.218.2	匋/陶錄 2.218.3
匋/陶錄 2.198.1	匋/陶錄 2.199.3	匋/陶錄 2.200.1	匋/陶錄 2.201.1	匋/陶錄 2.205.1	匋/陶錄 2.205.2	匋/陶錄 2.238.4

匋/陶錄 2.218.4	匋/陶錄 2.219.2	匋/陶錄 2.220.4	匋/陶錄 2.221.4	匋/陶錄 2.222.1	匋/陶錄 2.225.3	匋/陶錄 2.226.1
匋/陶錄 2.228.1	匋/陶錄 2.230.2	匋/陶錄 2.231.1	匋/陶錄 2.236.2	匋/陶錄 2.663.2	匋/陶錄 2.237.2	匋/陶錄 2.664.1
匋/陶錄 2.240.4	匋/陶錄 2.241.2	匋/陶錄 2.247.1	匋/陶錄 2.309.1	匋/陶錄 2.312.1	匋/陶錄 2.314.2	匋/陶錄 2.314.3
匋/陶錄 2.314.4	匋/陶錄 2.315.1	匋/陶錄 2.435.3	匋/陶錄 2.436.4	匋/陶錄 2.666.2	匋/陶錄 2.315.3	匋/陶錄 2.434.3
匋/陶錄 2.257.1	匋/陶錄 2.40.2					

16. 匕

《說文解字・卷八・匕部》：「⟦字形⟧，變也。从到人。凡匕之屬皆从匕。」用作偏旁時，甲骨文作⟦字形⟧（化/合 00137）；金文作⟦字形⟧（化/中子化盤）；楚系簡帛文字作⟦字形⟧（貨/清 3.說下.1）。象倒人之形。

齊系「匕」字偏旁與甲骨金文偏旁字形相同。

偏　旁						
比/陶錄 4.204.1	化/陶錄 2.140.3	化/陶錄 2.126.1	化/陶錄 3.581.6	化/陶錄 2.116.1	化/陶錄 2.116.2	頃/文物 1993.4.94
化/陶錄 2.129.4	疕/陶錄 3.390.5	疕/陶錄 3.390.6	妣/集成 09.4646	妣/集成 09.4647	妣/集成 01.277	妣/集成 01.284
妣/集成 08.4152	妣/集成 01.285	斐/陶錄 3.481.5	斐/陶錄 3.481.4	斐/陶錄 3.481.6	訾/陶錄 3.432.6	訾/陶錄 3.290.6

訾/陶錄 3.290.1	訾/陶錄 3.290.2	訾/陶錄 3.290.3	訾/陶錄 3.432.1	訾/陶錄 3.432.3	此/集成 01.179	此/集成 01.180
此/集成 01.177	此/集成 01.173	此/集成 05.2640	此/集成 01.174	此/集成 01.178	此/陶錄 3.578.4	此/陶錄 3.385.3
此/陶錄 3.235.2	此/陶錄 3.236	柴/新收 1113	茈/璽彙 3142	茈/璽彙 3142	坐/璽彙 3923	貲/陶錄 2.251.4
貲/陶錄 3.159.1	貲/陶錄 3.159.3	貲/陶錄 3.159.5	貲/陶錄 2.251.3	鹺/璽彙 4013	鹺/陶錄 3.217.3	鹺/陶錄 3.217.6
鹺/陶錄 3.217.2	鹺/陶錄 3.216.1	鹺/陶錄 3.216.3	鹺/陶錄 3.216.6	鹺/陶錄 2.251.3	鹺/陶錄 2.251.4	鹺/陶錄 3.216.2
鹺/陶錄 3.216.4	鹺/陶錄 3.216.5	鹺/陶錄 3.217.1	玭/陶錄 3.523.2	祉（社）/ 集成 01.271	厎/陶錄 2.476.4	

二、大　部

17. 大

《說文解字・卷十・大部》：「<img_symbol>，天大，地大，人亦大。故大象人形。古文<img_symbol>也。凡大之屬皆从大。」甲骨文作<img_symbol>（合 06692）、<img_symbol>（合 33788）；金文作<img_symbol>（頌鼎）、<img_symbol>（鑄客為大句脰官鼎）；楚系簡帛文字作<img_symbol>（曾.210）、<img_symbol>（上 2.昔.1）。林義光謂「字象人正立之形，亦象軀體碩大形。」〔註21〕

　　齊系「大」字承襲甲骨，與金文<img_symbol>形相同，或作兩臂拉直之形，大（集成 01.245），單字和偏旁字形相同。偶有偏旁字形在人兩腿之間加以橫畫，例：<img_symbol>（倚/璽彙 0651）。「大」與「矢」字偏旁字形形近易訛，詳見「矢」字根。

〔註21〕林義光：《文源》，頁 44。

單　字						
大/集成 17.11051	大/集成 17.11206	大/集成 08.4145	大/集成 07.4096	大/集成 09.4646	大/集成 09.4649	大/集成 01.88
大/集成 01.50	大/集成 01.151	大/集成 01.245	大/集成 01.175	大/集成 15.9729	大/集成 15.9729	大/集成 15.9729
大/集成 15.9729	大/集成 15.9730	大/集成 15.9730	大/集成 01.271	大/集成 01.271	大/集成 01.271	大/集成 01.271
大/集成 01.152	大/集成 01.285	大/集成 15.9733	大/集成 05.2732	大/集成 01.172	大/集成 09.4629	大/集成 09.4630
大/集成 05.2750	大/集成 07.3974	大/集成 15.9700	大/集成 09.4691	大/集成 16.10151	大/集成 16.10142	大/集成 04.2593
大/集成 15.9703	大/集成 15.9975	大/集成 16.10374	大/集成 07.3987	大/集成 09.4623	大/集成 09.4642	大/集成 16.10277
大/陶錄 2.700.3	大/陶錄 3.396.1	大/陶錄 3.396.5	大/陶錄 3.396.2	大/陶錄 3.548.3	大/陶錄 3.522.4	大/陶錄 2.748.5
大/璽彙 0222	大/璽彙 3427	大/璽彙 0636	大/新收 1733	大/新收 1088	大/新收 1781	大/新收 1080
大/璽考 344頁	大/璽考 32頁	大/齊幣 188	大/齊幣 44	大/齊幣 43	大/齊幣 186	大/貨系 2635
大/貨系 2531	大/貨系 2635	大/山東 137頁	大/山東 809頁	大/銘文選 2.865	大/銘文選 2.865	大/考古 1989.6

大/考古 1973.1	大/考古 1973.1	大/考古 1973.1	大/中新網 2012.8.11	大/古研 29.396		

偏　旁		

夾/陶錄 3.391.3	夾/陶錄 3.391.4	夾/陶錄 3.391.5	夾/陶錄 3.391.6	倚/璽彙 0651	倚/璽彙 0641	悠/璽彙 3121
悠/陶錄 3.390.3	痠/陶錄 2.337.2	痠/陶錄 2.336.2	痠/陶錄 2.336.1	痠/陶錄 2.337.1	郲/集成 17.10997	郲/山東 817 頁
奭/陶錄 3.295.4	奭/陶錄 3.295.5	奭/陶錄 2.160.1	奭/陶錄 2.553.3	奭/陶錄 2.160.3	大（吞）/ 後李一 1	大（吞）/ 後李一 2
大（吞）/ 集成 17.11183	大（吞）/ 陶錄 2.29.1	大（吞）/ 陶錄 2.142.3	大（吞）/ 陶錄 2.28.1	大（吞）/ 陶錄 2.28.3	大（吞）/ 陶錄 2.28.4	大（吞）/ 陶錄 2.31.1
大（吞）/ 陶錄 2.31.3	大（吞）/ 陶錄 2.29.3	大（吞）/ 陶錄 2.119.2	大（吞）/ 陶錄 2.90.3	大（吞）/ 陶錄 2.90.4	大（吞）/ 陶錄 2.92.1	大（吞）/ 陶錄 2.92.2
大（吞）/ 陶錄 2.94.1	大（吞）/ 陶錄 2.94.2	大（吞）/ 陶錄 2.95.1	大（吞）/ 陶錄 2.95.3	大（吞）/ 陶錄 2.96.3	大（吞）/ 陶錄 2.96.4	大（吞）/ 陶錄 2.97.2
大（吞）/ 陶錄 2.97.3	大（吞）/ 陶錄 2.98.1	大（吞）/ 陶錄 2.98.2	大（吞）/ 陶錄 2.99.1	大（吞）/ 陶錄 2.99.3	大（吞）/ 陶錄 2.99.4	大（吞）/ 陶錄 2.101.4
大（吞）/ 陶錄 2.101.2	大（吞）/ 陶錄 2.100.3	大（吞）/ 陶錄 2.105.1	大（吞）/ 陶錄 2.105.4	大（吞）/ 陶錄 2.100.2	大（吞）/ 陶錄 2.106.4	大（吞）/ 陶錄 2.108.4

大（夻）/ 陶錄 2.109.3	大（夻）/ 陶錄 2.107.1	大（夻）/ 陶錄 2.114.1	大（夻）/ 陶錄 2.112.4	大（夻）/ 陶錄 2.113.1	大（夻）/ 陶錄 2.129.2	大（夻）/ 陶錄 2.129.3
大（夻）/ 陶錄 2.116.1	大（夻）/ 陶錄 2.140.3	大（夻）/ 陶錄 2.117.4	大（夻）/ 陶錄 2.117.3	大（夻）/ 陶錄 2.119.4	大（夻）/ 陶錄 2.120.2	大（夻）/ 陶錄 2.120.4
大（夻）/ 陶錄 2.131.1	大（夻）/ 陶錄 2.111.3	大（夻）/ 陶錄 2.113.4	大（夻）/ 陶錄 2.130.1	大（夻）/ 陶錄 2.127.3	大（夻）/ 陶錄 2.133.1	大（夻）/ 陶錄 2.134.1
大（夻）/ 陶錄 2.135.4	大（夻）/ 陶錄 2.405.1	大（夻）/ 陶錄 2.144.4	大（夻）/ 陶錄 2.144.4	大（夻）/ 陶錄 2.144.3	大（夻）/ 陶錄 2.134.3	大（夻）/ 陶錄 2.135.3
大（夻）/ 陶錄 2.138.3	大（夻）/ 陶錄 2.139.1	大（夻）/ 陶錄 2.141.1	大（夻）/ 陶錄 2.142.1	大（夻）/ 齊幣 40	大（夻）/ 齊幣 300	大（夻）/ 齊幣 290
大（夻）/ 齊幣 287	大（夻）/ 齊幣 48	大（夻）/ 齊幣 75	大（夻）/ 齊幣 22	大（夻）/ 齊幣 12	大（夻）/ 齊幣 74	大（夻）/ 齊幣 82
大（夻）/ 齊幣 29	大（夻）/ 齊幣 69	大（夻）/ 齊幣 49	大（夻）/ 齊幣 40	大（夻）/ 齊幣 11	大（夻）/ 齊幣 34	大（夻）/ 齊幣 29
大（夻）/ 齊幣 399	大（夻）/ 齊幣 399	大（夻）/ 齊幣 49	大（夻）/ 齊幣 225	大（夻）/ 齊幣 159	大（夻）/ 齊幣 184	大（夻）/ 齊幣 124
大（夻）/ 齊幣 27	大（夻）/ 齊幣 92	大（夻）/ 齊幣 47	大（夻）/ 齊幣 66	大（夻）/ 齊幣 65	大（夻）/ 齊幣 186	大（夻）/ 齊幣 224
大（夻）/ 齊幣 271	大（夻）/ 齊幣 286	大（夻）/ 齊幣 107	大（夻）/ 齊幣 24	大（夻）/ 貨系 2573	大（夻）/ 貨系 2525	大（夻）/ 貨系 2538

大（夳）/ 貨系 2569	大（夳）/ 貨系 2504	大（夳）/ 貨系 2538	大（夳）/ 貨系 2613	大（夳）/ 貨系 2501	大（夳）/ 貨系 3793	銠/璽彙 0312
銠/璽彙 0019	騎/璽彙 0307	容/貨系 3793	忝/璽彙 0589	态/璽彙 3634	懱/璽彙 0249	勝（勅）/ 陶錄 3.9.2
勝（勅）/ 陶錄 3.154.2	勝（勅）/ 陶錄 3.152.5	勝（勅）/ 陶錄 3.152.4	勝（勅）/ 陶錄 3.154.1	勝（勅）/ 集成 16.9975	勝（勅）/ 陶彙 3.1304	赤/陶彙 3.822
赤/集成 01.245	赤/集成 09.4556	桀（乘）/ 新收 1032	桀（乘）/ 歷博 46.35	桀（乘）/ 後李二 10	桀（乘）/ 集成 18.12092	桀（乘）/ 集成 18.12090
桀（乘）/ 集成 18.12087	桀（乘）/ 集成 15.9733	桀（乘）/ 集成 15.9733	桀（乘）/ 集成 15.9730	桀（乘）/ 集成 15.9729	桀（乘）/ 陶錄 2.678.2	桀（乘）/ 陶錄 2.422.4
桀（乘）/ 陶錄 2.281.1	桀（乘）/ 陶錄 2.534.2	桀（乘）/ 陶錄 2.534.4	桀（乘）/ 陶錄 2.535.2	桀（乘）/ 陶錄 2.670.3	桀（乘）/ 陶錄 2.49.4	桀（乘）/ 陶錄 2.475.2
桀（乘）/ 陶錄 2.404.4	桀（乘）/ 陶錄 2.664.1	桀（乘）/ 陶錄 2.202.4	桀（乘）/ 陶錄 2.558.3	桀（乘）/ 陶錄 2.474.1	坴/陶錄 3.339.4	坴/陶錄 3.339.1
坴/璽考 31 頁	到/陶錄 3.533.2	到/陶錄 3.533.3	到/陶錄 3.533.1	到/陶錄 3.533.4	因/山東 920 頁	因/歷文 2007.5.15
因/集成 17.11260	因/集成 17.11129	因/集成 17.11081	因/集成 09.4649	因/集成 09.4649	因/陶錄 2.4.2	因/陶錄 3.558.2

因/陶錄 2.653.1	陝/璽考 69頁	嶕/璽彙 0643	豪/璽彙 3725	寶/陶錄 3.497.6	寶/陶錄 3.497.4	紁/璽彙 0226
夸/陶錄 3.379.1	夸/陶錄 3.380.2	夸/陶錄 3.381.2	夸/陶錄 3.379.4	夸/陶錄 3.383.1	夸/陶錄 3.383.3	夸/陶錄 3.381.6
夸/陶錄 3.382.3	夸/陶錄 3.379.5	夸/陶錄 3.379.2	夸/陶錄 3.381.4	夸/陶錄 3.382.1	夸/陶錄 3.382.4	夸/陶錄 3.382.6
夸/陶錄 3.383.4	夸/陶錄 3.383.5					
合　文						
大夫/集成 18.12107	大夫/璽彙 0098	大夫/璽考 50頁	大夫/集成 18.12090	夻旡/錢典 1013	公乘/璽彙 3554	疢因/集成 17.10964

18. 天

《說文解字·卷一·天部》：「⬚，顛也。至高無上，从一大。」甲骨作⬚（合.36542）、⬚（合.13804）、⬚（合.22093）；金文作⬚（天父辛卣）、⬚（頌鼎）、⬚（洹子孟姜壺）；楚系簡帛文字作⬚（郭.老甲.29）、⬚（上2.容.10）。王國維以為字本象人顛頂，故象人形，「卜辭、盂鼎之⬚、⬚二字所以獨墳其首者，正特著其所象之處也。殷墟卜辭及齊侯壺又作⬚，則別以一畫記其所象之處。」〔註22〕

齊系「天」字作⬚（集成15.9733）、⬚（考古1973.1）。

單　字						
天/集成 15.9729	天/集成 15.9729	天/集成 15.9729	天/集成 15.9729	天/集成 15.9730	天/集成 15.9730	天/集成 9730

〔註22〕王國維：〈釋天〉，《觀堂集林》（臺北：世界書局，1961年）卷六，頁10～11。

天/集成 15.9733	天/集成 15.9733	天/集成 01.285	天/集成 01.275	天/集成 01.92	天/齊幣 441	天/齊幣 452
天/山東 104 頁	天/陶彙 3.548.6	天/考古 1973.1				

19. 央

《說文解字・卷五・冂部》：「㊝，中央也。从大在冂之內。大，人也。央㫜同意。一曰久也。」甲骨文作 ㊝（合 03006）；金文作 ㊝（虢季子白盤）；楚系簡帛文字作 ㊝（上 2.子.11）。徐中舒以為，字象人戴枷之形，為「殃」之本字，戴枷其頭在中央，故引申有中央之意。〔註23〕高鴻縉以為，字象人畫肩擔物之形，將物擔之中央之意。〔註24〕

齊系「央」字與金文字形大致相同。

單 字						
央/集成 15.9729	央/集成 15.9730					

20. 立

《說文解字・卷十・立部》：「㊝，住也。从大立一之上。」甲骨文作㊝（合 10936）；金文作㊝（立㪽父丁卣）、㊝（同簋蓋）、㊝（陳璋方壺）；楚系簡帛文字作㊝（包 2.250）、㊝（上 2.容.7）。徐鉉曰：「大，人也。一，地也。會意。」〔註25〕字象人正面立於地之形。

齊系「立」字與金文㊝形相同，有些字形在人形兩腿之間增加一橫畫，例：㊝（陶錄 2.8.4）。

〔註23〕徐中舒：《甲骨文字典》（成都：四川辭書出版社，1988 年），頁 595。

〔註24〕高鴻縉：《中國字例》，頁 307。

〔註25〕宋・徐鉉校，漢・許慎撰：《說文解字》（北京：中華書局，2013 年），頁 215。

單 字						
立/集成 16.10371	立/集成 16.10374	立/集成 15.9709	立/集成 16.10361	立/集成 15.9700	立/集成 15.9975	立/集成 17.11259
立/集成 15.9703	立/陶錄 2.11.1	立/陶錄 2.646.1	立/陶錄 2.3.3	立/陶錄 2.3.4	立/陶錄 2.2.1	立/陶錄 2.3.2
立/陶錄 2.1.1	立/陶錄 2.6.3	立/陶錄 2.8.3	立/陶錄 2.8.4	立/陶錄 2.12.2	立/陶錄 2.16.2	立/陶錄 2.16.4
立/陶錄 2.22.1	立/陶錄 2.654.1	立/璽彙 3733	立/璽彙 0290	立/璽彙 0289	立/璽考 67頁	立/璽考 67頁
立/貨系 2655	立/貨系 2654	立/貨系 2656	立/貨系 2657	立/貨系 2613	立/齊幣 160	立/齊幣 161
立/齊幣 158	立/齊幣 159	立/齊幣 162	立/齊幣 185	立/考古 1973.1	立/新泰 9	立/新泰 10
立/新泰 11	立/新泰 17	立/新泰 19	立/新泰 3	立/山大 3	立/山大 6	立/山大 7
偏 旁						
癗/陶錄 2.612.2	癗/陶錄 2.615.2	癗/陶錄 2.613.4	癗/陶錄 2.686.2	癗/陶錄 2.615.3	癗/陶錄 3.22.4	㐱/璽彙 3735
㐱/璽彙 3931	㐱/璽彙 3932	㐱/璽彙 0301	㐱/齊幣 275	㐱/齊幣 278	㐱/齊幣 281	㐱/齊幣 273
㐱/齊幣 276	㐱/齊幣 271	㐱/齊幣 286	㐱/齊幣 272	㐱/齊幣 277	㐱/齊幣 284	㐱/齊幣 275

張/齊幣274	張/齊幣283	張/齊幣280	張/貨系2586	張/貨系2577	張/貨系2575	張/貨系2576
張/貨系2578	張/錢典858	張/錢典857	張/錢典864	張/錢典849	張/錢典859	張/錢典862
張/陶錄3.549.3	張/陶錄3.456.6	張/陶錄3.549.2	竣/周金6.132	銅/璽考37頁	銅/集成09.4649	銅（釘）/璽彙0037
銅（釘）/璽彙0039	銅（釘）/璽彙5540	世（枻）/集成09.4647	世（枻）/集成09.4648	世（枻）/集成09.4649	（枻）/集成09.4646	蟶/陶錄3.654.1
蟶/陶錄3.384.1	蟶/陶錄3.384.2	蟶/陶錄3.384.3	蟶/陶錄3.384.4	蟶/陶錄3.384.5	蠅/山東76頁	蠅/山東76頁
蠅/山東103頁	蠅/山東103頁	蠅/山東76頁	雖/陶錄2.200.3	雖/陶錄2.201.2	雖/陶錄2.201.3	雖/陶錄2.202.1
雖/陶錄2.200.4						

21. 夫

《說文解字・卷十・夫部》：「夫，丈夫也。从大，一以象簪也。周制以八寸為尺，十尺為丈。人長八尺，故曰丈夫。」甲骨文作 （合07903）、 （合30168）；金文作 （大盂鼎）、 （善夫吉夫簋）；楚系簡帛文字作 （曾213）、 （包2.143）、 （上1.性.38）。高鴻縉謂「字倚大（人），化其首髮戴簪形。」〔註26〕董妍希認為，金文「天」、「大」、「夫」三字或可互用。〔註27〕

齊系「夫」字承襲甲骨作 （集成01.245），或省略中間的豎筆作 （璽

〔註26〕高鴻縉：《中國字例》，頁263。
〔註27〕董妍希：《金文字根研究》，頁198。

考 31 頁），單字與偏旁字形相同。

單　字						
夫/集成 16.10374	夫/集成 01.149	夫/集成 01.151	夫/集成 01.245	夫/璽考 31 頁	夫/璽彙 3733	夫/陶錄 2.643.4
偏　旁						
邞/陶錄 2.237.2	邞/陶錄 2.237.3	邞/陶錄 2.409.4	簠（笑）/ 新收 1781	簠（笑）/ 集成 09.4630	簠（笑）/ 集成 09.4629	狄/後李一4
狄/璽考 66 頁	狄/陶錄 2.225.3	狄/陶錄 2.82.4	狄/陶錄 2.82.3	肤/陶錄 2.234.1		
合　文						
夫人/新收 1084	夫人/新收 1082	夫人/新收 1083	夫人/新收 1082	夫人/新收 1081	夫人/璽考 31 頁	夫人/山東 718 頁
夫人/山東 747 頁	夫人/山東 748 頁	大夫/璽考 50 頁	大夫/集成 18.12090	大夫/集成 18.12107	夫/璽彙 0098	

22. 亦

《說文解字・卷十・亦部》：「[圖]，人之臂亦也。从大，象兩亦之形。」甲骨文作 [圖]（合 06063）；金文作 [圖]（亦戈）、[圖]（效尊）；楚系簡帛文字作 [圖]（郭.老甲.28）、[圖]（上 1.紂.10）。王筠謂「掖固有形而形不可象，乃於兩臂之下點記其處。」〔註28〕

齊系「亦」字承襲甲骨作 [圖]（古研 29.310），偏旁字形或省略一點形。

單　字					
亦/山東 104 頁	亦/古研 29.310				

〔註28〕 清・王筠：《說文釋例》（北京：中華書局，2011 年），頁 26。

偏　旁						
夜/集成 01.285	夜/集成 01.272	郯/璽彙 0265	㤵/璽彙 2673	慎（昚）/ 集成 01.273	慎（昚）/ 集成 01.285	慎（昚）/ 集成 01.245

23. 文

《說文解字・卷九・文部》：「◇，錯畫也。象交文。」甲骨文作◇（合04834）、◇（合36534）、◇（合00947 反）、◇（合18683）；金文作◇（追簋蓋）、◇（仲子觥）、◇（旂鼎）、◇（旂鼎）；楚系簡帛文字作◇（包 2.167）。朱芳圃認為，字即文身之文，象人正立胸前有刻畫文飾之形。[註29]

齊系「文」字偏旁字形與金文◇形相同。

偏　旁						
顏/璽彙 3718	顏/璽考 312 頁	虜/集成 18.12088	忞/陶錄 2.134.3	忞/陶錄 2.106.1	忞/陶錄 2.106.3	忞/陶錄 2.134.4
虔/集成 01.285	虔/陶錄 3.599.3	廂/集成 08.4190				

24. 兀

《說文解字・卷十・兀部》：「◇，人頸也。从大省，象頸脈形。頏，兀或从頁。」甲骨文作◇（合 20723）；金文作◇（兀爵）、◇（大僕簋）。李孝定認為，字象人正立形，而於兩股之間著一斜畫，本義不明。[註30]何琳儀謂「从大，下加斜筆表示遮攔，指事。」[註31]

齊系「兀」字偏旁基本承襲甲骨字形，兩股之間的斜畫只連接到其中一股之上，作◇（肮/陶錄 3.269.6），偶有字形多加一撇畫，作◇（㐭/陶錄 3.22.5）。

[註29] 朱芳圃：《殷周文字釋叢》（臺北：學生書局，1972 年），頁 67～68。
[註30] 李孝定：《金文詁林附錄》（香港：中文大學，1977 年），頁 2178。
[註31] 何琳儀：《戰國古文字典》，頁 637。

偏　旁					
肮/陶錄 3.271.2	肮/陶錄 3.269.6	肮/陶錄 3.270.1	卟/陶錄 3.22.5		

25. 衰

《說文解字・卷十・衰部》：「▨，艸雨衣。秦謂之萆。从衣，象形。▨，古文衰。」金文作▨（衰鼎）、▨（九年衛鼎）；楚系文字作▨（郭.唐.26）、▨（上 1.孔.8）。黃德寬、何琳儀、徐在國認為，「从大，从倒毛，會毛下垂之意。」〔註32〕

齊系「衰」字與金文▨、▨形相同，字形中的人形兩邊或單邊有倒毛，偶有字形中的人形上部訛變作▨（陶錄 3.30.1）。

單　字						
衰/集成 15.9733	衰/集成 01.89	衰/集成 01.91	衰/集成 01.92	衰/集成 01.88	衰/陶錄 3.30.1	衰/陶錄 3.29.3
衰/陶錄 3.29.1	衰/陶錄 3.29.2					
偏　旁						
繓/璽彙 0243						

26. 無

《說文解字・卷十二・亾部》：「▨，亡也。从亡無聲。」甲骨文作▨（鐵.120.3）、▨（甲.2858）；金文作▨（無務鼎）、▨（姬鼎）、▨（兮吉父簋）、▨（弭伯匜）；楚系簡帛文字作▨（包 2.23）、▨（新甲.3.173）。季旭昇師認為，「象人持牛尾、鳥羽類飾物舞蹈求雨之形。」〔註33〕

〔註32〕黃德寬、何琳儀、徐在國：〈說蔡〉，《新出楚簡文字考》（合肥：安徽大學出版社，2007 年），頁 294。

〔註33〕季旭昇師：《說文新證》，頁 949。

齊系「無」字與金文■、■形相同，皆承襲甲骨，字形中人所持之物訛變，變為木形，木形之上或又加口形。

單 字						
無/集成 01.87	無/集成 03.670	無/集成 01.245	無/集成 01.175	無/集成 09.4690	無/集成 09.4691	無/集成 09.4623
無/集成 15.9729	無/集成 15.9730	無/集成 16.10007	無/集成 16.10135	無/集成 09.4443	無/集成 16.10211	無/集成 16.10272
無/集成 16.10081	無/集成 16.10266	無/集成 16.10163	無/集成 04.2690	無/集成 04.2692	無/集成 09.4621	無/集成 15.9729
無/集成 09.4642	無/集成 16.10159	無/山東 611頁	無/遺珍 67頁	無/歷文 2009.2.51	無/瑯琊網 2012.4.18	
偏 旁						
獙/集成 16.10210						
合 文						
無疆/集成 05.2602						

27. 夰

《說文解字・卷十四・夰部》：「■，綴聯也。象形。凡夰之屬皆从夰。」甲骨文作■（乙5394）；金文作■（交君子夰簠）。用作偏旁時，楚系簡帛文字作■（緣/清1.金.10）。季旭昇師謂「甲骨文从大，象人兩手兩腳有綴聯（毛羽花草之類）之形。」〔註34〕

齊系「夰」字偏旁字形與金文■形相同。

〔註34〕季旭昇師：《說文新證》，頁949。

偏　旁						
糙/璽考 45 頁	綴（纙）/ 璽彙 1460	綴（纙）/ 璽彙 3519	綴（纙）/ 歷博 43.16	綴（纙）/ 陶錄 2.65.3	綴（纙）/ 陶錄 2.405.3	綴（纙）/ 陶錄 2.405.4
綴（纙）/ 陶錄 2.82.2	綴（纙）/ 陶錄 2.82.1	贅/陶錄 3.161.4	贅/陶彙 3.780	綴/陶錄 2.57.4	綴/陶錄 2.57.4	綴/陶錄 2.57.3

28. 黑

《說文解字·卷十·黑部》：「![字]，火所熏之色也。从炎，上出囮。囮，古窻字。」甲骨文作 ![字]（合 06976）、![字]（合 10170）；金文作 ![字]（鑄子叔黑臣簠）、![字]（毫白戲殷）；楚系簡帛文字作 ![字]（曾.174）。唐蘭謂「象正面人形，而面部被墨刑的人。」[註35]

齊系「黑」字與金文 ![字] 形相同，有些字形或簡省面部點形並將腋下兩點繁化，例：![字]（璽彙 3934）。偏旁字形還有只保留面部輪廓並簡省腋上兩點之形，例：![字]（![字]/陶錄 2.176.1）。

單　字						
黑/集成 09.4570	黑/集成 03.735	黑/集成 05.2587	黑/集成 09.4423	黑/集成 07.3944	黑/集成 09.4571	黑/璽彙 3934
偏　旁						
墨/陶錄 2.33.2	墨/璽考 60 頁	墨/璽考 60 頁	墨/齊幣 291	墨/貨系 2548	墨/齊幣 65	墨/齊幣 38
墨/齊幣 39	墨/齊幣 40	墨/齊幣 48	墨/齊幣 49	墨/齊幣 54	墨/齊幣 53	墨/齊幣 58
墨/齊幣 60	墨/齊幣 62	墨/齊幣 69	墨/齊幣 73	墨/齊幣 66	墨/齊幣 64	墨/齊幣 74

[註35] 唐蘭：〈陝西省岐山縣董家村新出西周重要銅器銘辭的釋文和注釋〉，《唐蘭先生金文論集》（北京：紫禁城出版社，2005 年），頁 202～203。

墨/齊幣 75	墨/齊幣 82	墨/齊幣 67	墨/齊幣 288	墨/齊幣 287	墨/貨系 2569	墨/貨系 2525
墨/貨系 2556	墨/先秦編 391	墨/先秦編 395	墨/先秦編 395	墨/先秦編 394	墨/先秦編 394	墨/先秦編 391
墨/先秦編 391	墨/先秦編 391	墨/先秦編 391	墨/先秦編 391	墨/先秦編 391	墨/先秦編 392	墨/集成 17.11160
墨/錢典 984	墨/錢典 980	䰍/陶錄 2.176.1	䰍/陶錄 2.176.2	䰍/陶錄 2.176.3	䰍/陶錄 2.177.3	

29. 黃

《說文解字・卷十三・黃部》：「黃，地之色也。从田从炗，炗亦聲。炗，古文光。𡕍，古文黃。」甲骨文作（合14356）、（合06121）；金文作黃（剌鼎）；楚系簡帛文字作（包2.71）。唐蘭謂「象人仰面向天，腹部膨大，是《禮記・檀弓》『吾欲暴尪而奚若』的『尪』字的本字。」〔註36〕裘錫圭進而提出「字象突胸凸肚，身體粗短之殘廢人。」〔註37〕西周金文「黃」、「莫」二字字形相近。李孝定指出二字之別，「黃下但有二垂而垂左右二出，莫下則有左右二出，象人之兩手交錯置於胸前之形。」〔註38〕董妍希提出，「『莫』字於西周晚期以迄春秋，卻時有訛作『黃』形者。西周中期『黃』字亦有偶訛為董字者。」〔註39〕

齊系「黃」字單字作黃（璽彙3722），偏旁字形與單字大致相同，作董（董/集成01.283），或字形上部的兩撇形作一橫畫，例：董（董/集成01.285）。

〔註36〕唐蘭：《唐蘭先生金文論集》（北京：紫禁城出版社，2005），頁90～91。
〔註37〕裘錫圭：〈說卜辭的焚巫尪與作土龍〉，《甲骨文與殷商史》（上海：上海古籍出版社，1991年），頁35。
〔註38〕李孝定：《甲骨文字集釋》，頁4046。
〔註39〕董妍希：《金文字根研究》，頁206。

單　字						
 黃/璽彙 3722						

偏　旁						
 堇/集成 01.285	 堇/集成 15.9730	 堇/集成 15.9729	 堇/集成 15.9729	 堇/集成 01.283	 堇/集成 09.4595	 堇/集成 01.276
 廣/陶錄 3.734						

30. 菫

《說文解字‧卷十三‧堇部》：「，黏土也。从土，从黃省。凡堇之屬皆从堇。、 皆古文堇。」甲骨作（乙 7124）；金文作（七年趞曹鼎）、（哀成叔鼎）。徐中舒認為，字象兩臂交縛之人形，為獻祭之人牲。〔註40〕西周時期「黃」、「菫」二字字形相近不易區別，詳見「黃」字根。

齊系「菫」字單字皆是「黃」字訛作菫形，（黃/山東 875 頁）。偏旁字形與單字字形相同；或作腹部不加橫畫之形，例：（謹/陶彙 3.953）；腹形上部或下部增加橫畫，作（難/集成 01.285）、（難/集成 01.277）。

單　字						
 黃/集成 09.4649	 黃/集錄 1101	 黃/璽彙 1254	 黃/璽彙 1255	 黃/璽彙 3940	 黃/山東 875 頁	
偏　旁						
 僅/璽彙 3690	 鄞/璽彙 3545	 鄭/璽彙 0355	 艱/集成 01.274	 艱/集成 01.285	 艱/集成 01.282	 謹/陶彙 3.953
 謹/山東 104 頁	 塞/陶錄 2.188.1	 塞/陶錄 2.310.1	 塞/陶錄 2.188.4	 塞/陶錄 2.187.1	 漢/陶錄 3.493.1	 漢/陶錄 3.493.2

〔註40〕徐中舒：《甲骨文字典》，頁 1463。

董/集成09.4596	竈/山東832頁	竈/山東833頁	竈/集成18.11591	竈/璽彙0289	竈/陶錄2.646.1	竈/陶錄2.241.1
竈/集成17.11036	竈/集成18.12023	竈/集成18.12024	難/集錄1009	難/集成16.10151	難/集成01.277	難/集成01.285

31. 夭

《說文解字·卷十·夭部》:「夭,屈也。从大,象形。凡夭之屬皆从夭。」甲骨文作▨(甲2810);金文作▨(亞毀爵);楚系簡帛文字作▨(郭.唐.2)。龍宇純謂「象人上下其手,也正是奔走的樣子。」〔註41〕

　　齊系「夭」字偏旁承襲甲骨,有些字形中的人上下擺動手之形不明顯,例:▨(趄/集成09.4649)。

偏　旁						
超/陶彙3.827	奔/分域691	奔/璽彙3693	趣/集成08.4152	錯/集成01.285	錯/銘文選848	走/集成09.4441
走/集成09.4556	走/集成16.10275	走/集成09.4441	走/集成09.4440	趄/新收1781	趄/集成09.4629	趄/集成09.4649
趄/集成09.4630	趄/集成09.4649	趄/集成09.4649	趨/集成03.686	趨/集成03.685		

32. 矢

《說文解字·卷十·矢部》:「矢,傾頭也。从大,象形。」甲骨文作▨(合01825)、▨(合07046);金文作▨(矢王方鼎)。羅振玉認為象傾頭形。〔註42〕

　　齊系「矢」字偏旁承襲甲骨金文▨形。偶有字形的傾頭形不明顯,例:▨(吳/集成09.4415)。

〔註41〕龍宇純:〈甲骨金文䇂字及其相關問題〉,《中央研究院歷史語言研究所集刊》第34本,頁422～423。

〔註42〕羅振玉:《增訂殷虛書契考釋》卷中,頁55。

偏　旁						
吳/璽彙 1185	吳/陶錄 3.549.1	吳/陶錄 3.625.2	吳/陶錄 3.654.4	吳/山東 161頁	吳/集成 09.4415	吳/集成 09.4415
昃（吳）/ 集成 17.11018	昃（吳）/ 集成 17.11079	昃（吳）/ 集成 17.11123	昃（吳）/ 陶錄 3.295.1	昃（吳）/ 陶錄 3.580.3	昃（吳）/ 陶錄 3.491.3	昃（吳）/ 陶錄 3.654.4

33. 屰

《說文解字・卷三・屰部》：「𐤌，不順也。从干下屮。屰之也。」甲骨文作𐤌（合 27075）、𐤌（合 20472）；金文作𐤌（屰目父癸爵）。羅振玉提出「倒人形，示人自外人之狀，與逆同字同意。」〔註43〕季旭昇師認為，「从倒大，象一個倒過來的大人。人應該正立，倒過來就是不順。」〔註44〕

齊系「屰」字偏旁承襲甲骨金文。在「朔」字中，「屰」與「月」字結合共筆，作𐤌（陶錄 3.291.5）。

偏　旁						
逆/集成 07.4096	逆/集成 07.4630	逆/集成 07.4629	逆/陶錄 3.540.4	逆/新收 1781	遡/陶錄 3.227.2	遡/陶錄 3.227.3
遡/陶錄 3.227.1	遡/陶錄 3.227.4	朔/陶錄 3.229.2	朔/陶錄 3.229.5	朔/陶錄 3.229.1	朔/陶錄 3.227.5	朔/陶錄 3.227.6
朔/陶錄 3.230.3	朔/陶錄 3.230.1	朔/陶錄 3.230.2	朔/陶錄 3.230.4	朔/陶錄 3.228.1	朔/陶錄 3.228.2	朔/陶錄 3.228.5
朔/陶錄 3.291.1	朔/陶錄 3.291.2	朔/陶錄 3.291.5	朔/陶錄 3.291.6	朔/陶錄 3.229.6	朔/陶錄 3.292.1	朔/陶錄 3.292.4

〔註43〕羅振玉：《增訂殷虛書契考釋》卷中，頁 66。
〔註44〕季旭昇師：《說文新證》，頁 147～148。

朔/新泰 2	朔/新泰 12				

34. 交

《說文解字・卷十・交部》:「交，交脛也。从大,象交形。」甲骨文作（合 32509）、（合 15667）;金文作（琱伐父簋）、（交君子叕簠）;楚系簡帛文字作（望 2.18）、（上 1.性.26）。段玉裁註曰:「从大而象其交脛之形也。」[註45] 季旭昇師疑為「以抽象之筆表示交絞之形。」[註46]

齊系「交」字承襲甲骨金文,單字字形或增加一道交叉形。

單　字					
交/陶錄 3.615.3	交/集成 17.10956				
偏　旁					
洨/集錄 1138					

三、卩　部

35. 卩

《說文解字・卷九・卩部》:「卩,瑞信也。守國者用玉卩,守都鄙者用角卩,使山邦者用虎卩,士邦者用人卩,澤邦者用龍卩,門關者用符卩,貨賄用璽卩,道路用旌卩。象相合之形。」甲骨文作（合 07767）、（合 18803）;金文作（卩鼎）。羅振玉謂「象人跪跽之形。」[註47]

齊系「卩」單字承襲金文形,偏旁字形承襲甲骨形。有些偏旁字形出現訛變:「卩」字表示跪跽形的筆畫水平方向延長,例:（茚/集成 18.12093）;「卩」字簡省跪坐之人的下半部,人形上部因此近似圓形。例:（䑛/璽彙 0575）。

[註45] 清・段玉裁:《說文解字註》（南京:鳳凰出版社,2007 年）,頁 864。
[註46] 季旭昇師:《說文新證》,頁 770。
[註47] 羅振玉:《增訂殷虛書契考釋》卷中,頁 19。

單 字					
卪/陶錄 2.299.2					

偏 旁					
癱/陶錄 3.367.4	癱/陶錄 3.367.5	癱/陶錄 3.367.6	痤/陶錄 2.679.3	郘/璽彙 0588	疤/陶錄 2.15.1	疤/陶錄 2.15.2
郊/集成 03.596	郊/集成 16.10381	郊/集成 17.10969	郊/古研 29.395	郊/古研 29.396	郊/璽彙 3233	鄆/集成 17.10932
鄆/集成 17.10828	邵/璽彙 2202	邵/璽彙 2203	邵/璽彙 0246	邵/璽彙 3570	邵/陶彙 3.328	邵/陶錄 2.55.3
郯/璽彙 0265	郲/山東 817 頁	郲/集成 17.10997	邾/陶錄 2.409.4	邾/陶錄 2.237.2	邾/陶錄 2.237.3	顏/璽彙 3718
顏/璽考 312 頁	鄭/璽彙 3545	鄭/璽彙 0355	郐/璽彙 3604	鄭/璽彙 0237	嬰/集成 16.10154	頃/文物 1993.4.94
寡/山東 104 頁	夏/璽考 301 頁	夏/璽彙 0266	夏/陶錄 3.531.6	夏/集成 01.276	夏/集成 01.285	夏/集成 01.175
夏/集成 01.173	夏/集成 01.174	夏/集成 16.10006	囂/陶錄 2.48.1	囂/陶錄 2.48.2	囂/陶錄 2.48.4	嚚/陶錄 2.285.2
頡/璽彙 1948	碩/山東 189 頁	頜/陶錄 2.403.3	顯/集成 01.276	顯/集成 01.277	顯/集成 01.285	顯/集成 01.92
顯/集成 01.277	顯/集成 01.283	顯/集成 01.285	顯/集成 01.285	顯/古研 29.310	沫/新收 1781	沫/集成 01.140

沬/集成 09.4629	沬/集成 07.4096	沬（釁）/ 新收 1043	沬（釁）/ 瑯琊網 2012.4.18	沬（釁）/ 瑯琊網 2012.4.18	沬（釁）/ 集成 09.4645	沬（釁）/ 集成 01.277
沬（釁）/ 集成 15.9709	沬（釁）/ 集成 16.10361	沬（釁）/ 集成 01.285	沬（釁）/ 集成 16.10280	沬（釁）/ 集成 16.10163	沬（釁）/ 集成 16.10318	沬（釁）/ 集成 09.4690
沬（釁）/ 集成 09.4623	沬（釁）/ 集成 07.3987	沬（釁）/ 集成 01.245	沬（釁）/ 集成 09.4574	沬（釁）/ 集成 16.10007	沬（釁）/ 集成 01.102	沬（釁）/ 集成 16.10277
沬（釁）/ 集成 15.9729	沬（釁）/ 集成 05.2586	沬（釁）/ 集成 07.4110	沬（釁）/ 集成 09.4443	沬（釁）/ 集成 09.4458	沬（釁）/ 集成 09.4458	沬（釁）/ 集成 09.4444
沬（釁）/ 集成 05.2641	沬（釁）/ 集成 07.3944	沬（釁）/ 集成 01.173	沬（釁）/ 集成 03.670	沬（釁）/ 集成 01.178	沬（釁）/ 集成 03.717	沬（釁）/ 集成 03.939
沬（釁）/ 集成 09.4441	沬（釁）/ 集成 15.9687	沬（釁）/ 集成 09.4570	沬（釁）/ 集成 09.4560	沬（釁）/ 集成 09.4560	沬（釁）/ 集成 09.4567	沬（釁）/ 集成 09.4568
沬（釁）/ 集成 05.2639	沬（釁）/ 集成 09.4441	沬（釁）/ 山東 696頁	沬（釁）/ 遺珍 67頁	沬（釁）/ 遺珍 38頁	沬（釁）/ 新收 1045	沬（釁）/ 新收 1045
沬（釁）/新 收 1091	顝/璽考 50頁	頊/璽彙 3234	邛/陶錄 3.17.1	命/古研 29.396	命/璽彙 3725	命/新收 1781
命/集成 01.271	命/集成 01.271	命/集成 15.9729	命/集成 02.894	命/集成 15.9730	命/集成 15.9730	命/集成 15.9730

命/集成 15.9729	命/集成 15.9729	命/集成 15.9729	命/集成 15.9730	命/集成 16.10151	命/集成 01.272	命/集成 08.3828
命/集成 15.9729	命/集成 16.10371	命/集成 16.10371	命/集成 16.10374	命/集成 15.9730	命/集成 4629	命/集成 16.10374
命/集成 01.273	命/集成 01.273	命/集成 01.274	命/集成 01.274	命/集成 01.274	命/集成 01.274	命/集成 01.275
命/集成 01.276	命/集成 01.277	命/集成 01.285	命/集成 01.285	命/集成 01.285	命/集成 01.285	命/集成 01.285
命/集成 01.285	命/集成 01.285	命/集成 01.285	命/集成 01.285	命/集成 01.285	命/山東 104 頁	命/山東 104 頁
命/中新網 2012.8.11	命/中新網 2012.8.11	命/中新網 2012.8.11	䎙/集成 01.271	鎣/山東 740 頁	鎣/山東 740 頁	鎣/新收 1175
鎣/集成 16.10366	鎣/集成 16.10367	鎣/璽彙 0355	鎣/璽考 31 頁	鎣/璽考 58 頁	鎣/璽考 58 頁	鎣/璽考 59 頁
鎣/璽考 59 頁	鎣/璽考 59 頁	鎣/璽考 59 頁	鎣/陶錄 2.7.2	鎣/陶錄 2.24.4	鎣/陶錄 2.35.3	鎣/陶錄 2.29.1
鎣/陶錄 2.28.1	鎣/陶錄 2.28.2	鎣/陶錄 2.28.3	鎣/陶錄 2.28.4	鎣/陶錄 2.32.1	鎣/陶錄 2.32.2	鎣/陶錄 2.32.3
鄰/集錄 1164	郘/山東 189 頁	郘/集成 15.9729	郘/集成 15.9730	郘/集成 15.9729	郘/集成 17.11183	郘/集成 17.10829

郜/集成 17.10989	造（郜）/集成 17.10989	鄙/璽彙 2177	郫/璽彙 0244	郫/陶錄 3.624.2	紹（綿）/陶錄 3.502.1	鄰/集成 17.10829
邿/璽彙 2187	邿/璽彙 2184	邿/璽彙 2199	邿/璽彙 2185	祝/山東 137頁	區/璽考 57頁	鄘/璽彙 1466
區/璽彙 0577	區/璽彙 3239	邬/陶錄 2.33.3	僉/遺珍 32頁	僉/遺珍 33頁	鈴/集成 01.50	鄙/新收 1091
令/集成 07.4096	丞/集成 01.275	丞/集成 01.285	鄨/集成 05.2732	郭/山東 170頁	郭/山東 668頁	郭/璽彙 2097
郭/璽彙 2096	郭/新收 1042	郭/新收 1042	郭/集成 05.2601	郭/集成 05.2602	郭/集成 04.2422	郭/集成 07.4040
郭/集成 07.4040	邘/珍秦 19	鄘/璽彙 0232	鄣/璽考 58頁	鄣/璽考 57頁	鄣/璽彙 0152	邘/璽彙 2219
邢/陶錄 2.50.1	鄣/集成 01.271	鄰/璽彙 3545	郎/璽彙 3234	邔/璽彙 2206	釆/璽彙 0098	鄱/璽彙 1661
御/新收 1733	御/新收 1109	御/集成 15.9729	御/集成 05.2732	御/集成 04.2525	御/集成 17.11083	御/集成 16.10124
御/集成 15.9730	御/集成 15.9730	御/集成 09.4635	御/集成 15.9729	御/集成 16.10374	御/集成 15.9730	御/集成 15.9729
御/集成 15.9729	御/集成 15.9729	御/陶錄 3.485.4	御/璽彙 3127	御/中新網 2012.8.11	御/中新網 2012.8.11	邸/新收 1097

離/璽考 53 頁	離/集成 01.178	離/集成 01.174	光/集成 01.285	光/集成 01.275	欚/齊幣347	郲/陶錄 3.41.3
粜/集錄 543	粜/雪齋 2.72	都/集成 01.273	都/集成 01.281	都/集成 01.285	都/集成 01.271	都/陶彙 3.703
都/璽彙 0272	都/璽彙 0198	葍/陶錄 2.32.3	葍/陶錄 2.32.2	葍/陶錄 2.32.1	葍/璽考 58	戠/陶錄 3.578.1
戠/陶錄 3.706	戠/集成 15.9733	戠/集成 09.4649	蓞/集成 18.12093	范（萢）/ 陶錄 3.99.5	范（萢）/ 陶錄 3.103.1	范（萢）/ 陶錄 3.103.6
范（萢）/ 陶錄 3.101.2	范（萢）/ 陶錄 3.102.1	邦/璽考 312 頁	邦/璽考 67 頁	邦/璽考 67 頁	邦/先秦編 396	邦/先秦編 396
邦/集成 09.4646	邦/集成 09.4647	邦/集成 09.4648	邦/集成 01.245	邦/集成 01.271	邦/集成 16.10361	邦/集成 15.9703
邦/集成 15.9975	邦/璽彙 1590	邦/璽彙 1942	邦/璽彙 3819	邦/璽彙 5625	邦/齊幣 277	邦/齊幣 281
邦/齊幣 271	邦/齊幣 272	邦/齊幣 39	邦/齊幣 40	邦/齊幣 41	邦/齊幣 284	邦/齊幣 286
邦/齊幣 280	邦/齊幣 273	邦/6 齊幣 276	邦/齊幣 275	邦/貨系 2578	邦/貨系 2586	邦/貨系 2549
邦/貨系 2575	邦/貨系 2547	邦/貨系 2548	邦/錢典 863	邦/錢典 856	邦/錢典 857	邦/古研 29.396

郜/璽彙 0238	郱/國史1金 1.13	郱/國史1金 1.7	郱/山東 809頁	郱/集成 17.11206	郱/集成 17.11221	郱/集成 01.102
郱/陶錄 3.287.5	郱/陶錄 2.405.1	郱/陶錄 3.287.4	郱/璽彙 1586	郱/璽彙 5657	郱/璽彙 1584	郱/璽彙 1585
郱/璽彙 1590	郲/陶錄 3.533.5	爺/集成 17.10820	節/貨系 3795	鄲/齊幣 300	鄲/齊幣 347	鄲/貨系 2496
鄲/璽彙 3682	筥（鄲）/ 貨系3784	筥（鄲）/ 貨系3786	筥（鄲）/ 貨系3785	筥（鄲）/ 貨系3790	筥（鄲）/ 貨系3791	筥（鄲）/ 貨系3789
筥（鄲）/ 貨系 3792	筥（鄲）/ 貨系 3794	筥（鄲）/ 貨系 3793	筥（鄲）/ 集成 08.4152	筥（鄲）/ 集成 15.9733	筥（鄲）/ 山東 103頁	筥（鄲）/ 山東 103頁
筥（鄲）/ 山東 103頁	筥（鄲）/ 齊幣 346	筥（鄲）/ 齊幣 326	筥（鄲）/ 齊幣 331	節/歷博 1993.2.50	節/璽考 60頁	節/璽考 60頁
節/集成 18.12090	節/集成 16.10374	節/集成 18.12086	節/集成 18.12089	節/集成 16.10371	節/集成 16.10374	節/集成 18.12107
節/齊幣 40	節/齊幣 38	節/齊幣 54	節/齊幣 62	節/齊幣 73	節/齊幣 69	節/齊幣 61
節/齊幣 48	節/齊幣 72	節/齊幣 82	節/齊幣 56	節/齊幣 58	節/齊幣 49	節/齊幣 64
節/齊幣 294	節/齊幣 290	節/齊幣 288	節/齊幣 287	節/貨系 2556	節/貨系 2563	節/貨系 2569

節/貨系 2548	節/先秦編 392	節/先秦編 394	節/先秦編 391	節/先秦編 391	節/先秦編 391	節/先秦編 391
節/先秦編 391	節/先秦編 394	節/先秦編 391	節/先秦編 392	節/先秦編 394	節/璽彙 3395	節/錢典 980
堯/璽彙 0262	壤/陶彙 3.164	壤/陶彙 3.165	繞/陶錄 2.518.1	屮/分域 946	邱/璽彙 2201	邑/陶錄 3.603.3
邑/陶錄 3.600.5	邑/古研 23.98	邑/璽彙 0198	邑/璽彙 0289	邑/集成 17.10246	邑/集成 18.12087	邑/集成 17.10964
邑/集成 01.271	邑/集成 01.271	邑/集成 15.9730	邑/集成 15.9733	鄑/陶彙 3.1325	郰/璽彙 2191	郰/璽彙 2191
劇鄘/山東 797 頁	鄘/集成 17.11022	鄘/集成 17.10896	鄘/集成 17.10897	鄘/新收 1025	鄘/璽彙 2239	邙/陶錄 3.3.2
邙/陶錄 3.3.1	邙/陶錄 3.3.5	邙/璽彙 0355	都/璽彙 2205	邦/璽彙 2204	鄭/後李三 8	鄭/陶錄 2.390.1
鄭/陶錄 2.390.2	鄐/陶彙 3.825	勺阝/璽彙 0246	鄘/璽彙 0209	旃/陶錄 2.683.1	旃/陶錄 2.386.1	旃/陶錄 2.386.2
邽/璽彙 2056	邽/璽彙 2057	鄄/璽彙 2598	鄄/璽彙 4014	邧/璽彙 2209	糾/陶錄 2.6.3	鄗/璽彙 0098
邗/璽彙 5555	邲/璽彙 5646	邲/璽彙 1147	邲/璽彙 5681	邲/璽彙 2218	邡/陶錄 3.394.3	邡/陶錄 3.384.3

邡/陶錄 3.394.6	邡/陶錄 3.384.6	邙/璽彙 2199	邙/璽彙 2200	邙/璽彙 2197	邙/璽彙 2198	郲/陶錄 2.553.3
鄴/陶錄 2.553.4	邜/璽彙 2194	邜/璽彙 2193	郼/璽彙 1928	郐/璽彙 1953	郐/陶彙 9.40	郐/山東 923 頁
郐/璽彙 1954	郐/璽彙 1955	郐/璽彙 1956	郐/璽彙 1942	郐/璽彙 1945	郐/璽彙 1946	郐/璽彙 1947
郐/璽彙 1948	郐/璽彙 1949	郐/璽彙 1950	郐/璽彙 1951	郐/璽彙 1952	郐/璽彙 1943	郐/璽彙 1944
郐/澂秋 29	郐/陶錄 3.26.4	郐/陶錄 3.27.1	郐/陶錄 3.28.2	郭/新收 1129	閭/璽彙 5330	肥/陶錄 3.486.1
撰/璽彙 0575	即/集成 17.11160	配/山東 161 頁	配/新收 1781	配/集成 01.280	配/集成 09.4629	配/集成 01.285
配/集成 09.4630	配/集成 01.276	配/集成 09.4644	卹/集成 01.272	卹/集成 01.274	卹/集成 01.274	卹/集成 01.274
卹/集成 01.275	卹/集成 01.275	卹/集成 01.282	卹/集成 01.282	卹/集成 01.285	卹/集成 01.285	卹/集成 01.245
卹/集成 01.285	卹/集成 01.285	卹/集成 01.285	卹/集成 01.102	卹/集成 01.285		
重 文						
雛/集成 01.172	雛/集成 01.172	雛/集成 01.172				

合　文					
公卿/陶錄 2.381.3	公卿/陶錄 2.381.4				

36. 欠

《說文解字・卷八・欠部》：「（字），張口气悟也。象气从人上出之形。」甲骨文作（字）（合 18007）、（字）（合 32344）；金文作（字）（欠父丁爵）；楚系簡帛文字用作偏旁作（字）（欲/清 1.保 5）、（字）（欲/清 2.繫 56）。徐中舒謂「象人踞而向前張口之形。」〔註48〕

齊系「欠」字承襲甲骨（字）形，人形為站立之形，單字與偏旁字形相同。偏旁字形在「懿」字中時，「人」形的中間訛變為近似「幺」形的形態，例：（字）（集成 12.6511）。

單　字						
欠/澂秋 32						

偏　旁						
瘊/陶錄 3.370.2	瘊/陶錄 3.371.2	瘊/陶錄 3.371.5	咨/陶錄 3.492.6	咨/陶錄 3.397.1	咨/陶錄 3.397.2	咨/陶錄 3.398.1
咨/陶錄 3.398.5	咨/陶錄 3.492.5	咨/陶錄 3.399.3	咨/陶錄 3.397.5	咨/集成 17.11260	咨/集成 16.10964	歊/集錄 290
歊/集成 16.10316	歊/集成 12.6511	歊/集成 12.6511	懿/璽彙 2096	懿/陶錄 2.543.2	懿/陶錄 2.544.2	懿/陶錄 2.671.4
懿/陶錄 2.543.4	懿/陶錄 2.544.1	懿/集成 07.3939	懿/集成 12.6511	懿/集成 12.6511	懿/山東 104 頁	脊/歷文 2007.5.15

〔註48〕徐中舒：《甲骨文字典》，頁 981。

脊/集成 17.11129	脊/集成 09.4649	脊/集成 09.4649	脊/陶錄 3.594.2	脊/陶錄 3.594.3	脊/陶錄 2.547.4	脊/新收 1861

37. 苟

《說文解字‧卷九‧苟部》：「苟，自急敕也。从羊省，从包省。从口，口猶慎言也。从羊，羊與義、善、美同意。凡苟之屬皆从苟。苟，古文羊不省。」甲骨文作（甲2581）；金文作（大保簋）；楚系簡帛文字作（清3.琴.13）。季旭昇師謂「字从卩，上著某種飾物，本義不明，當為某種人。」〔註49〕孫海波謂「與羌近，又疑苟从羌得聲。」〔註50〕

齊系「苟」字偏旁承襲甲骨，人形上部增加兩橫畫或圓圈形飾筆。

偏 旁						
憼/集成 01.285	敬/集成 01.102	敬/集成 01.285	敬/集成 01.273	敬/璽彙 0342	敬/璽彙 3535	敬/中新網 2012.8.11
敬/中新網 2012.8.11	敬/古研 29.396					

38. 廾

《說文解字‧卷三‧廾部》：「廾，持也。象手有所廾據也。凡廾之屬皆从廾。」甲骨文作（合00734）、（合07168）；金文作（班簋）；楚系簡帛文字作（執/清1.金.10）。羅振玉謂「象雙手執事形。」〔註51〕

齊系「廾」字形與金文形相同，有些字形下部的人形改作女形，例：（執/集成01.280）。

偏 旁						
揚/古研 29.311	揚/集成 01.92	揚/集成 01.273	揚/集成 01.285	揚/集成 01.102	揚/中新網 2012.8.11	揚/中新網 2012.8.11

〔註49〕季旭昇師：《說文新證》，頁717。
〔註50〕中國社科院考古研究所編輯：《甲骨文編》（北京：中華書局，2010年），頁381。
〔註51〕羅振玉：《增訂殷虛書契考釋》卷中，頁63。

揚/古研 29.310	揚（嶨）/集成 09.4649	揚（嶨）/集成 09.4649	夙（夘）/集成 01.285	夙（夘）/集成 09.4458	夙（夘）/集成 09.4458	夙（夘）/集成 01.272
夙/集成 17.10822	築/集成 16.10374	䕫/璽彙 3931	婹/集成 01.273	婹/集成 01.285	執/集成 01.278	執/集成 01.280
執/集成 15.9733	執/集成 15.9733	執/集成 01.272	執/集成 01.281	執/集成 01.285	執/集成 01.285	祝/集成 07.4041
祝/集成 07.4041						

39. 旡

《說文解字・卷八・旡部》：「㤅，歡食气屰不得息曰旡。从反欠。凡旡之屬皆从旡。㤅，古文旡。今變隸作旡。」甲骨文作（合18805）。用作偏旁，金文作（既/庚嬴卣）；楚系簡帛文字作（既/清1.程.1）。徐中舒謂「象人跽而口向後張之形，為旡之初文，既字從此。人食既每致屰气，故以此象屰气之形。」〔註52〕

齊系「旡」字偏旁承襲甲骨形，但人形為站立之形。

偏 旁						
慇/陶錄 3.648.3	慇/陶錄 3.329.4	慇/陶錄 3.329.5	既/中新網 2012.8.11	既/古研 29.310	既/古研 29.310	既/集成 05.2750
既/集成 01.285	既/集成 01.272	既/集成 15.9730				

40. 若

《說文解字・卷一・若部》：「叒，擇菜也。从艸右。右，手也。一曰杜

〔註52〕徐中舒：《甲骨文字典》，頁989。

若，香艸。」甲骨文作 ![圖] （合 21128）、![圖] （合 30388）；金文作 ![圖] （若父己爵）、![圖] （師虎簋）；楚系簡帛文字作 ![圖] （包 2.70）。羅振玉謂「象人舉手而跽足，乃象諾時巽順之狀。」〔註53〕季旭昇師認為，「象人跪跽，披頭散髮，雙手上舉，順服之狀。」〔註54〕

齊系「若」字偏旁承襲甲骨 ![圖] 形。

偏 旁					
![圖]	![圖]				
若/集成 05.2732	若/集成 05.2750				

四、女　部

41. 女

《說文解字·卷十二·女部》：「![圖]，婦人也。象形。王育說。」甲骨文作 ![圖] （合 03091）、![圖] （合 28170）；金文作 ![圖] （彭女甗）、![圖] （矢令方尊）、![圖] （豆閉簋）；楚系簡帛文字作 ![圖]（上 1.紂.1）。羅振玉謂「字象人側跪斂手之形。」〔註55〕

齊系「女」字單字和偏旁作 ![圖] （集成 16.10277）、![圖] （集成 01.272）、![圖] （古研 29.311），字形頭部不加髮簪之形，且不作跪跽之形。

單 字						
![圖]	![圖]	![圖]	![圖]	![圖]	![圖]	![圖]
女/集成 15.9730	女/集成 16.10277	女/集成 16.10135	女/集成 15.9733	女/集成 15.9733	女/集成 15.9733	女/集成 16.10272
![圖]	![圖]	![圖]	![圖]	![圖]	![圖]	![圖]
女/集成 16.10280	女/集成 16.10159	女/集成 16.10283	女/集成 03.2146	女/集成 03.718	女/集成 16.10266	女/集成 15.9729
![圖]	![圖]	![圖]	![圖]	![圖]	![圖]	![圖]
女/集成 01.272	女/集成 01.272	女/集成 01.272	女/集成 01.272	女/集成 01.273	女/集成 01.273	女/集成 01.273

〔註53〕羅振玉：《增訂殷虛書契考釋》卷中，頁 56。
〔註54〕季旭昇師：《說文新證》，頁 69～70。
〔註55〕羅振玉：《增訂殷虛書契考釋》卷中，頁 23。

女/集成 01.273	女/集成 01.273	女/集成 01.273	女/集成 01.274	女/集成 01.274	女/集成 01.275	女/集成 01.275
女/集成 01.275	女/集成 01.278	女/集成 01.280	女/集成 01.285	女/集成 01.285	女/集成 01.285	女/集成 16.10374
女/璽彙 3723	女/陶錄 2.274.2	女/陶錄 2.399.1	女/陶錄 3.19.1	女/陶錄 3.19.5	女/陶錄 3.620.2	女/陶錄 3.431.1
女/陶錄 3.19.3	女/陶錄 3.19.6	女/陶錄 3.20.2	女/陶錄 3.546.4	女/新收 1043	女/古研 29.311	女/古研 29.311
女/古研 29.310	女/古研 29.310	女/古研 29.310	女/古研 29.310	女/古研 29.311	女/古研 29.311	女/歷文 2009.2.51
女/中新網 2012.8.11	女/中新網 2012.8.11					

偏 旁						
仔/陶錄 3.333.6	沫（靧）/ 集成 01.245	姒/集成 05.2589	姒/璽彙 3599	始/璽彙 0330	始/歷文 2009.2.51	始/歷文 2009.2.51
娴/陶錄 2.370.1	娴/陶錄 2.370.4	娴/陶錄 2.371.2	娴/陶錄 2.375.1	娴/陶錄 2.371.3	娴/陶錄 2.373.1	娴/陶錄 2.374.1
娴/陶錄 2.374.3	娴/陶錄 2.684.1	媿/遺珍 65 頁	遫/集成 01.285	遫/銘文選 848	妣/集成 08.4152	妣/集成 01.284
妣/集成 01.285	妣/集成 01.277	姓（妡）/ 集成 09.4647	姓（妡）/ 集成 09.4646	斐/陶錄 3.481.4	斐/陶錄 3.481.5	斐/陶錄 3.481.6

娶/集成 16.10154	好/集成 01.142	好/集成 01.88	好/集成 01.89	好/集成 01.91	好/古研 29.311	好/古研 29.310
姶/集成 03.596	姶/文明 6.200	姬/新收 1068	姬/山東 161頁	姬/集成 04.2525	姬/集成 16.10144	姬/集成 09.4593
姬/集成 07.3939	姬/集成 09.4644	姬/集成 03.690	姬/集成 03.694	姬/集成 09.4568	姬/集成 09.4567	姬/集成 07.3989
姬/集成 03.685	姬/集成 16.10086	姬/集成 16.10272	姬/集成 16.10277	姬/集成 16.10211	姬/集成 07.3987	姬/集成 03.696
姬/集成 01.88	姬/集成 01.89	姬/集成 01.92	姬/集成 03.545	姬/集成 15.9579	姬/集成 07.3816	姬/集成 16.10142
姬/集成 03.718	姬/集成 03.593	姬/集成 16.10242	姬/集成 16.10117	姬/集成 03.608	聞（睯）/ 集成01.175	聞（睯）/ 集成01.177
聞（睯）/ 集成 01.178	聞（睯）/ 集成 01.180	聞（睯）/ 集成 01.172	聞（睯）/ 集成 01.174	如/璽彙 3924	姑/新收 1074	姑/雪齋 2.72頁
姑/集成 15.9559	姑/集成 15.9560	奴/集成 05.2589	鄭/璽彙 0237	婁/集成 15.9729	婁/集成 15.9730	鏤/璽彙 3687
壊/集成 18.12107	壊/歷博 1993.2	滕/新收 1074	滕/歷文 2009.2.51	妯/集成 01.285	妯/集成 01.280	妯/集成 01.276
迖/璽彙 0177	孃/集成 16.10147	孃/集成 07.3816	姝/古研 29.310	芺/陶錄 3.351.3	姉/璽彙 0331	嫜/集成 15.9688

嬅/集成 15.9687	嬅/集成 03.717	嬅/集成 04.2494	嬅/集成 04.2494	嬅/集成 04.2495	嬅/集成 05.2642	嬅/集成 07.3897
嬅/集成 07.3898	嬅/集成 07.3898	嬅/集成 07.3899	嬅/集成 07.3899	嬅/集成 07.3900	嬅/集成 07.3901	嬅/遺珍 30頁
瓔（瑗）/ 陶彙3.739	瓔（瑗）/ 陶彙3.284	纓/陶錄 3.416.3	纓/陶錄 3.416.4	纓/陶錄 3.416.5	纓/陶錄 3.283	纓/陶錄 3.417.5
纓/陶錄 2.208.3	纓/陶錄 2.209.1	纓/陶錄 2.171.3	纓/陶錄 2.171.4	纓/陶錄 2.549.1	纓/陶錄 2.549.2	纓/陶錄 3.417.5
纓/陶錄 3.417.6	纓/陶錄 3.416.1	纓/陶錄 2.208.1	妵/集成 09.4445	妵/集成 16.10081	妵/集成 16.10211	妵/集成 09.4442
妵/集成 09.4444	妵/集成 09.4443	鎰/陶錄 2.66.1	蠱/桓台 41	蠱/陶錄 2.79.1	蠱/陶錄 2.79.3	蠱/陶錄 2.79.4
蠱/陶錄 2.80.4	蠱/陶錄 2.81.1	蠱/陶錄 2.755.2	蠱/陶錄 2.80.3	蠱/璽考 65頁	鎰/璽考 65頁	妃/集成 08.4152
妃/集成 08.4145	妃/集成 09.4646	妃/集成 09.4647	嬴/集成 09.4560	嬴/集成 09.4560	嬴/集成 05.2641	嬴/集成 05.2568
嬴/集成 05.2640	嬴/新收 1045	嬴/新收 1045	姟/集成 08.4019	婦/琅琊網 2012.4.18	妻/山東 675頁	妻/集成 08.4127
妊/集成 16.10263	妊/集成 09.4574	妊/集成 16.10133	妊/集成 05.2601	妊/遺珍 69頁	妊/遺珍 41頁	妊/遺珍 116頁

 妊/遺珍 38頁	 妊/遺珍 61頁	 妊/山東 379頁	 妊/山東 170頁	 改/集成 16.10163	 改/集成 16.10282	 �/集成 09.4534
 威/集成 01.149	 威/集成 01.151	 威/集成 01.245	 妳/集成 08.4152	 媚（敦）/ 集成 16.10087		
合　文						
 目姜/璽彙 3826						

42. 女

《說文解字・卷七・宀部》：「⬚，靜也。从女在宀下。」作「安」字時，甲骨文作⬚（合 15404）；金文作⬚（哀成叔鼎）；楚系簡帛文字作⬚（上2.容.22）。陳劍認為「安」字中的「女」旁皆有一點，當隸為「安」。「女」字象「安坐」之形，即「通過在『跪坐人形』的股脛之間添加一筆來表示股、脛相接觸的跪坐姿勢。」〔註56〕

齊系「女」字偏旁字形承襲甲骨，與金文、楚系字形相同。

偏　旁						
 痿/陶彙 9.40	 案/璽彙 3587	 案/陶錄 2.337.4	案/陶錄 2.337.3	 安/山東 393頁	 安/後李二 8	 安/後李四 6
 安/集成 18.11490	 安/集成 16.10371	 安/集成 09.4546	 安/集成 09.4547	 安/集成 16.10361	 安/集成 16.10371	安/集成 18.11488
安/集成 18.11489	 安/遺珍 44頁	 安/遺珍 46頁	 安/璽彙 3691	 安/璽彙 2200	 安/璽彙 1944	 安/璽彙 3922

〔註56〕陳劍：〈說「安」字〉，《語言學論叢》第 31 輯，頁 349～360。

安/璽彙 0289	安/璽彙 0237	安/璽彙 2673	安/陶錄 2.263.4	安/陶錄 2.289.1	安/陶錄 2.361.1	安/陶錄 2.286.2
安/陶錄 2.94.3	安/陶錄 2.257.2	安/陶錄 3.39.1	安/陶錄 2.94.2	安/陶錄 2.401.3	安/陶錄 3.254.2	安/陶錄 2.396.2
安/陶錄 2.401.3	安/陶錄 2.401.1	安/陶錄 2.401.2	安/陶錄 2.401.4	安/陶錄 2.462.3	安/陶錄 2.503.3	安/陶錄 2.503.1
安/陶錄 2.505.3	安/陶錄 2.505.2	安/陶錄 2.505.4	安/陶錄 2.525.4	安/陶錄 2.559.2	安/陶錄 2.559.3	安/陶錄 3.39.3
安/陶錄 3.39.5	安/陶錄 3.39.2	安/陶錄 3.254.1	安/陶錄 3.254.2	安/陶錄 3.254.4	安/陶錄 3.254.3	安/陶錄 3.254.5
安/陶錄 3.254.6	安/陶錄 3.255.2	安/陶錄 3.255.3	安/陶錄 3.255.6	安/陶錄 3.256.1	安/陶錄 3.256.2	安/陶錄 3.257.4
安/陶錄 3.201.3	安/陶錄 3.253.6	安/陶錄 3.253.5	安/齊幣 41 背文	安/齊幣 108	安/齊幣 93	安/齊幣 2547
安/齊幣 84	安/齊幣 96	安/齊幣 104	安/齊幣 108	安/齊幣 146	安/齊幣 111	安/齊幣 106
安/齊幣 40	安/齊幣 39	安/齊幣 92	安/貨系 2507	安/貨系 2548	安/貨系 2644	安/貨系 2549
安/貨系 2513	安/陶彙 3.703					

43. 妟

《說文解字・卷七・疒部》:「▨，頸瘤也。从疒嬰聲。」甲骨文作▨（合

00190）；楚系簡帛文字作![img](清 1.金.9）。馮勝君謂「像女人的脖頸處長有腫瘤的樣子。」[註57]

齊系「妟」字偏旁承襲甲骨文，有些字形中的「女」形下部增加一短撇畫，例：![img]（匽/銘文選 2.865）。

偏 旁						
![img]	![img]	![img]	![img]	![img]	![img]	![img]
瘱/璽彙 0236	匽/銘文選 2.865	匽/集成 16.9975	匽/集成 01.412	宴/集成 15.9703	宴/集成 16.9975	宴/陶錄 2.180.3
![img]	![img]	![img]	![img]	![img]	![img]	![img]
宴/陶錄 2.388.3	宴/集成 01.152	宴/集成 01.245	宴/集成 01.151	宴/山大 4	宴/山大 12	宴/璽彙 3757
![img]						
宴/璽彙 0235						

44. 母

《說文解字‧卷十二‧母部》：「![img]，牧也。从女，象裹子形。一曰象乳子也。」甲骨文作![img]（合 21095）、![img]（合 22249）；金文作![img]（田告母辛方鼎）、![img]（母戊觶）、![img]（毛公鼎）；楚系簡帛文字作![img]（包 2.214）、![img]（上 2.子.13）。郭沫若謂「字从女，兩點象人乳形。」[註58]

齊系「母」字與金文![img]形和與楚簡![img]形相同，單字和偏旁字形相同。

單 字						
![img]	![img]	![img]	![img]	![img]	![img]	![img]
母/集成 09.4629	母/集成 09.4630	母/集成 01.271	母/集成 01.271	母/集成 03.596	母/集成 07.4040	母/集成 03.663
![img]	![img]	![img]	![img]	![img]	![img]	![img]
母/集成 03.664	母/集成 09.4644	母/集成 09.4644	母/集成 15.9657	母/集成 09.4458	母/集成 16.10361	母/集成 16.10361

〔註57〕馮勝君：〈試說東周文字中部分「嬰」及「嬰」之字的聲符——兼釋甲骨文中的「瘱」和「頸」〉，復旦網：http://www.gwz.fudan.edu.cn/Web/Show/860

〔註58〕郭沫若：〈釋祖妣〉，《甲骨文字研究》（北京：科學出版社，1982 年），頁 14。

母/集成 07.3939	母/集成 09.4574	母/集成 01.272	母/集成 01.274	母/集成 01.277	母/集成 01.278	母/集成 01.285
母/集成 01.285	母/集成 01.285	母/集成 09.4593	母/集成 16.10144	母/集成 09.4646	母/集成 09.4647	母/璽彙 0175
母/璽彙 0271	母/遺珍 44頁	母/遺珍 50頁	母/新收 1781	母/新收 1042	母/新收 1042	母/新收 1042
母/新收 1042	母/張莊磚 文圖一	母/張莊磚 文圖二	母/張莊磚 文圖三	母/山東 668頁	母/山東 611頁	母/山東 379頁
母/歷文 2009.2.51	母/中新網 2012.8.11					
偏　旁						
緒/陶錄 3.500.3	緔/陶錄 3.486.2	緒/集成 18.12107				

45. 毋

《說文解字・卷十二・毋部》：「　，止之也。从女，有奸之者。凡毋之屬皆从毋。」甲骨文作　（合05808）；金文作　（夨方鼎）；楚系簡帛文字作　（上1.紂.12）。于省吾謂「係把母字的兩點變為一個橫劃，作為指事字的標誌，以別於母，而因母字以為聲。」〔註59〕

齊系「毋」字承襲甲骨金文，字形中部或作一橫 畫，例：　（璽彙3752）；或作兩點，與「母」形未完全分化，例：　（集成09.4644）。

單　字						
毋/集成 09.4648	毋/集成 09.4646	毋/集成 08.4145	毋/集成 16.1036	毋/集成 09.4644	毋/璽彙 3752	毋/璽彙 5678

〔註59〕于省吾：《甲骨文字釋林》，頁455。

毌/璽考 334 頁	毌/陶錄 3.624.1	毌/陶錄 3.25.5	毌/陶錄 3.25.6	毌/陶錄 3.25.4	毌/歷文 2009.2.51

46. 每

《說文解字·卷一·每部》:「㦮，艸盛上出也。从屮母聲。」甲骨文作㮢（合27604）、㮢（合26001）、㮢（合29155）；金文作㮢（天亡簋）、㮢（夗尊）、㮢（杞伯每亡簋）；楚系簡帛文字作㮢（郭.語1.34）、㮢（上2.子.4）。王獻唐謂「以毛羽飾加於女首為每，加於男首則為美。」〔註60〕

齊系「每」字承襲甲骨作㮢（集成15.9687），不作跽坐之形，頭飾形訛變或作㮢（陶錄3.481.6）。

單　字						
每/集成 04.2494	每/集成 04.2494	每/集成 04.2495	每/集成 05.2642	每/集成 07.3897	每/集成 07.3898	每/集成 16.10334
每/集成 07.3898	每/集成 07.3899	每/集成 07.3899	每/集成 07.3900	每/集成 07.3901	每/集成 07.3902	每/集成 16.10255
每/集成 15.9687	每/集成 15.9688	每/集成 07.3902	每/山東 183 頁	每/陶錄 3.481.4	每/陶錄 3.481.5	每/陶錄 3.481.6
每/陶錄 2.241.1						
偏　旁						
嚞/陶錄 3.486.2	敏（勄）/ 古研 29.310	敏（勄）/ 古研 29.310	敏（勄）/ 古研 29.310	敏（勄）/ 古研 29.311	敏（勄）/ 集成 01.273	敏（勄）/ 集成 01.285

〔註60〕王獻唐:〈釋每美〉,《中國文字》第35冊,頁3935。

五、子　部

47. 子

《說文解字‧卷十四‧子部》:「🈀，十一月，陽气動，萬物滋，人以為偁。象形。凡子之屬皆从子。🈀，古文子，从巛，象髮也。🈀，籀文子，囟有髮，臂脛在几上也。」甲骨文作🈀（合35546）、🈀（合01249）、🈀（甲2903）；金文作🈀（作冊折觥）、🈀（大鼎）；楚系簡帛文字作🈀（包2.213）、🈀（上 2.魯.4）。李孝定認為，「🈀象幼兒頭上有髮及兩脛之形。餘形均其省變。其遞嬗之迹當如下表：🈀—🈀—🈀—🈀—🈀—🈀—🈀。🈀、🈀、🈀則象幼兒在襁褓之中。故下但見一直畫或微曲不見兩脛。兩手舞動。上象其頭之形。實均取象幼兒但表現各異耳。」〔註61〕

齊系「子」字承襲甲骨🈀形，與楚系字形相同，單字與偏旁字形相同。

「是」字字形與字義，季旭昇師有較為完善的討論，「甲文為族氏名，張亞初《〈漢語古文字字形表〉訂補》釋🈀為『是』，以為是商人的子姓氏族，甲骨文有媞氏作🈀（合18039）。陳劍彰師講義進一步指出甲骨當『冊』用的『智』字又作🈀（合30692），其左旁即『是』字，因此『是』為『珊（智）』的截取分化「是」字字。案：🈀是🈀的異體，去『大』加『止』聲。智（知支）、止（章之）二字聲都屬舌頭，韻為支之旁轉。智與是（禪支）二字韻同聲近，古音可通。金文『子』之頭部或加點、下部或繁化為『內』，訛變日甚而本形漸不可識。」〔註62〕

齊系「是」字中「子」形的頭部加點形，手臂繁化為形近「內」形。

單　字						
子/集成 17.11126	子/集成 17.11082	子/集成 17.11087	子/集成 17.10961	子/集成 17.11130	子/集成 17.11130	子/集成 09.4649
子/集成 16.10374	子/集成 16.10374	子/集成 01.245	子/集成 03.717	子/集成 05.2732	子/集成 01.172	子/集成 09.4630

〔註61〕李孝定:《甲骨文字集釋》，頁4312～4313。
〔註62〕季旭昇師:《說文新證》，2019年3月修訂，季旭昇師提供最新修正資料。

子/集成 17.11105	子/集成 17.11076	子/集成 17.11080	子/集成 07.3977	子/集成 01.92	子/集成 03.664	子/集成 09.4444
子/集成 16.10277	子/集成 03.718	子/集成 09.4689	子/集成 09.4623	子/集成 09.4624	子/集成 16.10236	子/集成 16.10233
子/集成 15.9659	子/集成 07.3944	子/集成 08.4127	子/集成 16.10210	子/集成 16.10135	子/集成 15.9729	子/集成 15.9729
子/集成 15.9729	子/集成 15.9730	子/集成 15.9730	子/集成 15.9733	子/集成 15.9733	子/集成 15.9709	子/集成 01.274
子/集成 01.278	子/集成 01.271	子/集成 01.271	子/集成 03.1348	子/集成 01.180	子/集成 08.4152	子/集成 05.2732
子/集成 17.10958	子/集成 17.11089	子/集成 17.11090	子/集成 16.10898	子/集成 17.11084	子/集成 17.11130	子/集成 17.11087
子/集成 17.11126	子/集成 17.11088	子/集成 15.9559	子/集成 15.9559	子/集成 15.9560	子/集成 15.9560	子/集成 17.11087
子/集成 01.217	子/集成 07.4096	子/集成 09.4571	子/集成 16.10154	子/陶錄 3.605.5	子/陶錄 3.477.1	子/陶錄 2.529.1
子/陶錄 2.529.2	子/陶錄 2.529.3	子/陶錄 2.530.3	子/陶錄 2.533.1	子/陶錄 2.534.2	子/陶錄 2.537.1	子/陶錄 2.537.1
子/陶錄 2.538.3	子/陶錄 2.540.4	子/陶錄 2.543.3	子/陶錄 2.543.1	子/陶錄 2.543.2	子/陶錄 2.544.4	子/陶錄 2.545.1

子/陶錄 2.547.4	子/陶錄 2.547.4	子/陶錄 2.651.2	子/陶錄 2.651.2	子/陶錄 3.293.4	子/陶錄 3.477.1	子/陶錄 3.593.4
子/陶錄 3.594.1	子/陶錄 3.598.4	子/璽彙 0233	子/璽考 31	子/遺珍 44 頁	子/遺珍 67 頁	子/遺珍 50 頁
子/山東 183 頁	子/山東 393 頁	子/山東 853 頁	子/山東 103 頁	子/山東 210 頁	子/古研 29.396	子/古研 29.396
子/後李三 3	子/歷文 2009.2.51	子/山師 1991.5.47	子/瑯琊網 2012.4.18			
偏　旁						
俟/陶錄 2.166.4	俟/陶彙 3.302	俟/陶錄 2.42.3	俟/陶錄 2.42.1	孝/集成 09.4649	孝/集成 09.4649	孝/集成 08.4190
孝/集成 09.4646	孝/集成 07.4040	孝/集成 07.4040	孝/集成 09.4458	孝/集成 09.4458	孝/集成 05.2750	孝/集成 01.142
孝/集成 01.88	孝/集成 01.89	孝/山東 189 頁	孝/新收 1088	孝/山東 161 頁	好/集成 01.88	好/集成 01.89
好/集成 01.142	/集成 01.91	好/古研 29.310	好/古研 29.311	姑/璽彙 4025	孚/集成 15.9733	滕/新收 1462
怒/陶錄 2.241.3	是/集成 05.2732	是/集錄 1009	是/集成 01.271	是/集成 01.271	是/集成 01.276	是/集成 01.152
是/集成 17.11259	是/集成 07.4096	是/集成 01.149	是/集成 01.140	是/集成 01.245	是/集成 01.151	是/集成 01.285

是/集成 01.276	是/集成 01.285	是/山東 675頁	是/山東 104頁	是/古研 29.396	是/新收 1043	偍/璽彙 0578
䇂/集成 04.2426	䇂/古研 29.396	半/璽彙 5646	游/集成 01.177	游/集成 01.172	游/集成 01.173	游/集成 01.180
胙/陶錄 2.538.1	胙/陶錄 2.538.2	挙/陶錄 3.317.2	挙/陶錄 3.317.3	挙/陶錄 3.317.4	挙/陶錄 3.317.5	挙/陶錄 3.317.6
挙/陶錄 3.317.1	孫/集成 07.4096	孫/集成 07.4096	孫/集成 07.4096	孫/集成 17.11069	孫/集成 09.4649	孫/集成 16.10261
孫/集成 05.2732	孫/集成 01.102	孫/集成 05.2732	孫/集成 08.4190	孫/集成 09.4630	孫/集成 16.10154	孫/集成 09.4428
孫/集成 09.4441	孫/集成 07.3772	孫/集成 07.3893	孫/集成 04.2418	孫/集成 07.3898	孫/集成 16.10263	孫/集成 05.2602
孫/集成 09.4642	孫/集成 01.271	孫/集成 01.280	孫/集成 01.285	孫/集成 01.285	孫/集成 01.276	孫/集成 01.140
孫/集成 15.9733	孫/集成 09.4645	孫/集成 16.10144	孫/集成 17.11040	孫/山東 103頁	孫/山東 103頁	孫/山東 76頁
孫/璽彙 3754	孫/璽彙 3678	孫/璽彙 1556	孫/璽彙 1560	孫/璽彙 1562	孫/璽彙 3920	孫/璽彙 5625
孫/璽彙 3939	孫/璽彙 3940	孫/璽彙 3931	孫/璽彙 3932	孫/璽彙 3934	孫/璽彙 3935	孫/璽彙 3937

孫/璽彙 3938	孫/璽考 315頁	孫/陶錄 3.518.6	孫/陶錄 2.5.3	孫/陶錄 2.8.2	孫/陶錄 2.8.4	孫/陶錄 2.9.2
/陶錄 2.176.1	孫/陶錄 2.177.1	孫/陶錄 2.176.3	孫/陶錄 2.405.3	孫/陶錄 2.405.4	孫/陶錄 2.555.1	孫/陶錄 2.555.2
孫/陶錄 2.555.3	孫/陶錄 2.556.4	孫/陶錄 2.285.1	孫/陶錄 3.17.3	孫/陶錄 3.17.6	孫/陶錄 3.518.4	孫/陶錄 3.610.1
孫/陶錄 3.518.5	孫/陶錄 2.4.3	孫/新收 1781	孫/新收 1781	孫/新收 1043	孫/古研 29.396	孫/古研 29.396
厚/集成 09.4517	厚/集成 09.4518	厚/集成 09.4519	厚/集成 09.4520	厚/集成 09.4517		

重 文

子/新收 1043	子/文明 6.200	子/遺珍 32頁	子/山東 379頁	子/集成 07.3818	子/集成 16.10277	子/集成 09.4690
子/集成 01.87	子/集成 01.245	子/集成 01.140	子/集成 04.2426	子/集成 01.175	子/集成 09.4556	子/集成 07.3772
子/集成 07.3897	子/集成 04.2591	子/集成 16.10318	子/集成 15.9709	子/集成 09.4689	子/國史1金 1.13	子/瑯琊網 2012.4.18
子/中新網 2012.8.11	孫/集成 09.4629	孫/新收 1462	孫/歷文 2009.2.51	孫/國史1金 1.13	孫/瑯琊網 2012.4.18	孫/集成 16.10318
孫/集成 01.87	孫/集成 01.245	孫/集成 01.140	孫/集成 04.2426	孫/集成 01.175	孫/集成 09.4556	孫/集成 07.3897

孫/集成 15.9709	孫/集成 09.4689	孫/集成 16.10277	孫/集成 09.4440	孫/集成 07.3817	孫/集成 05.2638	孫/集成 03.696
孫/集成 07.3902	孫/集成 16.10266	孫/集成 01.47	孫/集成 04.2525	孫/集成 01.285	孫/山東 668 頁	孫/山東 104 頁
孫/山東 379 頁						
合　文						
孝孫/集成 08.4152	子孔/集成 16.10266	石子/璽彙 202	孚呂/中新 網 2012.8.11	孚呂/中新 網 2012.8.11	還子/璽彙 5681	非子/璽彙 1365
厚子/新收 1075	厚子/新收 1075	公子/集成 17.11120	公子/璽彙 0240	公孫/陶錄 2.280.2	公孫/璽彙 3924	公孫/璽彙 3925
公孫/璽彙 3921	公孫/璽彙 3922	公孫/璽彙 3923	公孫/璽彙 3912	公孫/璽彙 3914	公孫/璽彙 3915	公孫/璽彙 3918
公孫/璽彙 3726	公孫/璽彙 5687	公孫/璽彙 3896	公孫/璽彙 1556	公孫/璽考 311 頁	公孫/璽考 308 頁	公孫/璽考 308 頁
公孫/璽考 311 頁	公孫/璽考 312 頁	公孫/璽考 312 頁	公孫/璽考 312 頁	公孫/璽考 312 頁	小子/集成 07.4037	小子/集成 01.285
小子/集成 07.4036						

48. 去

《說文解字·卷十四·去部》：「𠫓，不順忽出也。从到子。《易》曰：「突

如其來如。不孝子突出，不容於內也。凡去之屬皆从去。，或从到古文子，即《易》突字。」甲骨文作（合 27042）；楚系簡帛文字作（清 2.繫.135）。姚孝遂認為，字象倒子之形，即「㐬」之簡體。〔註63〕

齊系「去」字偏旁承襲甲骨字形，與楚系字形相同。

偏 旁						
棄/陶錄 2.439.3	棄/陶錄 2.675.1	棄/陶錄 2.438.1	棄/陶錄 2.438.3	棄/陶錄 2.439.1	棄/陶錄 2.439.2	

49. 孔

《說文解字・卷十二・孔部》：「，通也。从乚从子。乚，請子之候鳥也。乚至而得子，嘉美之也。古人名嘉字子孔。」金文作（孔作父癸鼎）、（陳璋方壺）；楚系簡帛文字作（上 2.民.1）。林義光謂「本義當為乳穴，引申為凡穴之稱。乚象乳形，子就之，以明乳有孔也。」〔註64〕

齊系「孔」字作（集成 09.4623）、（集成 15.9703）。

單 字						
孔/集成 09.4623	孔/集成 09.4624	孔/集成 15.9703	孔/集成 15.9975			
合 文						
子孔/集成 16.10266						

50. 保

《說文解字・卷八・保部》：「，養也。从人，从采省。采，古文孚。，古文保。，古文保不省。」甲骨文作（合 03410）、（合 16430）；金文作（亞父庚且辛鼎）、（大保簋）；楚系簡帛文字作（包 2.197）。唐蘭謂「象人反手負子於背也。子下所从一至兩點為飾筆。」〔註65〕

〔註63〕于省吾主編：《甲骨文字詁林》，頁 720。
〔註64〕林義光：《文源》，頁 101。
〔註65〕唐蘭：〈釋保〉，《殷墟文字記》（北京：中華書局，1981 年），頁 58～59。

齊系「保」字作㣌（集成 09.4646）、㣤（集成 16.10280），或增加「玉」形作㣤（集成 01.285）；或增加「貝」形作㣤（保/集成 01.87）。

單　字						
保/集成 07.4096	保/集成 09.4646	保/集成 01.245	保/集成 01. 172	保/集成 01.173	保/集成 01.175	保/集成 09.4649
保/集成 01.245	保/集成 09.4646	保/集成 16.10277	保/集成 15.9709	保/集成 09.4595	保/集成 09.4596	保/集成 17.10979
保/集成 09.4556	保/集成 15.9659	保/集成 01.140	保/集成 16.10280	保/集成 08.4152	保/集成 09.4629	保/集成 09.4630
保/新收 1029	保/新收 1781	保/山東 770 頁	保/山東 104 頁	保/古研 29.396	保/古研 29.396	
偏　旁						
保/集成 01.285	保/集成 15.9709	保/集成 16.10163	保/集成 16.10163	保/集成 09.4639	保/集成 16.10361	保/集成 16.10163
保/集成 16.10318	保/集成 16.10318	保/集成 01.271	保/集成 01.271	保/集成 01.271	保/山東 675 頁	保/新收 1043
保/歷文 2009.2.51	保/歷文 2009.2.51	保/瑯琊網 2012.4.18	保/瑯琊網 2012.4.18	保/集成 01.87		

51. 也

《說文解字・卷十二・也部》：「㞢，女陰也。象形。㞢，秦刻石也字。」甲骨文作㞢（合 33170）；金文作㞢（欒書缶）、㞢（魯大嗣徒子仲白匜）；楚系簡帛文字作㞢（郭.老甲.16）、㞢（上 1.孔.20）。李家浩謂「象子張口啼號之形，疑是『嗁』的象形初文。……大概是因為早期寫法的『也』與『子』形近，為

了避免混淆，故把『也』的兩臂筆劃省去，以便區別。」〔註66〕

齊系「也」字作 （山東 103 頁），偏旁字形下部作一豎畫，例：（疤/陶錄 3.488.1）。

單　字					
也/集成 15.9733	也/集成 15.9733	也/山東 76 頁	也/山東 103 頁		
偏　旁					
疤/陶錄 3.488.1	疤/陶錄 3.488.3	疤/陶錄 3.488.6			

六、首　部

52. 首

《說文解字・卷九・首部》：「，百同。古文百也。巛象髮，謂之鬊，鬊即巛也。」甲骨文作（花 304）、（合 06032）、（合 13613）；金文作（遹簋）、（吳方彝蓋）；楚系簡帛文字作（包 2.270）、（望 2.37）。季旭昇師謂「象頭形，頭髮或有或無，頭形或正或側。」〔註67〕

齊系「首」字單字與金文形相同，偏旁字形作無頭髮之形，例：（夏/集成 01.285）、（夒/集成 05.2586）。

單　字						
首/集成 01.285	首/集成 01.92	首/集成 01.273	首/集成 01.275	首/集成 01.282	首/集成 01.285	首/新收 1043
偏　旁						
頃/文物 1993.4.94	顏/璽彙 3718	顏/璽考 312 頁	頡/璽彙 1948	碩/山東 189 頁	額/陶錄 2.403.3	寡/山東 104 頁

〔註66〕李家浩：〈釋老簋銘文中的「瀘」字〉，《安徽大學漢語言文字研究叢書・李家浩卷》（合肥：安徽教育出版社，2002 年），頁 20～21。
〔註67〕季旭昇師：《說文新證》，頁 700。

沬（頮）/ 新收 1045	沬（頮）/ 新收 1091	沬（頮） /新收 1045	沬（頮）/ 遺珍 38 頁	沬（頮）/ 遺珍 67 頁	沬（頮）/ 山東 696 頁	沬（頮）/ 集成 07.3944
沬（頮）/ 集成 09.4458	沬（頮）/ 集成 09.4458	沬（頮）/ 集成 09.4444	沬（頮）/ 集成 09.4443	沬（頮）/ 集成 05.2641	沬（頮）/ 集成 09.4568	沬（頮）/ 集成 01.173
沬（頮）/ 集成 03.670	沬（頮）/ 集成 01.178	沬（頮）/ 集成 03.717	沬（頮）/ 集成 03.939	沬（頮）/ 集成 05.2639	沬（頮）/ 集成 09.4441	沬（頮）/ 集成 07.4110
沬（頮） /集成 09.4441	沬（頮）/ 集成 15.9687	沬（頮）/ 集成 09.4570	沬（頮）/ 集成 09.4560	沬（頮）/ 集成 09.4560	沬（頮）/ 集成 09.4567	沬（頯） /新收 1043
沬（頯）/ 瑯琊網 2012.4.18	沬（頯） /瑯琊網 2012.4.18	沬（頯）/ 集成 16.10163	沬（頯）/ 集成 01.277	沬（頯）/ 集成 09.4645	沬（頯）/ 集成 16.10361	沬（頯）/ 集成 16.10280
沬（頯）/ 集成 15.9709	沬（頯）/ 集成 01.285	沬（頯）/ 集成 16.10318	沬（顙）/ 集成 01.245	沬（顙）/ 集成 09.4574	沬（顙）/ 集成 01.102	沬（顙）/ 集成 16.10277
沬（顙）/ 集成 09.4690	沬（顙）/ 集成 07.3987	沬（顙）/ 集成 16.10007	沬（顙）/ 集成 16.10006	沬（顙）/ 集成 05.2586	沬（顙）/ 集成 09.4623	沬（顙）/ 集成 15.9729
沬（盧）/ 集成 16.10133	沬（盧）/ 集成 16.10151	沬（盧）/ 集成 16.10263	沬（盧）/ 集成 01.87	沬/集成 09.4629	沬/集成 01.140	沬/集成 07.4096

沫/新收 1781	夏/璽彙 0266	夏/陶錄 2.653.4	夏/陶錄 3.531.6	縣/璽考 46 頁	縣/璽考 46 頁	縣/集成 01.273
縣/集成 01.285	縣/陶錄 2.13.1	夏/璽考 301 頁	夏/集成 16.10006	夏/集成 01.276	夏/集成 01.285	夏/集成 01.173
夏/集成 01.172	夏/集成 01.175	夏/集成 01.174	顯/古研 29.310	顯/集成 01.276	顯/集成 01.283	顯/集成 01.285
顯/集成 01.277	顯/集成 01.277	顯/集成 01.285	顯/集成 01.92	顯/集成 01.285	顋/璽考 50 頁	項/璽彙 3234

53. 囟

《說文解字‧卷十‧囟部》：「囟，頭會，匘蓋也。象形。𦥑，或从肉宰。𠙷，古文囟字。」甲骨文作𦥑（合 26726）、𦥑（珠 437）；金文作𦥑（長囟盉）；楚系簡帛文字作𦥑（包 2.23）、𦥑（望 2.60）。陳夢家釋為「囟」、「甶」，謂「字象頭殼之形，其義為或為首腦，或為腦殼。」〔註68〕

齊系「囟」字承襲甲骨作𦥑（陶錄 3.22.1），單字與偏旁字形相同。

單 字						
甶/陶錄 3.22.1	甶/陶錄 3.22.2	甶/陶錄 3.22.3	甶/陶錄 3.631.4	甶/陶錄 3.652.1	甶/陶錄 3.560.3	甶/陶錄 3.560.5
甶/陶錄 3.560.1	甶/陶錄 3.560.2	甶/陶錄 3.560.6	甶/陶錄 3.503.4			
偏 旁						
鬼/陶錄 3.605.4	鬼/集成 01.102	鬼（䰟）/ 集成 08.4190	媿/遺珍 65 頁	愧/集成 01.285	愧/集成 01.272	愧/集成 08.4190

〔註68〕陳夢家：《殷虛卜辭綜述》（北京：中華書局，1988 年），頁 327。

溳/陶錄 3.547.6	寏/集成 16.10261	腮/陶錄 3.498.1	腮/陶錄 3.498.2	腮/陶錄 3.498.4	腮/陶錄 3.498.5	䰃/陶錄 3.600.4
畏/陶錄 2.562.3	畏/璽彙 4030	畏/陶錄 3.480.5	畏/集成 01.271	思/歷文 2009.2.51		

54. 西

《說文解字·卷十二·西部》:「【圖】,鳥在巢上。象形。日在西方而鳥棲,故因以為東西之西。棲,西或从木妻。【圖】,古文西。【圖】,籒文西。」甲骨文作【圖】(合 09741 正)、【圖】(合 09744)、【圖】(合 36975);金文作【圖】(禹鼎)、【圖】(師酉簋)、【圖】(多友鼎);楚系簡帛文字作【圖】(包 2.153)。唐蘭謂「卜辭之作【圖】【圖】【圖】諸形者,本即囟字,其後漸變作【圖】【圖】【圖】【圖】者,專為東西之稱,《說文》遂誤列為二字,不知囟西聲近,原止一字也。」〔註 69〕季旭昇師認為,甲骨文「西」字有兩個來源,一為象鳥巢形,一為「囟」字假借。〔註 70〕

齊系「西」字承襲甲骨,單字作【圖】、【圖】、【圖】形,偏旁僅作【圖】形。

單 字						
西/集成 16.10361	西/集成 16.10383	西/錄遺 6.132	西/陶錄 2.544.3	西/陶錄 2.544.4	西/陶錄 2.564.3	西/陶錄 2.564.2
西/陶錄 2.564.4	西/陶錄 2.700.4					
偏 旁						
垔/集成 17.10824	垔/集成 17.11051					

55. 白

《說文解字·卷七·白部》:「【圖】,西方色也。陰用事,物色白。从入合二。

〔註 69〕唐蘭:〈釋四方之名〉,《考古學社社刊》第 4 期,頁 4。
〔註 70〕季旭昇師:《說文新證》,頁 831～832。

二，陰數。🔲，古文白。」甲骨文作🔲（合 03396）；金文作🔲（七年趞曹鼎）；楚系簡帛文字作🔲（望 1.119）。高鴻縉認為，「白」為「貌」之初文。〔註71〕

齊系「白」字承襲甲骨，單字與偏旁字形相同。

單　字						
白/集成 01.87	白/集成 16.10007	白/集成 15.9729	白/集成 03.614	白/集成 03.690	白/集成 09.4568	白/集成 07.3974
白/集成 05.2602	白/集成 16.10086	白/集成 05.2642	白/集成 09.4415	白/集成 15.9688	白/集成 09.4445	白/集成 07.3989
白/集成 16.10275	白/集成 03.696	白/集成 01.89	白/集成 09.4440	白/集成 09.4443	白/集成 09.4444	白/集成 09.4567
白/集成 03.669	白/集成 05.2641	白/集成 07.4019	白/集成 07.3898	白/集成 16.10246	白/集成 04.2525	白/集成 16.10383
白/山東 161 頁	白/山東 235 頁	白/文博 2011.2	白/陶錄 3.24.1	白/陶錄 3.24.2	白/陶錄 3.24.3	
偏　旁						
姶/集成 03.596	姶/文明 6.200	拍/集成 09.4644	䣛/陶錄 2.84.4	樂/陶彙 3.804	樂/陶彙 3.823	樂/陶彙 2.643.4
樂/文物 2008.1.95	樂/集成 01.150	樂/集成 01.102	樂/集成 01.151	樂/集成 15.9729	樂/集成 15.9729	樂/集成 15.9730
樂/集成 01.245	樂/集成 01.142	樂/集成 01.150	濼/集成 01.174	濼/集成 01.175	濼/集成 01.179	帛/陶錄 2.84.3

〔註71〕高鴻縉：《中國字例》，頁 123～124。

56. 百

《說文解字・卷四・百部》：「⬚，十十也。从一白。數，十百為一貫。相章也。⬚，古文百从自。」甲骨文作⬚（合 10307）、⬚（合 09234）；金文作⬚（士上盉）、⬚（翏生盨）、⬚（十三年壺）；楚系簡帛文字作⬚（包2.133）、⬚（上 1.紂.7）。于省吾謂「係於白字中部附加一個折角形的曲劃，作為指事字的標志，以別於白，而仍因白字以為聲。」〔註72〕

齊系「百」字承襲甲骨⬚、金文⬚形，有些字形中的折角形延長至上部的橫畫作⬚（集成 01.285）。齊系「百」字單字還有一種特殊字形，作⬚（貨系 2651）。齊系「百」字的這種特殊字形與三晉和中山國文字相同。

單 字						
百/集成 08.4041	百/集成 01.278	百/集成 01.285	百/集成 01.271	百/集成 15.9733	百/貨系 2652	百/貨系 2653
百/貨系 2651	百/齊幣 156	百/齊幣 157	百/齊幣 153	百/齊幣 154	百/齊幣 155	百/先秦編 402
百/考古 1973.1	百/中新網 2012.8.11					
偏 旁						
奭/陶錄 3.295.4	奭/陶錄 3.295.5	奭/陶錄 2.160.1	奭/陶錄 2.553.3	奭/陶錄 2.160.3	𥄳/周金 6.132	𥄳/集成 18.12093
合 文						
三百/集成 01.285	三百/集成 01.273	三百/集成 01.273	三百/集成 01.285	一百/貨系 2653	一百/齊幣 156	一百/齊幣 157
一百/貨系 2652						

〔註72〕于省吾：《甲骨文字釋林》，頁 450～451。

57. 面

《說文解字・卷九・面部》:「■，顏前也。从百，象人面形。凡面之屬皆從面。」甲骨文作■（花195）；楚系簡帛文字作■（包2.272）、■（上2.容.14）。李孝定謂「从目，外象面部匡廓之形。」〔註73〕黃天樹以為在頭形「首」字的面部之前，加一曲筆表示顏面。〔註74〕

單　字					
面/周金 6.132					

58. 臣

《說文解字・卷十二・臣部》:「■，顧也。象形。凡臣之屬皆從臣。■，篆文臣。■，籀文从首。」金文作■（鑄子弔黑臣簋）。用作偏旁時，楚系簡帛文字作■（沮/清 2.繫.82）。段玉裁注「臣者，古文頤也。……口上為車，口下為輔，合口車輔三者為頤。」〔註75〕

　　齊系「臣」字與金文■形相同，單字與偏旁字形相同。「臣」字部分偏旁字形簡省點形作：■（姬/集成 09.4567）；兩個點形變為一豎畫作■（姬/集成 03.694）。

單　字						
臣/集成 09.4570	臣/集成 09.4571	臣/集成 09.4423				
偏　旁						
姬/集成 07.3939	姬/集成 09.4644	姬/集成 03.690	姬/集成 03.694	姬/集成 09.4568	姬/集成 09.4567	姬/集成 07.3989

〔註73〕于省吾:《甲骨文字釋林》，頁2851。
〔註74〕黃天樹:《黃天樹古文字論集》（北京:學苑出版社，2006年），頁452～453。
〔註75〕清・段玉裁:《說文解字註》，頁1030。

姬/集成 03.685	姬/集成 16.10086	姬/集成 16.10272	姬/集成 16.10277	姬/集成 16.10211	姬/集成 07.3987	姬/集成 03.696
姬/集成 01.88	姬/集成 01.89	姬/集成 01.92	姬/集成 03.545	姬/集成 15.9579	姬/集成 07.3816	姬/集成 16.10142
姬/集成 03.718	姬/集成 03.593	姬/集成 16.10242	姬/集成 16.10117	姬/集成 03.608	姬/集成 04.2525	姬/集成 16.10144
姬/集成 09.4593	姬/山東 161 頁	姬/新收 1068	劻/陶錄 2.262.3	妃/新收 1043	妃/集成 16.10282	妃/集成 09.4645
妃/集成 15.9704						
重　文						
妃/山東 675 頁	妃/集成 16.10283	妃/集成 16.10280	妃/集成 16.10159	妃/集成 16.10163	妃/集成 16.10282	妃/集錄 1009
妃/歷文 2009.2.51						

七、目　部

59. 目

《說文解字・卷四・目部》：「▨，人眼。象形。重童子也。▨，古文目。」甲骨文作▨（合 13621）、▨（合 28010）；金文作▨（瞯且壬爵）、▨（目爵）；楚系簡帛文字作▨（郭.唐.26）、▨（上 1.性.36）。字象人眼之形。

　　齊系「目」字承襲甲骨金文，單字作▨（陶錄 2.465.1），有些偏旁字形承襲金文的豎目形，例：▨（相/璽考 57 頁）。偏旁「目」字有以下特殊字形：

1.「目」形訛變後，與「囟」字形近訛同，例：▨（相/璽彙 3924）、▨（曉/陶錄 3.268.5）。

2.「目」形中的一橫畫變為豎畫，例：▨（矩/陶錄 3.164.3）。

3.「目」形中間省略一橫畫，例：▨（童/陶錄 2.562.1）。

4.「目」形承襲說文古文字形，並簡省目形中間的圓形，▨（親/璽彙 3.73.4）。

單　字						
目/陶錄 2.463.3	目/陶錄 2.463.4	目/陶錄 2.464.2	目/陶錄 2.464.4	目/陶錄 2.465.1	目/陶錄 2.465.2	目/陶彙 3.701
偏　旁						
瘤/陶錄 3.496.1	童/璽彙 1278	童/陶錄 2.562.1	鐘/集成 01.18	瞳/璽彙 0623	臅/陶錄 3.595.2	臅/陶錄 3.595.3
臅/陶錄 3.595.4	臅/陶錄 3.595.1	寬/集成 09.4645	曉/陶錄 3.269.5	曉/陶錄 3.269.1	曉/陶錄 3.269.2	曉/陶錄 3.269.3
曉/陶錄 3.268.2	曉/陶錄 3.268.3	曉/陶錄 3.268.5	曉/陶錄 3.268.6	曉/陶錄 3.268.6	曉/陶錄 3.269.1	曉/陶錄 3.269.3
還/山東 104 頁	還/山東 104 頁	鐵/璽彙 3666	暖/璽彙 0306	曼/集成 09.4595	曼/集成 09.4596	羃/陶錄 3.164.3
羃/陶錄 3.165.2	羃/集成 08.4190	羃/集成 05.2750	羃/集成 01.150	羃/集成 01.150	羃/集成 01.245	羃/集成 15.9733
羃/集成 09.4630	羃/集成 01.087	羃/集成 01.151	懼（懼）/璽考 66 頁	懼（懼）/陶錄 2.153.3	懼（懼）/陶錄 2.218.4	懌/陶錄 3.169.6

懌/陶錄 3.14.3	懌/陶錄 3.168.3	懌/陶錄 3.170.3	懌/陶錄 3.168.6	懌/陶錄 3.168.4	懌/陶錄 3.169.2	懌/陶錄 3.169.4
斁/璽彙 0306	相/璽彙 0262	相/璽彙 3924	相/璽考 57頁	眚/古研 29.310	瞶/集成 16.10374	瞶/集成 16.10374
耝/陶錄 3.633.6	耝/陶錄 3.165.2	耝/陶錄 3.164.3	耝/陶錄 3.163.3	耝/陶錄 3.163.4	耝/陶錄 3.165.3	耝/陶錄 3.165.6
耝/陶錄 3.164.6	眙/陶錄 2.73.1	眙/陶錄 2.73.2	眙/陶錄 3.136	眙/陶錄 2.75.3	眙/陶錄 2.75.1	眙/陶錄 2.265.3
眙/陶錄 2.662.2	眙/陶錄 2.72.1	眙/陶錄 2.74.1	睪/後李一 7	睪/陶錄 2.211.3	睪/陶錄 2.259.3	睪/陶錄 2.211.2
睪/陶錄 2.211.1	睸/璽考 66頁	親/璽彙 3.442.2	親/璽彙 3.73.4	親/璽彙 3.73.5	親/璽彙 3.73.6	親/璽彙 3.442.1
罨/璽彙 98						

重 文						
禔/山東 104頁	相/集成 15.9733					

合 文						
目姜/璽彙 3826	還子/璽彙 5681					

60. 眔

《說文解字・卷四・目部》：「眔，目相及也。从目，从隶省。」甲骨文

作 ■（合 06856）、■（合 27686）；金文作 ■（令鼎）；楚系簡帛文字作 ■（清 3.說下.3）。郭沫若謂「當係涕之古字，象目垂涕之形。」〔註76〕

　　齊系「眔」字與金文 ■ 形相同，或在字形中間增加橫畫。用作偏旁時，有的字形會簡省表示垂涕之形的點形，例：■（鰥/山東 104 頁）。

單　字						
■	■	■	■	■	■	
眔/集成 01.285	眔/集成 01.88	眔/集成 01.89	眔/集成 01.91	眔/集成 01.92	眔/集成 01.274	
偏　旁						
■	■					
鰥/山東 104 頁	鰥/山東 104 頁					

61. 𥄉

　　《說文解字・卷四・𥄉部》：「■，目不正也。从𠂉从目。凡𥄉之屬皆从𥄉。莧从此。讀若末。」《說文解字・卷四・𥄉部》：「■，勞目無精也。从𥄉，人勞則蔑然；从戍。」甲骨文作 ■（蔑/合 30451）；金文作 ■（蔑/免卣）；楚系簡帛文字作 ■（蔑/上 1.孔.9）。季旭昇師謂「甲骨文蔑字从戈或弜，从兓（或𡇞），而且戈或弜一定都穿過人形的下半身。」〔註77〕並認為，「𥄉」字為「蔑」字分化出來的一個部件。〔註78〕

　　齊系「𥄉」字偏旁承襲甲骨，但字形中的「目」形有筆畫簡省或增加的現象。

偏　旁					
■	■				
夢/陶錄 2.12.3	穳/璽彙 0238				

62. 民

　　《說文解字・卷十二・民部》：「■，眾萌也。从古文之象。■，古文民。」

〔註76〕郭沫若：《金文叢考》，頁 326～327。
〔註77〕季旭昇師：《說文新證》，頁 297。
〔註78〕季旭昇師：《說文新證》，頁 296。

甲骨文作󰀀（合 13629）；金文作󰀀（冠尊）、󰀀（大克鼎）；楚系簡帛文字作󰀀（郭.成.18）、󰀀（上 1.紂.2）、󰀀（郭.緇.16）。郭沫若謂「字象一左目形而有刃物以刺之。」〔註79〕李孝定謂「字不限左目。」〔註80〕

齊系「民」字作󰀀（集成 01.285），飾筆或為短橫畫；或字形左右增加撇形飾筆作󰀀（集成 15.9729）。

單　字						
民/集成 01.285	民/集成 01.271	民/集成 01.272	民/集成 15.9730	民/集成 15.9700	民/集成 15.9729	民/集成 15.9729
民/集成 01.279						

63. 直

《說文解字‧卷十二‧直部》：「󰀀，正見也。从乚从十从目。󰀀，古文直。」甲骨文作󰀀（合 22103）；金文作󰀀（恆簋蓋）；楚系簡帛文字作󰀀（郭.唐.20）、󰀀（上 1.紂.2）。聞一多謂「从目从｜，｜象目光所註。」〔註81〕張日昇謂「象目前有物象，目注視物象，則目與物象成一直線，故得直義。」〔註82〕

齊系「直」字偏旁承襲甲骨字形，｜形或增加飾筆點形，例：󰀀（德/集成09.4596）；或飾筆作「一」形，例：󰀀（德/集成 01.272）。

偏　旁						
德/集成 01.285	德/集成 09.4596	德/集成 12.6511	德/集成 12.6511	德/集成 01.272	德/集成 01.279	德/集成 09.4595
德（悳）/ 山東 104 頁	德（悳）/ 集成 09.4649					

〔註79〕郭沫若：〈釋臣宰〉，《甲骨文字研究》（北京：科學出版社，1982 年），頁 3～4。

〔註80〕李孝定：《甲骨文字集釋》，頁 3717。

〔註81〕聞一多：〈古典新義〉下，《聞一多全集》（武漢：湖北人民出版社，1993 年），頁515～526。

〔註82〕周法高主編：《金文詁林》（香港：中文大學出版社，1974～1975 年），頁 989。

64. 臣

《說文解字・卷三・臣部》：「█，牽也。事君也。象屈服之形。凡臣之屬皆从臣。」甲骨文作█（合 20355）、█（合 00707）；金文作█（靜簋）、█（小臣鼎）；楚系簡帛文字作█（曾.12）、█（上 1.紂.12）。郭沫若謂「字象豎目之形，人首俯則目豎，故象『屈服之形』。」[註83]

齊系「臣」字單字字形承襲甲骨█形，有作楚系█形，還作目形的眼球形右邊開口之形，█（陶錄 3.522.1）；字形中的豎畫貫穿眼球形作█（陶錄3.286.6）。偏旁作█、█形。

單　字						
█	█	█	█	█	█	█
臣/集成 15.9632	臣/集成 01.276	臣/集成 01.285	臣/陶錄 3.284.1	臣/陶錄 3.284.4	臣/陶錄 3.286.3	臣/陶錄 3.285.3
█	█	█	█	█	█	█
臣/陶錄 3.286.6	臣/陶錄 3.284.6	臣/陶錄 3.285.5	臣/陶錄 3.285.6	臣/陶錄 3.286.1	臣/陶錄 3.286.2	臣/陶錄 3.284.3
█	█	█	█	█	█	
臣/陶錄 3.286.4	臣/陶錄 3.286.5	臣/陶錄 3.286.6	臣/陶錄 3.284.2	臣/陶錄 3.522.1	臣/璽彙 3826	
偏　旁						
█	█	█	█	█	█	█
監/集成 17.10893	監/陶錄 3.1.2	監/陶錄 3.2.1	監/古研 29.395	監/古研 29.396	監/陶錄 3.1.3	豎/陶錄 3.530.6
█	█	█	█	█	█	█
楹/歷博 524	楹/陶錄 3.280.5	楹/陶錄 3.282.1	楹/陶錄 3.281.5	楹/陶錄 3.280.2	楹/陶錄 3.281.1	楹/陶錄 3.280.1
█	█					
宦/集成 01.285	宦/集成 01.272					

[註83] 郭沫若：〈釋臣宰〉，《甲骨文字研究》，頁 61～72。

八、耳 部

65. 耳

《說文解字・卷十二・耳部》：「■，主聽也。象形。凡耳之屬皆从耳。」甲骨文作■（合 21384）、■（合 09395）；金文作■（亞耳且丁尊）、■（耳壺）；楚系簡帛文字作■（睡.日乙.255）。象耳形。

齊系「耳」字與金文■、楚系■字形相同，並在楚系字形基礎上或增加飾筆點形或短橫畫，例：■（聞/璽考 39 頁）；或簡省右豎筆，例：■（取/陶錄3.532.5）。

單 字						
耳/陶彙 3.405	耳/陶錄 2.92.1	耳/陶錄 2.92.2	耳/陶錄 2.92.3	耳/陶錄 2.93.1		
偏 旁						
佴/璽彙 0590	佴/璽彙 3561	佴/璽彙 3705	佴/璽彙 0590	佴/璽彙 3561	佴/璽彙 3532	佴/璽考 250 頁
聖/集成 17.11128	聖/集成 01.172	聖/集成 01.175	聖/集成 01.177	聖/集成 01.271	/集成 01.271	聖/集成 05.2750
聖/集成 15.9729	聖/集成 15.9730	聖/集成 01.180	聖/璽彙 0198	趣/集成 08.4152	聯/璽彙 1509	聯/璽彙 0645
取/陶錄 3.532.5	取/陶錄 2.285.4	取/陶錄 2.135.4	取/陶錄 2.716.5	逗/璽彙 3222	逗/陶錄 3.457.2	逗/陶錄 3.457.4
逗/陶錄 2.550.1	逗/陶錄 2.133.1	逗/陶錄 3.457.1	逗/陶錄 2.440.4	逗/陶錄 2.409.3	逗/陶錄 2.133.2	逗/陶錄 2.133.3
逗/陶錄 2.133.4	逗/陶錄 2.134.1	逗/陶錄 2.440.2	逗/陶錄 2.440.3	逗/陶錄 2.441.1	逗/陶錄 2.442.1	逗/陶錄 2.442.2

逊/陶錄 2.442.3	逊/陶錄 2.442.4	逊/陶錄 2.443.2	逊/陶錄 2.444.1	逊/陶錄 2.378.4	逊/陶錄 2.667.3	逊/陶錄 3.457.5
逊/陶錄 2.550.2	逊/陶錄 2.654.3	椒/集成 09.4629	椒/集成 09.4630	椒/新收 1781	檴/集成 09.4623	檴/集成 09.4624
迥/陶錄 2.196.4	迥/陶錄 2.659.1	迥/陶錄 2.87.1	迥/陶錄 2.87.2	迥/陶錄 2.87.3	迥/陶錄 2.660.1	迥/陶錄 2.361.3
迥/陶錄 2.361.2	聶/集成 17.11105	耵/陶錄 3.557.1	聞（睧）/ 集成 01.175	聞（睧）/ 集成 01.177	聞（睧）/ 集成 01.178	聞（睧）/ 集成 01.180
聞（睧）/ 集成 01.172	聞（睧）/ 集成 01.174	聞/璽考 37頁	聞/璽考 38頁	聞/璽考 38頁	聞/璽考 39頁	聞/璽彙 0334
聞/璽彙 0028	聞/璽彙 0030	聞/璽彙 0033	聞/璽彙 0312	聞/璽彙 0029	聞/璽彙 0031	聞/璽彙 0032
聞/璽彙 0285	聞/璽彙 0193					

66. 耵

　　《說文解字・卷十二・耵部》：「，耳垂也。从耳下垂，象形。《春秋傳》曰：『秦公子輒者，其耳下垂，故以為名。』」金文作（子黃尊）；楚系簡帛文字作（包2.77）。季旭昇師謂「耵字从耳，旁曲線示耳之下垂。」〔註84〕

　　齊系「耵」字與金文、系字形相同，並在表示耳旁曲線之形的筆畫上加飾筆點形，作（陶錄3.250.6）。

〔註84〕季旭昇師：《說文新證》，頁839。

單　字					
耶/陶錄 3.250.6	耶/陶錄 3.251.1	耶/陶錄 3.251.5	耶/陶錄 3.251.4	耶/璽彙 0574	

九、自　部

67. 自

《說文解字‧卷四‧自部》:「■，鼻也。象鼻形。凡自之屬皆从自。」甲骨文作■（合 33314）、■（合 32348）；金文作■（毛公鼎）、■（吳王夫差鑑）；楚系簡帛文字作■（郭.語 3.14）、■（上 2.容.3、4）。象鼻子之形。

齊系「自」字作■（古研 29.310），偏旁字形或在「自」形中加入豎畫，例：■（嗅/陶錄 3.325.4）。

單　字						
自/集成 01.50	自/集成 01.149	自/集成 09.4556	自/集成 01.174	自/集成 18.11651	自/集成 05.2750	自/集成 05.2690
自/集成 05.2691	自/集成 05.2692	自/集成 09.4621	自/集成 16.10246	自/集成 01.142	自/周金 79	自/遺珍 67 頁
自/古研 29.310	自/古研 29.310	自/古研 29.310	自/古研 29.311			
偏　旁						
膌/陶錄 2.588.4	嗅/陶錄 3.325.2	嗅/陶錄 3.656.4	嗅/陶錄 3.325.5	嗅/陶錄 3.498.2	嗅/陶錄 3.325.4	嗅/陶錄 3.498.1
嗅/陶錄 3.325.5	嗅/陶錄 3.325.6	膌/璽彙 3689	劓/集成 01.277	劓/集成 01.285	粗/璽考 59 頁	鼻/陶錄 2.292.1

 鼻/陶錄 2.292.2	 鼻/陶錄 2.292.3	 皋/璽彙 3667	 亯/集成 09.4644			

68. 四

《說文解字・卷十四・四部》:「，陰數也。象四分之形。凡四之屬皆从四。，古文四。亖，籀文四。」甲骨文作（合 00177）；金文作（郘王子鐘）、亖（友簋）、（鄲孝子鼎）；楚系簡帛文字作（曾.57）、（望 2.45）、（上 2.容.20）。「四」字甲骨作亖形，金文、楚簡字形承襲甲骨，或作形。丁山謂「積畫為亖者數名之本字；後之作四者皆借呬為之。……从口，八象气，一象舌，全字象气蘊舌上而不能出諸口。」〔註 85〕李孝定謂「象鼻端有物下垂，不為泗則為息。」〔註 86〕

齊系「四」字作（陶錄 3.604.5），與金文形相近，還作亖形（璽考 60 頁），詳見「一」字字根。

單　字						
 四/陶錄 3.604.5	 四/新收 1078					
偏　旁						
 駟/集成 03.707	 駟/集成 15.9733					

十、口　部

69. 口

《說文解字・卷二・口部》:「，人所以言食也。象形。凡口之屬皆从口。」甲骨文作（合 24144）、（合 31486）；金文作（亞古父己卣）；楚系簡帛文字作（郭.語 1.51）。象口形。

〔註 85〕丁山：〈數名古誼〉，《中央研究院歷史語言研究所集刊》第 1 本 1 分，頁 90～91。

〔註 86〕周法高、李孝定、張日昇編著：《金文詁林附錄》（香港：中文大學出版社，1977 年），頁 1644。

齊系「口」字承襲甲骨字形，偏旁字形有如下特殊寫法：

1. 「口」形右側豎筆拉長，而「心」形近，例：（信/璽彙 0282）。

2. 「口」與「甘」形義俱近可通用，如「古」字，從口作（山東 104 頁）；從甘作（陶錄 3.585.6）。

3. 「口」與「言」形義俱近可通用，如「信」字，從口作（璽考 37 頁）；從言作（歷博 1993.2）。

4. 某些字省略後也會與「口」同形，如「昌」字，（集成 17.10998）。

5. 「口」形作為偏旁時，或表分化，或僅為飾筆，與口齒義無關，如「吉」字，（集成 09.4630），所從「口」形即是。

單　字						
口/陶錄 3.275.4	口/陶錄 2.502.1	口/齊幣 360	口/齊幣 402	口/齊幣 426	口/齊幣 426	口/齊幣 428
偏　旁						
兄/集成 01.271	兄/歷文 2009.2.51	兄/陶錄 3.659.5	兄/陶錄 3.659.6	信/璽考 37 頁	信/璽考 334 頁	信/璽考 40 頁
信/璽彙 5537	信/璽彙 0249	信/璽彙 3125	信/璽彙 3715	信/璽彙 0234	信/璽彙 3125	信/璽彙 0234
信/璽彙 0241	信/璽彙 0242	信/璽彙 0244	信/璽彙 0237	信/璽彙 0238	信/璽彙 0249	信/璽彙 0651
信/璽彙 0652	信/璽彙 0653	信/璽彙 0654	信/璽彙 1147	信/璽彙 1149	信/璽彙 1265	信/璽彙 1326
信/璽彙 1481	信/璽彙 1562	信/璽彙 1589	信/璽彙 1590	信/璽彙 1955	信/璽彙 1956	信/璽彙 1958

信/璽彙 2187	信/璽彙 2239	信/璽彙 2414	信/璽彙 2709	信/璽彙 3087	信/璽彙 3698	信/璽彙 3714
信/璽彙 3729	信/璽彙 3722	信/璽彙 3726	信/璽彙 3727	信/璽彙 3728	信/璽彙 3746	信/璽彙 4033
信/璽彙 0062	信/璽彙 0282	信/璽彙 0482	信/璽彙 0246	信/璽彙 0247	信/璽彙 0240	信/璽彙 3719
信/陶錄 3.596.2	倚/璽彙 0641	倚/璽彙 0651	瘒/陶錄 2.686.2	瘒/陶錄 2.615.3	瘒/陶錄 3.22.4	瘒/陶錄 2.613.4
瘒/陶錄 2.612.2	瘒/陶錄 2.615.2	郢/璽彙 0588	瘄/陶錄 3.370.2	瘄/陶錄 3.371.2	瘄/陶錄 3.371.5	聖/集成 01.177
聖/集成 01.180	聖/集成 17.11128	聖/集成 01.172	聖/集成 01.175	聖/集成 01.271	聖/集成 01.271	聖/集成 05.2750
聖/集成 15.9729	聖/集成 15.9730	聖/璽彙 0198	僉/遺珍 32 頁	鑯/集成 18.11651	敓/陶錄 3.374.4	敓/陶錄 3.375.1
敓/陶錄 3.26.4	敓/陶錄 3.374.2	敓/陶錄 3.375.3	敓/陶錄 3.26.1	敓/陶錄 3.377.4	敓/陶錄 3.378.3	敓/陶錄 3.636.3
敓/陶錄 3.28.5	敓/陶錄 3.377.5	敓/陶錄 3.378.3	敓/陶錄 3.374.1	蠱/陶錄 2.149.1	蠱/陶錄 2.149.4	蠱/陶錄 2.108.1
蠱/陶錄 2.108.2	蠱/陶錄 2.109.1	蠱/陶錄 2.109.3	蠱/陶錄 2.110.1	蠱/陶錄 2.147.1	蠱/陶錄 2.148.4	迟/陶錄 3.522.1

瘥/集成 16.10361	慇/陶錄 3.293.5	醤/璽彙 0177	醤/璽彙 0234	疣/陶錄 3.362.4	疣/陶錄 3.363.6
疣/陶錄 3.363.4	疣/集成 16.10361	疣/陶錄 3.363.2	疣/陶錄 3.363.5	疣/陶錄 3.364.2	臧/璽彙 3087
癇/陶錄 3.358.4	癇/陶錄 3.358.5	癇/陶錄 3.358.6	臧（減）/ 後李三 5	臧（減）/ 桓台 40	臧（減）/ 璽彙 3934
臧（減）/ 璽彙 3935	臧（減）/ 璽彙 1464	臧（減）/ 璽彙 2219	臧（減）/ 璽彙 0653	臧（減）/ 集成 16.9975	臧（減）/ 集成 09.4444
臧（減）/ 集成 09.4443	臧（減）/ 銘文選 2.865	臧（減）/ 璽考 315 頁	臧（減）/ 陶錄 3.185.2	臧（減）/ 陶錄 2.412.4	臧（減）/ 陶錄 3.184.3
臧（減）/ 陶錄 3.185.1	臧（減）/ 陶錄 3.185.3	臧（減）/ 陶錄 2.258.1	臧（減）/ 陶錄 2.257.4	臧（減）/ 陶錄 2.681.1	臧（減）/ 陶錄 2.312.4
臧（減）/ 陶錄 2.316.1	臧（減）/ 陶錄 2.317.3	臧（減）/ 陶錄 2.358.3	臧（減）/ 陶錄 2.533.1	臧（減）/ 陶錄 2.533.4	臧（減）/ 陶錄 2.418.3
疾（瘥）/ 陶錄 2.406.4	嘔/陶錄 2.268.2	嘔/陶錄 2.268.1	偡/陶錄 2.119.2	偡/陶錄 2.85.1	偡/陶錄 2.140.1
偡/陶錄 2.119.1	何/璽彙 2198	何/集成 16.10361	何/陶錄 2.564.3	何/陶錄 2.362.1	何/陶錄 2.362.2
何/陶錄 2.268.1	何/陶錄 3.506.5	何/陶錄 2.262.3	何/陶錄 2.268.2	厄/陶錄 3.293.3	兌/陶錄 3.562.6
兌/陶錄 3.609.4	兌/陶錄 3.609.2	兌/陶錄 3.609.3			

兌/陶錄 3.609.3	兌/陶錄 3.609.1	兌/陶錄 3.608.1	兌/陶錄 3.608.3	旨/集成 16.10361	旨/集成 16.10361	旨/桓台 41
旨/陶錄 3.493.4	旨/陶錄 2.660.4	旨/陶錄 2.173.2	旨/陶錄 2.168.1	旨/陶錄 2.173.4	眉/璽彙 0193	頤/集成 01.273
頤/集成 01.275	頤/集成 01.285	頤/集成 01.285	頤/中新網 2012.8.11	頤/中新網 2012.8.11	嘗/集成 09.4646	嘗/集成 09.4648
嘗/集成 09.4649	耆/古研 29.395	耆/古研 29.396	耆/陶彙 3.612	耆/陶彙 3.616	耆/集成 17.11077	耆/集成 17.11078
耆/璽考 334 頁	耆/璽彙 5678	耆/陶錄 2.672.2	耆/陶錄 2.407.3	耆/陶錄 2.407.1	耆/陶錄 2.407.2	台/山東 853 頁
台/古研 29.396	台/新收 1781	台/新收 1781	台/新收 1781	台/新收 1088	台/集成 01.245	台/集成 09.4629
台/集成 09.4630	台/集成 09.4646	台/集成 09.4630	台/集成 09.4646	台/集成 09.4647	台/集成 09.4647	台/集成 09.4629
台/集成 09.4647	台/集成 09.4648	台/集成 09.4648	台/集成 01.151	台/集成 01.149	台/集成 01.245	台/集成 09.4629
台/集成 09.4649	台/集成 09.4646	台/集成 09.4648	台/集成 09.4649	台/集成 01.245	台/集成 15.9700	台/集成 16.10374
台/集成 01.245	台/集成 05.2732	台/集成 16.10151	台/集成 01.271	台/集成 01.274	台/集成 01.275	台/集成 09.4145

台/集成 01.275	台/集成 01.285	台/集成 01.285	台/集成 01.285	台/集成 15.9733	台/集成 15.9733
台/集成 15.9733	台/集成 15.9733	台/集成 15.9733	台/集成 15.9733	台/集成 05.2732	台/集成 01.150	台/集成 16.10374
台/集成 01.150	台/集成 01.151	台/集成 01.151	台/集成 01.152	台/集成 01.152	台/集成 01.152	台/集成 09.4630
台/集成 01.245	台/集成 01.245	始/歷文 2009.2.51	始/歷文 2009.2.51	始/璽彙 0330	怡/集成 01.105	胎/集成 17.11127
貽/陶錄 2.50.1	訂/集成 01.142	訂/集成 01.175	訂/集成 01.172	訂/璽彙 4029	訴/璽彙 0175	辝/集成 01.273
辝/集成 01.271	辝/集成 01.151	辝/集成 09.4592	辝/集成 01.273	辝/集成 01.285	辝/集成 01.285	辝/集成 01.151
辝/集成 01.149	辝/集成 01.285	辝/集成 01.271	巸/集成 09.4458	巸/集成 09.4458	辟/集成 01.273	辟/集成 01.285
辟/集成 16.10374	辟/古研 29.310	辟/古研 29.311	畏/集成 01.271	愄/集成 08.4190	鬼（褢）/ 集成 08.4190	大（吞）/ 集成 17.11183
大（吞）/ 陶錄 2.29.1	大（吞）/ 陶錄 2.142.3	大（吞）/ 陶錄 2.28.1	大（吞）/ 陶錄 2.144.4	大（吞）/ 陶錄 2.144.3	大（吞）/ 陶錄 2.134.3	大（吞）/ 陶錄 2.135.3
大（吞）/ 陶錄 2.138.3	大（吞）/ 陶錄 2.139.1	大（吞）/ 陶錄 2.141.1	大（吞）/ 陶錄 2.142.1	大（吞）/ 陶錄 2.28.3	大（吞）/ 陶錄 2.28.4	大（吞）/ 陶錄 2.31.1

大（呇）/ 陶錄 2.31.3	大（呇）/ 陶錄 2.29.3	大（呇）/ 陶錄 2.119.2	大（呇）/ 陶錄 2.90.3	大（呇）/ 陶錄 2.90.4	大（呇）/ 陶錄 2.92.1	大（呇）/ 陶錄 2.92.2
大（呇）/ 陶錄 2.94.1	大（呇）/ 陶錄 2.94.2	大（呇）/ 陶錄 2.95.1	大（呇）/ 陶錄 2.95.3	大（呇）/ 陶錄 2.96.3	大（呇）/ 陶錄 2.96.4	大（呇）/ 陶錄 2.97.2
大（呇）/ 陶錄 2.97.3	大（呇）/ 陶錄 2.98.1	大（呇）/ 陶錄 2.98.2	大（呇）/ 陶錄 2.99.1	大（呇）/ 陶錄 2.99.3	大（呇）/ 陶錄 2.99.4	大（呇）/ 陶錄 2.101.4
大（呇）/ 陶錄 2.101.2	大（呇）/ 陶錄 2.100.3	大（呇）/ 陶錄 2.105.1	大（呇）/ 陶錄 2.105.4	大（呇）/ 陶錄 2.100.2	大（呇）/ 陶錄 2.106.4	大（呇）/ 陶錄 2.108.4
大（呇）/ 陶錄 2.109.3	大（呇）/ 陶錄 2.107.1	大（呇）/ 陶錄 2.114.1	大（呇）/ 陶錄 2.112.4	大（呇）/ 陶錄 2.113.1	大（呇）/ 陶錄 2.129.2	大（呇）/ 陶錄 2.129.3
大（呇）/ 陶錄 2.116.1	大（呇）/ 陶錄 2.140.3	大（呇）/ 陶錄 2.117.4	大（呇）/ 陶錄 2.117.3	大（呇）/ 陶錄 2.119.4	大（呇）/ 陶錄 2.120.2	大（呇）/ 陶錄 2.120.4
大（呇）/ 陶錄 2.131.1	大（呇）/ 陶錄 2.111.3	大（呇）/ 陶錄 2.113.4	大（呇）/ 陶錄 2.130.1	大（呇）/ 陶錄 2.127.3	大（呇）/ 陶錄 2.133.1	大（呇）/ 陶錄 2.134.1
大（呇）/ 陶錄 2.135.4	大（呇）/ 陶錄 2.405.1	大（呇）/ 陶錄 2.144.4	大（呇）/ 後李一 2	大（呇）/ 後李一 1	大（呇）/ 齊幣 184	大（呇）/ 齊幣 124
大（呇）/ 齊幣 225	大（呇）/ 齊幣 159	大（呇）/ 齊幣 49	大（呇）/ 齊幣 40	大（呇）/ 齊幣 224	大（呇）/ 齊幣 300	大（呇）/ 齊幣 290

大（呑）/ 齊幣 24	大（呑）/ 齊幣 48	大（呑）/ 齊幣 75	大（呑）/ 齊幣 287	大（呑）/ 齊幣 12	大（呑）/ 齊幣 74	大（呑）/ 齊幣 82
大（呑）/ 齊幣 29	大（呑）/ 齊幣 69	大（呑）/ 齊幣 49	大（呑）/ 齊幣 40	大（呑）/ 齊幣 11	大（呑）/ 齊幣 34	大（呑）/ 齊幣 29
大（呑）/ 齊幣 399	大（呑）/ 齊幣 399	大（呑）/ 齊幣 186	大（呑）/ 齊幣 271	大（呑）/ 齊幣 286	大（呑）/ 齊幣 47	大（呑）/ 齊幣 22
大（呑）/ 齊幣 27	大（呑）/ 齊幣 92	大（呑）/ 齊幣 107	大（呑）/ 齊幣 66	大（呑）/ 齊幣 65	大（呑）/ 貨系 2525	大（呑）/ 貨系 2538
大（呑）/ 貨系 2569	大（呑）/ 貨系 2613	大（呑）/ 貨系 2573	大（呑）/ 貨系 2538	大（呑）/ 貨系 2504	大（呑）/ 貨系 2501	大（呑）/ 貨系 3793
銛/璽彙 0312	銛/璽彙 0019	騎/璽彙 0307	容/貨系 3793	文（呑）/ 山東 104 頁	文（呑）/ 山東 104 頁	緟/璽考 45 頁
綴（緟）/ 陶錄 2.65.3	綴（緟）/ 陶錄 2.405.3	綴（緟）/ 陶錄 2.405.4	綴（緟）/ 陶錄 2.82.1	綴（緟）/ 陶錄 2.82.2	綴（緟）/ 璽彙 3519	綴（緟）/ 璽彙 1460
綴（緟）/ 歷博 43.16	覲/集成 01.285	覲/集成 01.282	覲/集成 01.274	超/陶彙 3.827	吳/山東 161 頁	吳/集成 09.4415
吳/集成 09.4415	吳/璽彙 1185	吳/陶錄 3.549.1	吳/陶錄 3.625.2	吳/陶錄 3.654.4	虤/陶錄 2.285.2	虤/陶錄 2.48.1
虤/陶錄 2.48.2	虤/陶錄 2.48.4	頡/璽彙 1948	碩/山東 189 頁	叽/陶錄 3.17.1	命/中新網 2018.11	命/中新網 2012.8.11

命/中新網 2012.8.11	命/集成 01.271	命/集成 15.9729	命/集成 02.894	命/集成 15.9730	命/集成 15.9730	命/集成 15.9730
命/集成 15.9729	命/集成 15.9729	命/集成 15.9729	命/集成 15.9730	命/集成 16.10151	命/集成 01.272	命/集成 08.3828
命/集成 15.9729	命/集成 16.10371	命/集成 16.10371	命/集成 16.10374	命/集成 15.9730	命/集成 4629	命/集成 16.10374
命/集成 01.273	命/集成 01.273	命/集成 01.274	命/集成 01.274	命/集成 01.274	命/集成 01.274	命/集成 01.275
命/集成 01.276	命/集成 01.277	命/集成 01.285	命/集成 01.285	命/集成 01.285	命/集成 01.285	命/集成 01.285
命/集成 01.285	命/集成 01.285	命/集成 01.285	命/集成 01.285	命/集成 01.285	命/集成 01.271	命/山東 104 頁
命/山東 104 頁	命/璽彙 3725	命/新收 1781	命/古研 29.396	箶/集成 17.10820	鈴/集成 01.50	盨/山東 740 頁
盨/山東 740 頁	盨/新收 1175	盨/集成 16.10366	盨/集成 16.10367	盨/璽彙 0355	盨/璽考 58 頁	盨/璽考 58 頁
盨/璽考 31 頁	盨/璽考 59 頁	盨/璽考 59 頁	盨/璽考 59 頁	盨/璽考 59 頁	盨/陶錄 2.28.4	盨/陶錄 2.32.1
盨/陶錄 2.28.3	盨/陶錄 2.32.2	盨/陶錄 2.32.3	盨/陶錄 2.7.2	盨/陶錄 2.24.4	盨/陶錄 2.35.3	盨/陶錄 2.29.1

鋆/陶錄 2.28.1	鋆/陶錄 2.28.2	鑠/集成 01.271	鄔/璽考 57頁	鄔/璽彙 0577	鄔/璽彙 3239	鄔/璽彙 1466
鄑/山東189頁	鄑/集成 17.11183	鄑/集成 15.9729	鄑/集成 15.9730	鄑/集成 17.10989	鄑/集成 17.10829	鄑/集成 15.9729
鄌/陶錄 3.624.2	卲/集成 09.4649	卲/集成 01.88	卲/集成 01.89	卲/璽彙 3704	卲/陶錄 2.382.3	卲/陶錄 2.382.4
卲/陶錄 2.382.1	卲/陶錄 2.382.2	邜/璽彙 2184	邜/璽彙 2199	邜/璽彙 2185	邜/璽彙 2187	邬/陶錄 2.33.3
咨/陶錄 3.397.2	咨/陶錄 3.398.1	咨/陶錄 3.398.5	咨/陶錄 3.399.3	咨/陶錄 3.397.5	咨/陶錄 3.492.5	咨/陶錄 3.492.6
咨/集成 17.11260	咨/集成 16.10964	咨/陶錄 3.397.1	黠/古研 29.395	黠/古研 29.396	黠/古研 29.396	瞀/古研 29.310
劙/陶彙 3.788	劙/陶錄 3.17.1	喎/陶錄 3.219.4	喎/陶彙 9.107	憨/集成 01.285	敬/集成 01.273	敬/集成 01.285
敬/集成 01.102	敬/中新網 2012.8.11	敬/中新網 2012.8.11	敬/璽彙 0342	敬/璽彙 3535	敬/古研 29.396	祝/山東 137頁
若/集成 05.2732	若/集成 05.2750	如/璽彙 3924	姞/新收 1074	姞/雪齋 2.72頁	龆/陶錄 2.84.4	還/山東 104頁
還/山東 104頁	懼（愳）/陶錄 2.218.4	懼（愳）/陶錄 2.153.3	懼（愳）/璽考 66頁	嘦/陶錄 3.656.4	嘦/陶錄 3.325.5	嘦/陶錄 3.498.2

嚊/陶錄 3.325.5	嚊/陶錄 3.325.6	嚊/陶錄 3.325.2	嚊/陶錄 3.325.4	嚊/陶錄 3.498.1	晢/集成 01.177	晢/集成 01.180
晢/集成 01.175	壽/集成 07.4019	合/集成 09.4649	鋯/集成 17.11081	鋯/集成 17.11120	鋯/集成 17.11062	鋯/集成 17.11034
鋯/集成 17.11078	盤/集成 08.4152	鈿/集成 16.10374	鈿/集成 16.10368	銅/集成 15.9730	銅/集成 15.9729	右/山東 740頁
右/山東740 頁	右/歷文 2007.5.16	右/陶彙 3.807	右/山璽 016	右/周金文 存631	右/李六 1	右/文史 2000.1.34
右/集成 17.10975	右/集成 16.10383	右/集成 17.11259	右/集成 17.10945	右/集成 17.11127	右/集成 18.11815	右/集成 17.11259
右/集成 01.272	右/集成 01.274	右/集成 01.278	右/集成 01.279	右/集成 01.280	右/集成 01.285	右/集成 17.11070
右/集成 01.285	右/集成 01.285	右/集成 16.10367	右/集成 16.10366	右/集成 15.9733	右/集成 17.11260	右/集成 18.11489
右/集成 17.10998	右/集成 18.11490	右/集成 17.11062	右/集成 17.11487	右/璽彙 5542	右/璽彙 0319	右/璽彙 0290
右/璽彙 0282	右/璽彙 0031	右/璽彙 0032	右/璽彙 0033	右/璽彙 0299	右/璽彙 3700	右/璽彙 0259
右/璽彙 0040	右/璽彙 0041	右/璽彙 0063	右/璽彙 0148	右/璽彙 0149	右/璽彙 0196	右/新收 1113

右/新收 1538	右/新收 1125	右/新收 1077	右/新收 1069	右/新收 1498	右/新收 1542	右/璽考 59頁
右/璽考 43頁	右/璽考 45頁	右/璽考 49頁	右/璽考 37頁	右/璽考 35頁	右/陶錄 2.49.3	右/陶錄 2.406.3
右/陶錄 2.48.4	右/陶錄 3.523.5	右/陶錄 2.560.2	右/陶錄 2.650.3	右/陶錄 2.22.4	右/陶錄 2.7.1	右/陶錄 2.12.4
右/陶錄 2.48.2	右/陶錄 2.24.4	右/陶錄 2.25.1	興/陶錄 3.52.3	興/陶錄 3.49.2	興/陶錄 3.49.3	/陶錄 3.53.2
興/陶錄 3.53.3	召（興）/ 集成 17.11088	召（興）/ 新收 1042	召（興）/ 新收 1042	召（興）/ 陶錄 2.1.1	敊/陶錄 2.173.2	敊/陶錄 2.173.3
敊/陶錄 2.660.4	敢/璽彙 3715	敢/山東 104頁	敢/山東 104頁	敢/古研 29.423	敢/集成 01.285	敢/集成 01.285
敢/集成 01.285	敢/集成 16.10222	敢/集成 09.4595	敢/集成 09.4596	敢/集成 07.3832	敢/集成 09.4415	敢/集成 09.4415
敢/集成 07.3828	敢/集成 07.3829	敢/集成 07.3831	敢/集成 01.272	敢/集成 01.92	敢/集成 01.273	敢/集成 01.273
敢/集成 01.275	敢/集成 01.275	敢/集成 01.275	敢/集成 01.279	敢/集成 01.282	敢/集成 01.285	敢/集成 01.285
敢/集成 01.285	敢/集成 01.285	敢/陶錄 2.430.4	敢/陶錄 3.32.6	敢/陶錄 2.429.4	敢/陶錄 2.759.3	敢/陶錄 3.524.1

敢/陶錄 3.32.1	敢/陶錄 3.32.5	敢/陶錄 3.544.5	敢/陶錄 3.544.2	敢/陶錄 3.544.3	敢/陶錄 2.430.1	敢/陶錄 3.524.2
嚴/山東 104 頁	敫/璽彙 4026	闊/陶錄 3.513.1	闊/陶錄 3.513.2	闊/陶錄 3.522.3	鼓/集成 01.277	鼓/集成 01.284
鼓/集成 15.9733	鼓/集成 01.285	啓/陶錄 3.91.5	啓/陶錄 3.95.2	啓/陶錄 3.95.3	啓/陶錄 3.94.4	啓/陶錄 3.94.5
啓/陶錄 3.92.5	啓/陶錄 3.94.6	啓/陶錄 3.91.2	啓/陶錄 3.91.1	君/古研 29.310	君/古研 29.311	君/三代 18.32.2
君/文明 6.200	君/璽考 31 頁	君/璽考 31 頁	君/遺珍 38 頁	君/遺珍 38 頁	君/遺珍 33 頁	君/歷文 2009.2.51
君/集成 01.102	君/集成 17.11265	君/集成 01.102	君/集成 01.050	君/集成 17.11088	君/集成 08.4152	君/集成 16.10383
君/集成 01.273	君/集成 01.275	君/集成 01.282	君/集成 01.285	君/集成 01.285	君/璽彙 0007	君/璽彙 3620
君/璽彙 0327	君/璽彙 5537	羣/集成 09.4647	羣/集成 09.4646	羣/集成 09.4648	羣/集成 08.4145	賛/璽彙 2611
肇/考古 2011.2.16	肇/考古 2010.8.33	敁/集成 17.11070	敁/集成 17.10962	毆/璽彙 1466	遣/集成 07.4040	遣/集成 07.4029
遣/集成 07.4040	遣/集成 04.2422	遣/山東 668 頁	尋/集成 16.10221	邊/集成 07.3987	妟/陶錄 3.149.2	妟/陶錄 3.149.3

豆/陶錄 3.149.1	後/陶錄 3.338.5	後/陶錄 3.338.2	後/陶錄 3.338.4	後/陶錄 3.338.1	後/陶錄 3.338.3	後/陶錄 3.338.6
後/山東 871 頁	告/新收 1097	告/集成 17.11131	告/集成 09.4668	告/集成 17.11126	告/陶錄 3.559.1	告/陶錄 3.521.2
造/歷文 2007.5.15	造/古貨幣 227	造/文物 2002.5.95	造/山東 812 頁	造/山東 877 頁	造/集成 17.11158	造/集成 17.11088
造/集成 17.11130	造/集成 05.2732	造/集成 17.11101	造/集成 17.11160	造/集成 17.11087	造/集成 17.11128	造/集成 17.11591
造/集成 17.11158	造/集成 17.11260	造/集成 17.11128	造/集成 17.11035	造/集成 18.11815	造/集成 09.4648	造/集成 18.11815
造/集成 17.11129	造/陶錄 2.195.2	造/陶錄 2.194.2	造/陶錄 2.195.4	造/陶錄 2.195.3	造/陶錄 2.239.4	造/陶錄 2.663.1
造/陶錄 2.196.1	造/新收 1028	造/新收 1086	造/新收 1112	造/新收 1983	造/新收 1167	造（郜）/集成 17.10989
造（[illegible]）/集成 17.11123	造（焅）/集成 17.11023	造（[illegible]）/周金 6.35	艁/集成 04.2422	[illegible]/璽考 67 頁	[illegible]/集成 17.11082	[illegible]/集成 15.9709
[illegible]/山東 103 頁	[illegible]/山東 76 頁	[illegible]/山東 103 頁	[illegible]/山東 103 頁	貉/集成 07.3977	貉/陶彙 3.1056	貉/陶彙 3.1057
[illegible]/集成 01.273	[illegible]/集成 01.285	各/中新網 2012.8.11	各/山東 161 頁	洛/璽彙 0322	[illegible]/集成 18.12088	輅（[illegible]）/集成 17.11123

佫/璽彙 0328	客/集成 05.2732	客/集成 15.9700	客/璽考 33頁	客/陶錄 3.614.1	昌/璽彙 0301	昌/收藏家 2011.11.25
昌/集成 17.11211	昌/集成 17.10998	昌/陶錄 2.604.1	昌/璽考 42頁	昌/陶錄 2.6.1	昌/陶錄 2.5.4	昌/陶錄 2.288.3
昌/陶錄 2.52.1	昌/陶錄 2.304.3	昌/陶錄 2.387.3	昌/陶錄 2.387.4	昌/陶錄 2.604.1	昌/陶錄 2.758.1	昌/陶錄 3.542.2
昌/齊幣 9	昌/齊幣 11	昌/齊幣 128	昌/齊幣 124	昌/齊幣 120	昌/齊幣 123	昌/齊幣 48
昌/齊幣 2639	昌/齊幣 121	昌/貨系 2571	昌/貨系 2637	昌/貨系 2538	昌/貨系 2504	昌/貨系 2643
昌/貨系 2505	昌/貨系 2570	唐（喁）/ 璽彙 3142	唐（喁）/ 璽彙 3697	唐（喁）/ 璽彙 0147	喁/陶錄 2.181.2	喁/陶錄 2.261.3
喁/陶錄 2.261.4	喁/陶錄 2.181.1	名/集成 01.245	名/新收 1078	吃/陶錄 3.504.6	清/璽彙 0156	河/集成 15.9733
河/陶錄 3.98.2	河/陶錄 3.98.3	河/陶錄 3.99.2	河/陶錄 3.99.3	河/陶錄 3.99.4	河/陶錄 3.96.3	河/陶錄 3.97.1
河/陶錄 3.97.2	河/陶錄 3.96.1	河/陶錄 3.96.2	河/陶錄 3.97.4	河/陶錄 3.97.6	河/陶錄 3.98.4	河/陶錄 3.96.5
河/陶錄 3.96.4	河/陶錄 3.97.5	河/陶錄 3.99.1	河/陶錄 3.98.1	洦/陶錄 3.335.6	洦/陶錄 3.334.4	洦/陶錄 3.335.4

泀/陶錄 3.506.6	泀/陶錄 3.334.2	泀/陶錄 3.334.1	泀/陶錄 3.334.3	泀/陶錄 3.334.6	枳/集成 08.4190	枳/璽彙 0177
枳/璽考 59頁	枳/陶錄 2.17.1	枳/陶錄 2.700.4	枳/陶錄 3.602.1	枳/陶錄 3.602.2	槑/集成 17.11006	味/陶錄 3.521.1
喪/集成 15.9730	喪/集成 15.9729	喪/集成 15.9729	喪/集成 15.9730	喪/集成 15.9730	和/古研 29.395	和/古研 29.396
和/古研 29.395	和/古研 29.396	香/集成 15.9709	賠/陶錄 3.147.1	賠/陶錄 3.146.5	賠/陶錄 3.147.3	賠/陶錄 3.148.1
賠/陶錄 3.146.3	賠/陶錄 3.146.1	賠/陶錄 3.146.2	酤/後李六1	酤/後李二2	酤/陶錄 2.563.3	酤/陶錄 2.562.3
酤/陶錄 2.560.2	酤/陶錄 2.561.1	酤/陶錄 2.561.2	酤/陶錄 2.562.1	酤/陶錄 2.564.2	酤/陶錄 2.564.3	酤/陶錄 2.564.4
酤/陶錄 2.674.1	酤/陶錄 2.674.2	酤/陶錄 2.553.2	酤/陶錄 2.553.3	酤/陶錄 2.554.2	酤/陶錄 2.557.2	酤/陶錄 2.557.3
酤/陶錄 2.555.2	酤/陶錄 2.556.1	酤/陶錄 2.556.2	酤/陶錄 2.558.1	酤/陶錄 2.558.3	酤/陶錄 2.558.4	酤/陶錄 2.559.2
酤/陶錄 2.559.3	酤/陶錄 2.560.1	艁/山師 1991.5.47	艁/三代 20.11.2	艁/新收 1069	艁/新收 1110	艁/山東 860頁
艁/山東 809頁	艁/山東 853頁	艁/山東 848頁	艁/集成 17.11125	艁/集成 17.10968	艁/集成 17.11077	艁/集成 18.11609

舘/集成 17.11090	舘/集成 17.11210	舘/集成 17.11125	舘/集成 17.11206	舘/集成 17.11124	舘/集成 17.11079	舘/集成 17.11006
舘/集成 17.11089	舘/集成 17.11080	舘/集成 17.11124	囻/璽考 42 頁	囻/璽彙 3685	囻/璽彙 0582	囻/陶錄 2.7.1
囻/陶錄 2.22.3	囻/陶錄 2.509.3	囻/陶錄 2.514.3	囻/陶錄 2.637.4	囻/陶錄 2.638.4	囻/陶錄 2.641.3	囻/陶錄 2.509.1
囻/陶錄 2.587.2	囻/陶錄 2.315.2	囻/陶錄 2.667.1	囻/陶錄 2.511.1	囻/陶錄 2.5.4	囻/陶錄 2.6.1	囻/陶錄 2.6.2
青/陶彙 3.804	帝（啻）/ 集成 09.4649	或/集成 01.285	或/集成 01.273	均/歷博 41.4	均/璽彙 3239	均/陶錄 2.20.4
均/陶錄 2.7.2	均/陶錄 2.9.4	阿/集成 17.11158	阿/集成 17.10923	阿/小校 10.16.1	阿（𨻶）/ 璽彙 0313	阿（𨻶）/ 周金 6.31
阿（𨻶）/ 集成 17.11001	阿（𨻶）/ 集成 17.11001	阿（𨻶）/ 集成 17.11041	阿（𨻶）/ 山東 871 頁	阿（𨻶）/ 山東 803 頁	阿（𨻶）/ 新收 1542	阿（𨻶）/ 山璽 004
冶/集錄 1116	冶/集成 18.11815	冶/集成 17.11183	冶/齊幣 331	冶/齊幣 346	冶/錢典 1194	冶/新收 1167
冶/新收 1167	冶/新收 1983	冶/新收 1097	冶/陶錄 3.400.3	冶/陶錄 3.400.4	冶/陶錄 3.399.5	冶/陶錄 3.399.4
冶/陶錄 3.400.6	冶/陶錄 3.402.1	冶/陶錄 3.400.1	冶/貨系 3797	冶/貨系 3791	冶/貨系 3793	冶/貨系 3794

冶/貨系 3798	冶/貨系 3790	冶/貨系 3786	冶/貨系 3789	周/貨系 2659	周/集成 07.4041	周/文博 2011.2
周/璽彙 3028	彫/陶錄 2.395.3	彫/陶錄 3.593.4	彫/陶錄 2.395.1	彫/陶錄 2.395.2	狗/陶錄 2.193.4	器/陶錄 3.578.3
器/陶錄 3.3.1	器/山東 103 頁	器/山東 103 頁	器/山東 76 頁	器/山東 76 頁	器/新收 1781	器/集成 09.4629
器/集成 09.4630	器/集成 01.152	器/集成 09.4647	器/集成 09.4648	器/集成 08.4152	器/集成 09.4646	器/集成 01.245
器/集成 09.4649	器/集成 09.4649	繇/後李一 1	繇/陶錄 2.156.1	繇/陶錄 2.157.3	繇/陶錄 2.159.2	繇/陶錄 2.653.4
繇/陶錄 2.99.3	繇/陶錄 2.113.4	繇/陶錄 2.117.4	繇/陶錄 2.105.1	繇/陶錄 2.105.4	繇/陶錄 2.128.4	繇/陶錄 2.98.2
繇/陶錄 2.152.3	繇/陶錄 2.54.2	繇/陶錄 2.22.4	繇/陶錄 2.90.3	繇/陶錄 2.90.1	繇/陶錄 2.91.3	繇/陶錄 2.92.1
繇/陶錄 2.94.1	繇/陶錄 2.94.2	繇/陶錄 2.95.1	繇/陶錄 2.96.3	繇/陶錄 2.96.4	繇/陶錄 2.97.3	繇/陶錄 2.97.4
繇/陶錄 2.99.1	繇/陶錄 2.99.4	繇/陶錄 2.100.2	繇/陶錄 2.101.2	繇/陶錄 2.101.4	繇/陶錄 2.103.1	繇/陶錄 2.104.4
繇/陶錄 2.657.2	繇/陶錄 2.92.4	繇/陶錄 2.106.4	繇/陶錄 2.111.2	繇/陶錄 2.112.4	繇/陶錄 2.113.1	繇/陶錄 2.116.1

繇/陶錄 2.117.3	繇/陶錄 2.117.4	繇/陶錄 2.119.4	繇/陶錄 2.120.1	繇/陶錄 2.120.4	繇/陶錄 2.152.1	繇/陶錄 2.154.1
繇/陶錄 2.154.2	繇/陶錄 2.155.1	吔/璽彙 1148	魯/古研 29.310	魯/古研 29.310	魯/山東 161 頁	魯/遺珍 46 頁
魯/陶錄 3.277.4	魯/集成 05.2639	魯/集成 14.9408	魯/集成 03.648	魯/集成 03.593	魯/集成 07.4110	魯/集成 14.9096
魯/集成 16.10316	魯/集成 01.18	魯/集成 07.3974	魯/集成 07.3987	魯/集成 04.2591	魯/集成 04.2354	魯/集成 16.10275
再/新泰 20	再/山大 4	再/山大 12	再/集成 15.9700	再/集成 15.9700	再/集成 01.275	再/集成 01.285
再/陶錄 2.15.2	再/陶錄 2.9.1	再/陶錄 2.11.1	再/陶錄 2.10.1	再/陶錄 2.7.2	再/陶錄 2.8.1	再/陶錄 2.4.2
再/陶錄 2.9.2	再/陶錄 2.10.2	再/陶錄 2.10.3	再/陶錄 2.12.2	再/陶錄 2.15.1	鳴/集成 01.142	雚/文物 1994.3.52
雚/新收 1028	唯/中新網 2012.8.11	唯/中新網 2012.8.11	唯/集成 08.4029	唯/古研 29.310	唯/古研 29.310	唯/古研 29.311
唯/陶錄 2.626.1	唯/陶錄 2.629.1	唯/陶錄 2.626.2	唯/陶錄 2.627.2	唯/陶錄 2.627.4	鉤/陶彙 3.825	鉤/陶錄 3.480.6
鉤/陶錄 2.561.2	鉤/陶錄 3.636.4	鉤/陶錄 2.561.1	胊/陶錄 2.648.1	胊/陶錄 2.649.1	盈/集成 16.10334	臧（贓）/ 璽考 53 頁

臧（牆）/ 璽彙 0176	同/錄遺 6.132	同/古研 29.423	同/新收 1542	同/璽彙 2186	同/中新網 2012.8.11	同/陶錄 2.324.1
同/陶錄 2.324.4	同/陶錄 2.658.4	同/陶錄 2.324.2	同/陶錄 2.324.3	昇/陶錄 3.65.4	昇/陶錄 3.66.4	昇/陶錄 3.65.2
昇/陶錄 3.64.2	昇/陶錄 3.64.4	昇/陶錄 3.523.1	昇/陶錄 3.479.5	區/後李五	區/集成 16.10374	區/陶錄 3.364.1
區/陶錄 2.46.1	區/陶錄 2.3.3	區/陶錄 2.8.1	區/陶錄 2.8.2	區/陶錄 2.8.3	區/陶錄 2.167.2	區/陶錄 2.5.4
區/陶錄 2.44.1	區/陶錄 2.19.4	區/陶錄 2.28.1	區/陶錄 2.28.2	區/陶錄 2.28.3	區/陶錄 2.28.4	區/陶錄 2.30.2
區/陶錄 2.30.4	區/陶錄 2.44.4	區/陶錄 2.45.1	區/陶錄 2.45.3	闆/陶錄 2.432.2	闆/陶錄 2.432.3	闆/陶錄 2.433.4
甚/陶錄 2.167.1	甚/陶錄 2.167.2	簠（匠）/ 新收 1045	簠（匠）/ 新收 1045	簠（匠）/ 新收 1046	簠（匠）/ 新收 1042	簠（匠）/ 遺珍 44 頁
簠（匠）/ 遺珍 67 頁	簠（匠）/ 遺珍 50 頁	簠（匠）/ 遺珍 48 頁	簠（匠）/ 遺珍 115 頁	簠（匠）/ 集成 09.4593	簠（匠）/ 集成 09.4571	簠（匠）/ 集成 09.4596
簠（匠）/ 集成 09.4556	簠（匠）/ 集成 09.4534	簠（匠）/ 集成 09.4568	簠（匠）/ 集成 09.4560	簠（匠）/ 集成 09.4570	簠（匠）/ 集成 09.4566	簠（匠）/ 集成 09.4567
簠（匠）/ 集成 09.4690	簠（匠）/ 集成 09.4689	簠（匠）/ 集成 09.4690	簠（匠）/ 集成 09.4691	哑/璽彙 3620	紀（紀）/ 璽彙 2611	紀（紀）/ 璽考 70 頁

紹/璽考 60頁	紹/璽考 60頁	紹/考古 1985.5.476	紹（綯）/ 陶錄 3.502.1	結/陶錄 3.249.4	結/陶錄 3.249	結/陶錄 3.249.6
結/陶錄 3.249.1	結/陶錄 3.249.2	結/陶錄 3.249.3	哀/山東104 頁	裔/集成 09.4629	裔/集成 09.4630	裔/集成 07.4096
裔/新收 1781	商/集成 07.4111	商/集成 16.10187	商/集成 15.9733	商/集成 15.9733	商/集成 07.4110	商/集成 07.4110
商/璽彙 3746	商/璽彙 3213	商/璽彙 3723	喜/新泰 1	喜/山大 1	喜/陶錄 3.48.4	喜/陶錄 3.48.5
喜/陶錄 2.156.4	喜/陶錄 2.553.2	喜/陶錄 3.481	喜/陶錄 3.44.1	喜/陶錄 3.45.1	喜/陶錄 3.47.4	喜/陶錄 3.43.1
喜/陶錄 3.43.6	喜/陶錄 3.43.4	喜/陶錄 3.43.5	喜/陶錄 3.43.3	喜/陶錄 3.44.2	喜/陶錄 3.45.4	喜/陶錄 3.46.1
喜/陶錄 3.44.3	喜/陶錄 3.47.3	喜/陶錄 3.47.5	喜/陶錄 3.48.1	喜/集成 01.151	喜/集成 04.2586	喜/集成 01.140
喜/集成 01.142	喜/集成 15.9700	唐/集成 01.275	唐/集成 01.285	嘉/陶錄 2.143.1	嘉/山東 188頁	嘉/陶錄 2.143.2
嘉/陶錄 2.143.3	嘉/集成 05.2750	嘉/集成 01.102	嘉/集成 15.9730	嘉/集成 04.2591	嘉/集成 01.142	嘉/集成 15.9729
吁/集成 17.11032	嘼/集錄 1164	辰/銘文選 2.865	辰/陶錄 2.18.4	辰/雪齋 2.72	辰/集成 16.9975	辰/集成 15.9703

辰/集成 01.272	辰/集成 01.285	辰/璽彙 3718	辰/璽彙 3106	辰/璽彙 0579	辰/璽彙 3499	辰/璽彙 3727
哉/集成 01.245	咸（或）/ 集成 01.285	咸（或）/ 集成 01.276	倈/陶錄 3.143.1	倈/陶錄 3.144.4	倈/陶錄 3.143.3	倈/陶錄 3.143.4
倈/陶錄 3.143.4	倈/陶錄 3.145.6	吉/珍秦 34	吉/新收 1781	吉/古研 29.396	吉/山東 161 頁	吉/山東 104 頁
吉/璽彙 1457	吉/璽彙 3235	吉/璽彙 5683	吉/齊幣 114	吉/齊幣 49	吉/齊幣 113	吉/齊幣 118
吉/集成 09.4630	吉/集成 09.4630	吉/集成 01.87	吉/集成 09.4648	吉/集成 01.50	吉/集成 01.87	吉/集成 01.88
吉/集成 01.150	吉/集成 01.151	吉/集成 01.150	吉/集成 01.151	吉/集成 01.245	吉/集成 01.140	吉/集成 01.89
吉/集成 01.173	吉/集成 01.271	吉/集成 01.245	吉/集成 05.2732	吉/集成 09.4644	吉/集成 01.142	吉/集成 01.86
吉/集成 01.142	吉/集成 01.276	吉/集成 01.285	吉/集成 15.9733	吉/集成 15.9733	吉/集成 08.4190	吉/集成 09.4649
吉/集成 16.10163	吉/集成 01.152	吉/集成 09.4649	吉/集成 09.4621	吉/集成 09.4623	吉/集成 01.245	吉/集成 09.4623
吉/集成 09.4624	吉/集成 08.4127	吉/集成 16.10282	吉/集成 05.2690	吉/集成 05.2691	吉/集成 05.2692	吉/集成 09.4620

吉/先秦編 401	吉/先秦編 396	吉/先秦編 401	吉/先秦編 396	吉/貨系 2530	吉/貨系 2640	吉/貨系 2529
吉/陶錄 2.2.2	吉/陶錄 2.56.1	吉/陶錄 3.483.1	吉/陶錄 3.601.5	郚/陶錄 2.50.1	郚/陶錄 2.56.3	可/新收 1074
可/貨系 2642	可/貨系 2643	可/齊幣 195	可/齊幣 194	可/集成 01.271	可/集成 15.9733	可/璽彙 0572
可/璽考 300 頁	可/陶錄 2.548.2	可/陶錄 2.548.1	可/陶錄 2.149.5	可/陶錄 2.135.3	可/陶錄 2.135.4	可/陶錄 2.136.2
可/陶錄 3.149.4	可/陶錄 3.149.6	可/陶錄 2.142.4	可/陶錄 2.431.3	弖/陶錄 2.85.3	弖/陶錄 2.85.4	弖/璽考 282 頁
弖/璽彙 0336	占/陶錄 2.81.3	占/陶錄 2.81.4	向/陶錄 2.1.1	向/陶錄 2.165.4	向/陶彙 3.248	舍/璽考 69 頁
舍/古研 29.396	哴/集成 01.173	哴/集成 01.179	哴/集成 01.172	哴/集成 01.175	哴/集成 01.177	句/考古 1973.1
句/集成 15.9729	句/集成 15.9730	句/璽考 42 頁	句/璽彙 0644	句/陶錄 3.18.1	句/陶錄 3.18.3	句/陶錄 3.480.6
句/陶錄 2.7.2	吾/陶錄 2.84.3	吾/陶錄 3.530.5	古/山東 104 頁	吾/璽彙 4010	吾/璽考 314 頁	吾/璽考 314 頁
重 文						
與/集成 01.285	儗/山東 104 頁	哀/集成 05.2750				

合　文						
車右/璽彙 5682	夵肵/錢典 1013	公區/陶錄 2.36.1	公區/陶錄 2.39.3	公區/陶錄 2.38.4	公區/陶錄 2.39.1	公區/陶錄 2.38.2
公區/陶錄 2.37.1	公區/陶錄 2.37.2	公區/陶錄 2.38.1				

70. 曰

《說文解字・卷五・曰部》：「▨，詞也。从口乙聲。亦象口气出也。凡曰之屬皆从曰。」甲骨文作▨（合 09810）；金文作▨（師旂鼎）、▨（庚壺）；楚系簡帛文字作▨（包 2.137）、▨（郭.緇.20）。李孝定謂「口上一短橫畫蓋謂詞之自口出也。」〔註 87〕季旭昇師謂「一形是指事符號，表示口向外的動作，即口說。」〔註 88〕

齊系「曰」字與金文▨、▨形相同，字形的指事符號或為短撇形，例：▨（陶錄 2.414.1）。

單　字						
曰/集成 09.4649	曰/集成 16.10371	曰/集成 01.151	曰/集成 15.9733	曰/集成 01.245	曰/集成 08.4190	曰/集成 09.4624
曰/集成 09.4623	曰/集成 15.9729	曰/集成 01.271	曰/集成 15.9733	曰/集成 15.9733	曰/集成 15.9733	曰/集成 01.272
曰/集成 01.274	曰/集成 01.274	曰/集成 01.278	曰/集成 01.285	曰/集成 01.285	曰/集成 09.4629	曰/集成 09.4630
曰/集成 01.271	曰/集成 09.4623	曰/陶錄 2.410.1	曰/陶錄 2.414.1	曰/陶錄 2.410.3	曰/陶錄 2.409.3	曰/陶錄 2.496.3

〔註87〕李孝定：《甲骨文字集釋》，頁 1604。
〔註88〕季旭昇師：《說文新證》，頁 387。

曰/陶錄2.558.1	曰/陶錄2.235.3	曰/陶錄2.236.1	曰/陶錄2.361.1	曰/陶錄2.434.3	曰/陶錄2.434.4	曰/陶錄2.435.3
曰/陶錄2.436.4	曰/陶錄2.437.4	曰/陶錄2.436.1	曰/陶錄2.436.2	曰/陶錄2.435.1	曰/陶錄2.299.1	曰/陶錄2.665.4
曰/陶錄2.547.1	曰/陶錄2.547.2	曰/陶錄2.174.1	曰/陶錄2.411.2	曰/陶錄2.414.2	曰/陶錄2.415.4	曰/陶錄2.527.2
曰/陶錄2.534.2	曰/陶錄2.534.4	曰/陶錄2.535.2	曰/陶錄2.670.3	曰/陶錄2.422.3	曰/陶錄2.545.1	曰/陶錄2.545.3
曰/陶錄2.546.1	曰/陶錄2.527.4	曰/陶錄2.417.4	曰/陶錄2.669.1	曰/陶錄2.418.1	曰/陶錄2.419.2	曰/陶錄2.419.3
曰/陶錄2.533.1	曰/陶錄2.533.2	曰/陶錄2.289.3	曰/桓台40	曰/齊幣439	曰/齊幣439	曰/齊幣440

71. 甘

《說文解字・卷五・甘部》：「█，美也。从口含一。一，道也。凡甘之屬皆从甘。」甲骨文作█（合08005）、█（合08001）；金文作█（邯鄲上庫戈）；楚系簡帛文字作█（包2.24 5）、█（郭.老甲.19）。王筠謂「甘乃味也，味無形，故屬事，不定為何物，故以一指之。甘為人所嗜，故含之口中，咀味之也。」〔註89〕

齊系「甘」字承襲甲骨金文█、█形，有些字形在甘形上部加短豎畫，例：█（甘/璽彙 1285），單字與偏旁字形相同。「甘」與「口」形義俱近可通用，如「古」字，从甘作█（陶錄3.585.6）；从口作█（山東104頁）。在「魯」字中，「甘」字字形在口內或增加一豎筆或橫筆，而形近「目」形，例：█（集成01.277）、█（集成01.285）。

〔註89〕清・王筠：《說文釋例》卷十六，頁26。

單　字					
甘/璽彙 3235	甘/璽彙 3590	甘/璽彙 1285	甘/新收 1091	甘/陶錄 3.602.6	甘/陶錄 3.658.3
偏　旁					
僉/遺珍 33頁	旨/集成 05.2750	晢/集成 01.175	晢/集成 01.177	晢/集成 01.180	壽/古研 29.396	壽/瑯琊網 2012.4.18
壽/歷文 2009.2.51	壽/文明 6.200	壽/璽彙 3676	壽/集成 05.2589	壽/集成 09.4690	壽/集成 09.4567	壽/集成 01.102
壽/集成 07.4096	壽/集成 09.4629	壽/陶錄 3.66.2	壽/集成 09.4574	壽/陶錄 3.66.5	壽/陶錄 3.66.6	壽/山東 696頁
壽/集成 16.10318	壽/集成 16.10277	壽/集成 01.277	壽/集成 01.278	壽/集成 01.285	壽/集成 01.285	壽/集成 16.10280
壽/集成 16.10163	壽/集成 15.9730	壽/集成 16.10133	友/陶錄 3.273.6	友/陶錄 3.273.5	友/陶錄 3.273.6	友/陶錄 3.273.4
友/遺珍 30頁	友/集成 03.717	友/集成 16.10236	友/集成 10.5245	友/集成 10.5245	友/古研 29.311	某/陶錄 3.454.6
某/陶錄 3.455.2	某/陶錄 3.455.3	某/集成 07.4041	魯/遺珍 44頁	魯/集成 16.10187	魯/集成 02.545	魯/山東 672頁
魯/集成 01.285	魯/集成 07.4111	魯/集成 09.4690	魯/集成 15.9579	魯/集成 03.690	魯/集成 03.939	魯/集成 16.10116

魯/集成 16.10114	魯/集成 16.10244	魯/集成 03.691	魯/集成 03.692	魯/集成 03.694	魯/集成 09.4566	魯/集成 09.4567
魯/集成 09.4568	魯/集成 09.4517	魯/集成 09.4458	魯/集成 07.3989	魯/集成 16.10086	魯/集成 07.3988	魯/集成 16.10154
魯/集成 16.10277	魯/集成 09.4691	魯/集成 16.10124	魯/集成 01.277	魯/集成 09.4518	/集成 09.4519	魯/陶錄 3.277.4
魯/新收 1068	魯/新收 1067	曹/璽彙 3603	曹/集成 07.4019	曹/集成 17.11070	曹/集成 08.4593	曹/集成 17.11120
曹/集成 16.10144	曹/陶錄 3.414.2	曹/陶錄 3.414.3	曹/陶錄 2.738.5	曹/陶錄 3.538.3	曹/陶錄 3.414.6	曹/陶錄 2.738.4
曹/陶錄 2.737.1	曹/陶錄 3.414.2	曹/陶錄 2.737.4	曹/陶錄 2.737.3	曹/陶錄 2.737.5	曹/陶錄 2.738.2	曹/陶錄 2.739.4
瞥/璽彙 0615	瞥/陶錄 2.35.1	瞥/陶錄 3.411.6	古/陶錄 3.585.6			

72. 畕

《說文解字・卷十三・田部》：「畕，耕治之田也。从田，象耕屈之形。畕，畕或省。」甲骨文作 畕（前 7.38.2）。用作偏旁時，金文作 畕（壽/毳簋）；楚系簡帛文字作 畕（壽/包 2.108）。羅振玉認為，字象耕屈之形。[註90]

齊系偏旁「畕」字與金文、楚系文字字形相同。

偏　旁						
壽/集成 01.271	壽/集成 07.4096	壽/集成 15.9709	壽/集成 16.10381	壽/集成 09.4690	壽/集成 09.4567	壽/集成 08.4111

〔註90〕羅振玉：《增訂殷虛書契考釋》中，頁 8。

壽/集成 09.4648	壽/集成 01.102	壽/集成 16.10151	壽/集成 07.3987	壽/集成 03.670	壽/集成 03.717	壽/集成 15.9688
壽/集成 05.2639	壽/集成 01.245	壽/集成 09.4441	壽/集成 16.10275	壽/集成 16.10277	壽/集成 11.6511	壽/集成 09.4443
壽/集成 09.4444	壽/集成 09.4560	壽/集成 09.4560	壽/集成 09.4570	壽/集成 09.4574	壽/集成 05.2589	壽/集成 09.4458
壽/集成 05.2641	壽/集成 07.4019	壽/集成 16.10133	壽/集成 05.2589	壽/集成 05.2642	壽/集成 15.9687	壽/集成 05.2602
壽/集成 07.4040	壽/集成 16.10163	壽/集成 15.9730	壽/集成 09.4642	壽/集成 16.10361	壽/集成 16.10144	壽/集成 16.10280
壽/集成 16.10318	壽/集成 16.10283	壽/集成 01.277	壽/集成 01.278	壽/集成 01.285	壽/集成 01.285	壽/集成 01.173
壽/集成 01.180	壽/集成 09.4629	壽/陶錄 3.66.2	壽/陶錄 2.39.1	壽/陶錄 3.66.5	壽/陶錄 3.66.6	壽/山東 696頁
壽/文明 6.200	壽/遺珍 30頁	壽/遺珍 38頁	壽/遺珍 44頁	壽/璽彙 3676	壽/古研 29.396	壽/歷文 2009.2.51
壽/瑯琊網 2012.4.18	鑄/集成 03.596	鑄/集成 15.9513	鑄/集成 09.4642	鑄/集成 09.4574	鑄/集成 09.4570	鑄/集成 09.4570
鑄/集成 09.4127	鑄/集成 01.277	鑄/集成 01.285	鑄/集成 09.4560	鑄/集成 09.4560	鑄/三代 10.17.3	鑄/山東 379頁

鑄/新收 1917	賹/陶錄 3.124.3	賹/陶錄 3.124.5	賹/陶錄 3.125.1	賹/陶錄 3.124.6	賹/陶錄 3.127.2	賹/陶錄 3.125.6
賹/陶錄 3.129.5	賹/陶錄 3.131.3	賹/陶錄 3.124.1				

73. 舌

《說文解字·卷三·舌部》：「（圖），在口，所以言也、別味也。从干从口，干亦聲。凡舌之屬皆从舌。」甲骨文作（圖）（合 05995）、（圖）（合 04691）；金文作（圖）（餘舌盤）、（圖）（舌方鼎）；楚系簡帛文字作（圖）（郭.語 4.19）。金祥恆在釋「歓」時，認為「象人俯首吐舌就酉，作啜酒之狀。」〔註91〕季旭昇師認為「歓」字的舌形與甲骨「舌」字相同，「甲骨文从口，上象舌形，小點表示口水。」〔註92〕

齊系偏旁「舌」字承襲甲骨，表示口水的小點之形或與舌形相連在一起，例：（圖）（結/陶錄 3.133.1）；或「舌」形筆畫簡省，例：（圖）（達/璽彙 3087）。

偏　旁						
達/璽彙 3087	達/璽彙 3563	達/集成 01.277	達/集成 01.285	達/集成 01.271	達/陶錄 3.352.2	達/陶錄 2.237.3
達/陶錄 3.352.4	達/陶錄 3.353.4	達/陶錄 2.237.2	達/陶錄 3.353.3	達/陶錄 2.206.2	達/陶錄 2.206.4	達/陶錄 2.207.1
達/陶錄 2.5.3	達/陶錄 3.353.1	達/陶錄 3.630.2	達/陶錄 3.352.1	達/陶錄 2.206.1	結/陶錄 3.132.3	結/陶錄 3.133.2
結/陶錄 3.133.1	結/陶錄 3.132.1	結/陶錄 3.132.2	适/陶錄 3.337.1	适/陶錄 3.337.2	适/陶錄 3.337.3	适/陶錄 2.97.3

〔註91〕金祥恆：〈釋歓〉，《中國文字》第二十一期，頁 5309～5310。
〔註92〕季旭昇師：《說文新證》，頁 145。

适/陶錄 3.336.1	适/璽彙 5677					

74. 言

《說文解字‧卷三‧言部》：「〔圖〕，直言曰言，論難曰語。从口辛聲。凡言之屬皆从言。」甲骨文作〔圖〕（合30697）、〔圖〕（合21082）；金文作〔圖〕（伯矩鼎）；楚系簡帛文字作〔圖〕（包2.126）、〔圖〕（上1.孔.8）。姚孝遂謂「言之初形从舌，加一於上，示言出於舌，為指事字。」〔註93〕

齊系「言」字承襲甲骨金文，單字簡省字形中間的豎筆作〔圖〕（言/集成17.10985），與楚系字形相似。偏旁或與單字字形相同，簡省豎筆，例：〔圖〕（信/璽考31頁）；或增加「一」形飾筆，例：〔圖〕（諫/集成01.272）。「言」與「口」形義俱近可通用，如「信」字，从言作〔圖〕（歷博1993.2）；从口作〔圖〕（璽考37頁）。偏旁「言」字在「戠」字中字形訛變作〔圖〕（戠/璽彙0154）；或受「戈」形上部字形的影響，「言」形上部和下部增加三個短豎畫飾筆，作〔圖〕（戠/陶錄3.410.5）。

單 字						
言/集成 17.10985						
偏 旁						
信/璽考 312頁	信/璽考 31頁	信/璽考 37頁	信/璽考 311頁	信/歷博 1993.2	信/集成 18.12107	信/璽彙 3706
信/璽彙 3695	信/璽彙 3922	信/璽彙 0233	信/璽彙 0306	信/璽彙 0007	信/璽彙 1661	信/璽彙 0232
信/璽彙 0248	信/璽彙 0650	信/璽彙 5557	信/璽彙 5643	信/璽彙 0235	信/璽彙 1366	信/璽彙 1480

〔註93〕于省吾：《甲骨文字釋林》，頁697。

信/璽彙 0656	信/璽彙 1954	信/璽彙 1957	信/璽彙 2415	信/璽彙 3701	信/璽彙 3702	信/璽彙 3704
信/璽彙 0245	信/山璽 005	信/陶錄 2.702.1	諝/集成 15.9700	訾/陶錄 3.432.3	訾/陶錄 3.432.6	訾/陶錄 3.290.6
訾/陶錄 3.290.1	訾/陶錄 3.290.2	訾/陶錄 3.290.3	訾/陶錄 3.432.1	謹/山東 104 頁	謹/陶彙 3.953	憨/陶彙 3.272
誋/陶錄 3.539.5	誋/陶錄 3.539.6	誋/集成 01.217	塼/陶錄 2.551.3	訊/璽彙 0194	試/集成 04.2426	誊/璽彙 0194
譚/集成 01.285	譚/集成 01.272	譚/集成 01.279	譺/集成 16.10374	訖/陶錄 3.565.1	談/陶錄 2.228.2	談/陶錄 2.229.1
談/陶錄 2.228.1	談/陶錄 2.228.2	談/陶錄 2.229.3	協/集成 01.277	協/集成 01.285	詿/陶錄 2.157.1	詿/陶錄 2.157.2
詿/恒台 40	譱/集成 01.174	譱/集成 01.178	譱/集成 01.180	譱/集成 05.2592	譱/集成 09.4689	譱/集成 09.4689
譱/集成 09.4690	譱/集成 09.4640	譱/集成 09.4642	譱/集成 05.2602	譱/璽彙 3088	譱/璽彙 0286	譱/陶錄 2.426.3
譱/遺珍 48 頁	膳（蕎）/ 集成 09.4645	讐/陶錄 2.178.2	讐/陶錄 2.178.1	鄯/新收 1091	誈/集成 01.177	誈/集成 01.179
誈/集成 01.174	誈/集成 01.175	詟/陶錄 3.438.3	詟/陶錄 3.438.4	詟/陶錄 2.132.2	詟/陶錄 2.132.1	詟/陶錄 3.440.4

詧/陶錄 3.438.2	詧/陶錄 3.439.1	詧/陶錄 3.441.2	詧/陶錄 3.441.1	詧/陶錄 2.53.1	詧/陶錄 2.132.4	誣/陶錄 2.115.3
誣/陶錄 2.115.1	誣/陶錄 2.115.2	誣/璽彙 4889	誣/璽彙 2530	誣/璽彙 2531	諫/集成 01.279	諫/集成 01.285
諫/集成 01.272	巀/陶錄 3.410.4	巀/陶錄 3.410.3	巀/陶錄 3.410.2	罰/集成 01.285	罰/集成 01.272	罰/集成 01.273
罰/集成 01.279	戠/璽考 56頁	戠/璽彙 0156	戠/璽彙 0154	戠/璽彙 0157	戠/璽彙 0314	戠/陶錄 3.410.6
戠/陶錄 3.14.1	戠/陶錄 3.14.2	戠/陶錄 3.411.4	戠/陶錄 3.410.1	戠/陶錄 3.410.5	識/璽彙 0338	闇/陶錄 2.13.1

75. 意

《說文解字·卷三·言部》：「意，快也。从言从中。」金文作意（潍白
簋）；楚系簡帛文字作意（郭.語3.64）、意（上7.武.1）。林義光謂「从言，○
以示言中之意，當與意同字。」[註94]

齊系「意」字與金文字形相同。

單 字					
意/山東 161頁	意/古研 29.310				

76. 音

《說文解字·卷三·音部》：「音，聲也。生於心，有節於外，謂之音。宮
商角徵羽，聲；絲竹金石匏土革木，音也。从言含一。凡音之屬皆从音。」金
文作音（秦工鏄）；楚系簡帛文字作音（包2.200）、音（郭.老甲.16）。于省吾

[註94] 林義光：《文源》，頁289。

謂「係言字下部的口字中附加一個小橫畫，作為指事字的標誌，以別於言，而仍因言字以為聲。」〔註95〕季旭昇師認為，「金文『音』字是『言』的分化字，字從言，於『口』形中加一短橫作『分化符號』，也因『言』字以為聲，因此在古文字中『音『和『言』往往可以互用。」〔註96〕

齊系「音」字作 （集成 01.174），與金文、楚系文字字形相同。

單　字					
音/集成 01.174	音/集成 01.176	音/集成 01.180	音/集成 01.178		

77. 嵒

《說文解字‧卷二‧品部》：「，山巖也。從山品。讀若吟。」甲骨文作 （合 09433）；金文作 （簠地 3）；楚系簡帛文字作 （包 2.185）。徐灝謂「從三口而山以連之，即絮聒之義。」〔註97〕

齊系「嵒」字偏旁承襲甲骨，與楚系字形相同。「嚴」字中「嵒」字偏旁的山形訛變為厂形。

偏　旁					
嵒/璽彙 2177	嚴/山東 104 頁				

78. 亼

《說文解字‧卷五‧亼部》：「，三合也。從入一，象三合之形。凡亼之屬皆從亼。讀若集。」甲骨文作 （後 1.11.9）；用作偏旁時，金文作 （合/召伯簋）；楚系簡帛文字作 （命/清.繫.96）。林義光謂「亼為倒口。」〔註98〕

齊系「亼」字承襲甲骨，單字與偏旁字形一致。

《金文形義通解》認為「金」字從呂（金鉼之形）、王，今聲或省作「亼」

〔註95〕于省吾：《甲骨文字釋林》，頁 458～459。
〔註96〕季旭昇師：《說文新證》，頁 164。
〔註97〕清‧徐灝：《說文解字註箋》（北京：作家出版社，2007 年）卷二下，頁 67。
〔註98〕林義光：《文源》，頁 222。

形。齊系「金」字「亼」與「王」形共筆。〔註99〕

偏 旁					
僉/遺珍 32頁	僉/遺珍 33頁	鐱/集成 18.11651	鋏/集成 09.4646	糣/璽彙 0644	鏐/集成 01.180	鏐/集成 01.150
鏐/集成 01.245	鏐/集成 01.172	鏐/集成 01.149	鏐/集成 01.151	鏐/集成 01.174	鏐/銘文選 848	飲/集成 09.4639
飲/集成 09.4517	飲/集成 09.4517	飲/集成 09.4518	飲/集成 09.4519	飲/集成 09.4638	飲/集成 09.4639	飲/集成 09.4520
飲/璽彙 0286	飲/新收 1042	飲/新收 1042	鍾/集成 01.149	鍾/集成 15.9729	鍾/集成 01.151	鍾/集成 01.149
鍾/集成 01.245	鍾/集成 01.245	鍾/集成 01.88	鍾/集成 01.50	鍾/集成 01.86	鍾/集成 01.102	鍾/集成 01.285
鍾/集成 01.277	鍾/集成 01.277	鍾/集成 01.284	鍾/集成 01.87	鍾/集成 15.9730	鍾/山東 923頁	鐘/古文字 1.141
鐘/集成 01.14	鐘/集成 01.89	鐘/集成 01.92	鐘/集成 01.18	鐘/集成 01.47	鐘/國史1金 1.13	鐘/古研 29.396
鎵/陶彙 3.717	銛/璽彙 0019	銛/璽彙 0312	鈇/集成 01.277	鈇/集成 01.285	銅/璽考 37頁	銅/集成 09.4649

〔註99〕張世超、孫凌安、金國泰、馬如森：《金文形義通解》（京都：中文出版社，1996年），頁3237。

銅（釦）/ 璽彙 5540	銅（釦）/ 璽彙 0037	銅（釦）/ 璽彙 0039	銕/銘文選 848	銕/集成 01.285	鏤/璽彙 3687	合/集成 09.4649
命/古研 29.396	命/中新網 2012.8.11	命/中新網 2012.8.11	命/中新網 2012.8.11	命/山東 104 頁	命/山東 104 頁	命/集成 01.285
命/集成 01.271	命/集成 01.271	命/集成 15.9729	命/集成 02.894	命/集成 15.9730	命/集成 15.9730	命/集成 15.9730
命/集成 15.9729	命/集成 15.9729	命/集成 15.9729	命/集成 15.9730	命/集成 16.10151	命/集成 01.272	命/集成 08.3828
命/集成 15.9729	命/集成 16.10371	命/集成 16.10371	命/集成 16.10374	命/集成 15.9730	命/集成 4629	命/集成 16.10374
命/集成 01.273	命/集成 01.273	命/集成 01.274	命/集成 01.274	命/集成 01.274	命/集成 01.274	命/集成 01.275
命/集成 01.276	命/集成 01.277	命/集成 01.285	命/集成 01.285	命/集成 01.285	命/集成 01.285	命/集成 01.285
命/集成 01.285	命/集成 01.285	命/集成 01.285	命/集成 01.285	命/璽彙 3725	命/新收 1781	箈/集成 17.10820
綸/集成 01.271	鑑/集成 16.10366	鑑/集成 16.10367	鑑/璽考 59 頁	鑑/璽考 58 頁	鑑/璽考 58 頁	鑑/璽考 59 頁
鑑/璽考 31 頁	鑑/璽考 59 頁	鑑/璽考 59 頁	鑑/陶錄 2.7.2	鑑/陶錄 2.24.4	鑑/陶錄 2.32.2	鑑/陶錄 2.29.1

鋻/陶錄 2.28.1	鋻/陶錄 2.28.2	鋻/陶錄 2.28.3	鋻/陶錄 2.28.4	鋻/陶錄 2.32.1	鋻/璽彙 0355	鋻/山東 740頁
鋻/山東 740頁	鋻/新收 1175	令/集成 07.4029	令/集成 07.4096	令/陶錄 2.643.1	令/陶錄 2.643.2	令/陶錄 2.643.4
令/古研 29.310	鄝/集成 05.2732	鈴/集成 01.50	鑫/集成 08.4152	鉏/集成 16.10374	鋯/集成 17.11081	鋯/集成 17.11034
鋯/集成 17.11120	鋯/集成 17.11078	銅/集成 15.9729	銅/集成 15.9730	鎛/集成 01.285	鎛/集成 01.140	鎛/集成 01.271
飯/集成 15.9709	鐵/璽彙 3666	鑄/新收 1781	鑄/新收 1917	鑄/山東 379頁	鑄/三代 10.17.3	鑄/集成 09.4630
鑄/集成 09.4642	鑄/集成 09.4574	鑄/集成 09.4560	鑄/集成 09.4560	鑄/集成 09.4570	鑄/集成 09.4570	鑄/集成 09.4127
鑄/集成 15.9730	鑄/集成 09.4629	鑄/集成 01.277	鑄/集成 01.285	鑄/集成 15.9729	鈝/集成 15.9730	鈞/集成 16.10374
鑄(鎣)/集成 15.9709	鑄(鎣)/璽彙 3760	鐻/集成 01.149	龢/集成 01.50	龢/集成 01.140	龢/集成 01.142	龢/集成 01.18
龢/集成 05.2750	龢/集成 01.285	鐴/集成 07.3939	鐴/集成 09.4595	鐴/集成 09.4440	鐴/集成 07.3939	鐴/集成 09.4441
鐴/集成 09.4596	鐴/集成 09.4441	鐴/集成 09.4623	鐴/集成 09.4624	鐴/集成 09.4592	鐴/集成 05.2690	鐴/集成 05.2692

穌/集成 01.92	镈/遺珍 50頁	靷（鍼）/ 集成 17.11062	釴/臨淄 27頁	陰（陰）/ 集成 18.11609	鋁/集成 01.285	鑄/集成 01.176
鑄/集成 01.177	鑄/集成 01.245	鑄/集成 01.172	鐏/新收 1074	錐/集成 05.2750	匜（籃）/ 新收 1733	匜（籃）/ 集成 16.10194
鐀/文物 1993.4.94	鉏/陶彙 3.703	鍼/集成 01.276	鍼/集成 01.280	鍼/集成 01.285	鍼/銘文選 848	鍊/集成 01.174
鍊/集成 01.175	鍊/集成 01.172	鍊/集成 01.173	錢/尋繹 64頁	錢/尋繹 63頁	錢/集成 17.11101	錢/集成 17.11127
錢/集成 17.11034	錢/集成 17.11154	錢/集成 17.11156	錢/集成 17.11155	錢/集成 16.9975	錢/集成 17.11020	錢/集成 17.11035
錢/集成 17.11083	錢/集成 17.11128	錢/集成 17.11036	錢/新收 1496	錢/新收 1112	錢/山東 832頁	璽（鉨）/ 山璽 016
璽（鉨）/ 山璽 005	璽（鉨）/ 山璽 006	璽（鉨）/ 璽彙 0328	璽（鉨）/ 璽彙 0064	璽（鉨）/ 璽彙 0233	璽（鉨）/ 璽彙 3939	璽（鉨）/ 璽彙 5542
璽（鉨）/ 璽彙 0331	璽（鉨）/ 璽彙 0223	璽（鉨）/ 璽彙 1185	璽（鉨）/ 璽彙 3681	璽（鉨）/ 璽彙 5539	璽（鉨）/ 璽彙 5256	璽（鉨）/ 璽彙 0200
璽（鉨）/ 璽彙 0201	璽（鉨）/ 璽彙 5555	璽（鉨）/ 璽彙 0227	璽（鉨）/ 璽彙 0023	璽（鉨）/ 璽彙 0030	璽（鉨）/ 璽彙 0034	璽（鉨）/ 璽彙 0035
璽（鉨）/ 璽彙 0194	璽（鉨）/ 璽彙 0234	璽（鉨）/ 璽彙 0657	璽（鉨）/ 璽彙 5537	璽（鉨）/ 璽彙 0025	璽（鉨）/ 璽彙 0026	璽（鉨）/ 璽彙 0027

璽（鉨）/ 璽彙 0033	璽（鉨）/ 璽彙 0036	璽（鉨）/ 璽彙 0043	璽（鉨）/ 璽彙 0063	璽（鉨）/ 璽彙 0098	璽（鉨）/ 璽彙 0147	璽（鉨）/ 璽彙 0150
璽（鉨）/ 璽彙 0154	璽（鉨）/ 璽彙 0153	璽（鉨）/ 璽彙 0176	璽（鉨）/ 璽彙 0193	璽（鉨）/ 璽彙 0345	璽（鉨）/ 璽彙 0198	璽（鉨）/ 璽彙 0202
璽（鉨）/ 璽彙 5257	璽（鉨）/ 璽彙 0157	璽（鉨）/ 璽彙 1661	璽（鉨）/ 璽彙 0331	璽（鉨）/ 璽彙 0007	璽（鉨）/ 璽彙 0028	璽（鉨）/ 璽彙 0330
璽（鉨）/ 璽彙 0208	璽（鉨）/ 璽彙 0209	璽（鉨）/ 璽彙 0482	璽（鉨）/ 璽彙 0248	璽（鉨）/ 璽彙 0259	璽（鉨）/ 璽彙 0262	璽（鉨）/ 璽彙 0277
璽（鉨）/ 璽彙 0356	璽（鉨）/ 璽彙 0224	璽（鉨）/ 璽考 32 頁	璽（鉨）/ 璽考 43 頁	璽（鉨）/ 璽考 31 頁	璽（鉨）/ 璽考 31 頁	璽（鉨）/ 璽考 38 頁
璽（鉨）/ 璽考 35 頁	璽（鉨）/ 璽考 61 頁	璽（鉨）/ 璽考 58 頁	璽（鉨）/ 璽考 56 頁	璽（鉨）/ 璽考 57 頁	璽（鉨）/ 璽考 57 頁	璽（鉨）/ 璽考 57 頁
璽（鉨）/ 璽考 45 頁	璽（鉨）/ 璽考 45 頁	璽（鉨）/ 璽考 37 頁	璽（鉨）/ 璽考 37 頁	璽（鉨）/ 璽考 38 頁	璽（鉨）/ 璽考 40 頁	璽（鉨）/ 璽考 55 頁
璽（鉨）/ 璽考 55 頁	璽（鉨）/ 璽考 53 頁	璽（鉨）/ 璽考 53 頁	璽（鉨）/ 璽考 46 頁	璽（鉨）/ 璽考 55 頁	璽（鉨）/ 璽考 334 頁	璽（鉨）/ 陶錄 2.23.2
璽（鉨）/ 陶錄 2.702.4	璽（鉨）/ 陶錄 2.702.1	璽（鉨）/ 陶錄 2.702.3	金/新收 1781	金/考古 1973.1	金/考古 1973.1	金/集成 15.9733
金/集成 09.4630	金/集成 08.4152	金/集成 09.4646	金/集成 09.4649	金/集成 08.4145	金/集成 01.50	金/集成 01.87

金/集成 01.151	金/集成 09.4620	金/集成 01.245	金/集成 01.140	金/集成 08.4190	金/集成 09.4621	金/集成 01.149
金/集成 01.276	金/集成 01.285	金/璽彙 3681	金/璽彙 0322	金/璽彙 3728	金/璽彙 0224	金/璽彙 0223
金/遺珍 33 頁	金/遺珍 32 頁	金/陶錄 3.419.6	金/陶錄 2.31.4	金/陶錄 3.419.3	金/古研 29.396	办（創）/ 集成 9733
办（創）/ 陶錄 3.350.1	办（創）/ 陶錄 3.346.1	办（創）/ 陶錄 3.346.3	办（創）/ 陶錄 3.348.3	办（創）/ 陶錄 3.348.1	办（創）/ 陶錄 3.346.6	办（創）/ 陶錄 3.345.1
办（創）/ 陶錄 3.346.5	办（創）/ 陶錄 3.346.4	办（創）/ 陶錄 3.347.1	办（創）/ 陶錄 3.349.2	鈦/集成 01.102	鎬/集成 01.277	鐈/集成 01.285
鐈/銘文選 848	鍋/集成 01.172					

79. 今

《說文解字・卷五・今部》：「![令]，是時也。从亼从乁。乁，古文及。」甲骨文作![字]（合 00649）；金文作![字]（大盂鼎）、![字]（大克鼎）；楚系簡帛文字作![字]（郭.唐.17）、![字]（上 2.子.8）。裴錫圭謂「字象『曰』字之倒，象閉口不出氣形，為『吟』之初文。」〔註100〕

齊系「今」字承襲甲骨，單字與偏旁字形基本一致。偏旁字形或簡省一短横，而與「亼」字字形相近，例：![字]（歈/集成 12.6511）。

〔註100〕裴錫圭：〈說字小記・說去今〉，《裴錫圭學術文集》卷三，頁 420～421。

單　字					
今/古研 29.310	今/古研 29.310	今/古研 29.311			
偏　旁					
歙/集成 12.6511	歙/集錄 290	歙/集成 16.10316	歙/集成 12.6511	陰/集成 09.4445	陰/集成 09.4443	陰/集成 09.4444
陰/集成 09.4444	會/陶錄 3.3.4	會/陶錄 3.3.1	會/陶錄 3.603.2	會/璽彙 3395	禽/集成 08.4041	禽/集成 08.4041
禽/集成 08.4041	禽/山東 137頁					

80. 谷

《說文解字・卷三・谷部》:「〔谷〕，口上阿也。从口，上象其理。凡谷之屬皆从谷。〔鿃〕，谷或如此。〔鿃〕，或从肉从㕣。」金文作〔※〕（九年衛鼎）。林澐謂「〔※〕隸定作㕯未確。馬王堆《老子》乙本卷前佚書:『內亂不至，外客乃卻』，卻作〔卻〕。《足臂灸經》:『腳攣』。腳作〔腳〕;『入腳出股』，腳作〔腳〕，可證〔※〕即谷字。《說文》:『綌，粗葛也』，※象布線交織。」〔註101〕

齊系「谷」單字或省略口形，單字與偏旁字形大致相同。

單　字			
谷/璽考 67頁	谷/陶錄 2.560.4		
偏　旁			
峪/集成 15.9559	峪/集成 15.9560	郤/集成 05.2732	輅/璽彙 1661

〔註101〕轉引自董蓮池:《金文編校補》（長春:東北師範大學出版社，1995年），頁31。

十一、齒 部

81. 齒

《說文解字・卷二・齒部》：「，口斷骨也。象口齒之形，止聲。凡齒之屬皆从齒。，古文齒字。」甲骨文作（合 03523）、（合 00419）；金文作（齒兄丁觶）；楚系簡帛文字作（望 2.5）。商承祚謂「象張口見齒之形。」〔註 102〕

齊系偏旁「齒」字與楚系字形相同，也同樣與「臼」形訛同，例：（齒/璽彙 1468）、（臼/陶錄 3.495.2）。

偏　旁					
齒/璽彙 1468	齒/璽彙 2239	齒/陶錄 3.548.6			

82. 牙

《說文解字・卷二・牙部》：「，牡齒也。象上下相錯之形。凡牙之屬皆从牙。，古文牙。」金文作（師克盨）、（師克盨）；楚系簡帛文字作（曾.165）、（上 1.紂.6）。季旭昇師謂「象上下大臼齒相錯之形。戰國時代，大約是因為『牙』字被借為『与』，所以又加上義符『齒』，而為《說文》古文所本。」〔註 103〕

齊系「牙」字承襲金文形，偏旁「牙」字與爪形相連時，有時會省略字形下部，例：（與/陶彙 3.816）。

單　字					
牙/集成 07.3987	牙/集成 18.12107	牙/歷博 1993.2	牙/陶錄 2.260.4	牙/陶錄 3.659.3	
偏　旁					
與/集成 01.217	與/陶錄 2.99.3	與/陶錄 2.435.1	與/陶彙 3.816	愬/陶錄 2.617.2	愬/陶錄 2.617.3	愬/陶錄 2.616.3

〔註 102〕于省吾主編：《甲骨文字詁林》，頁 2146。
〔註 103〕季旭昇師：《說文新證》，頁 140。

恩/陶錄 2.618.2	恩/陶錄 2.618.4	恩/陶錄 2.615.4	恩/陶錄 2.616.2	恩/陶錄 2.617.1	恩/陶錄 2.689.3	㤑/集成 18.11608
旟/銘文選 848	旟/集成 01.272					
重　文						
與/集成 01.285						

十二、須　部

83. 須

《說文解字・卷九・須部》：「［圖］，面毛也。从頁从彡。凡須之屬皆从須。」甲骨文作［圖］（合 00675）；金文作［圖］（立盨）、［圖］（鄭義伯盨）；楚系簡帛文字作［圖］（包 2.130）。段玉裁注「須在頤下。鬚在口上。顄在頰。其名分別有定。釋名亦曰。口上曰髭。口下曰承漿。頤下曰鬚。在頰耳旁曰髯。」〔註104〕

齊系偏旁「須」字从頁彡作［圖］（盨/集成 09.4441），或省「頁」字下部的人形，例：［圖］（夒/集成 09.4443）。

偏　旁						
盨（夒）/ 集成 09.4445	盨（夒）/ 集成 09.4444	盨（夒）/ 集成 09.4443	盨（夒）/ 集成 09.4443	盨（夒）/ 集成 09.4442	盨（夒）/ 集成 09.4442	盨/集成 09.4440
盨/集成 09.4441	盨/集成 09.4441	盨/集成 09.4458				

84. 而

《說文解字・卷九・而部》：「［圖］，頰毛也。象毛之形。《周禮》曰：『作其

〔註104〕清・段玉裁：《說文解字註》，頁 742。

鱗之而。』凡而之屬皆从而。」甲骨文作（合 00286）；金文作（子禾子釜）；楚系簡帛文字作（包 2.137）、（郭.五.37）。于省吾謂「象須（鬚）形，而與須初本同文後來加頁為須，遂分化為二。」〔註105〕李圃根據多友鼎金文「䫞（）」字，謂「象倒首長髮之形。」〔註106〕季旭昇師認為，「象頰毛，人斬首後惟見頰毛，故亦為䫞之初文。」〔註107〕

齊系「而」字作（集成 01.277）。

單　字						
 而/集成 16.10374	 而/集成 16.10374	 而/集成 01.277	 而/集成 01.285	 而/集成 01.285	 而/集成 01.276	 而/集成 01.277
 而/集成 01.280	 而/集成 01.280	 而/集成 01.281	 而/集成 01.285	 而/集成 01.278	 而/集成 01.285	 而/集成 01.285
 而/集成 01.272	 而/陶錄 2.393.2	 而/陶錄 2.393.1	 而/陶錄 3.512.1	 而/陶錄 3.512.2	 而/陶錄 3.512.3	 而/陶錄 3.512.5
 而/陶錄 3.512.6	 而/歷文 2009.2.51					

85. 嗌

《說文解字・卷二・口部》：「，咽也。从口益聲。籀文嗌上象口，下象頸脈理也。」金文作（智鼎）；楚系簡帛文字作（郭.語 3.14）。李孝定謂「从冉从○，何以得為益字，則無由索解。」〔註108〕季旭昇師認為，「从冉（鬲的本字），以小圈指示咽喉的部位。」〔註109〕

齊系偏旁「嗌」字與楚系字形基本相同。

〔註105〕于省吾：《甲骨文字釋林》，頁 144～145。

〔註106〕李圃：《甲骨文選註》（上海：上海古籍出版社，1989 年），頁 168。

〔註107〕季旭昇師：《說文新證》，頁 731～732。

〔註108〕周法高、李孝定、張日昇編著：《金文詁林附錄》（香港：中文大學出版社，1977年），頁 2534。

〔註109〕季旭昇師：《說文新證》，頁 96。

偏 旁						
贁/陶錄 2.445.1	贁/陶錄 2.445.4	贁/陶錄 2.75.4	贁/陶錄 2.359.1	贁/陶錄 2.311.1	贁/陶錄 2.312.3	贁/陶錄 2.683.2
贁/陶錄 2.364.4	贁/陶錄 2.427.1	贁/陶錄 2.427.4	贁/陶錄 2.413.2	贁/陶錄 2.413.3	贁/陶錄 2.447.2	贁/陶錄 2.545.1
贁/陶錄 2.545.3	贁/陶錄 2.546.1	贁/齊幣 414	贁/齊幣 413	贁/齊幣 415	贁/齊幣 306	贁/齊幣 318
贁/齊幣 314	贁/齊幣 320	贁/齊幣 323	贁/貨系 4097	贁/貨系 4111	贁/貨系 4098	贁/貨系 4096
贁/後李二 9	贁/貨系 4095	贁/貨系 4094	贁/貨系 4104			

86. 兮

《說文解字·卷五·兮部》：「兮，語所稽也。从丂，八象气越亏也。凡兮之屬皆从兮。」甲骨文作 （合 12312）；金文作 （兮仲鐘）；楚系簡帛文字作 （包 2.87）。姚孝遂認為，「兮」和「乎」二字本同源，卜辭中已分化。〔註 110〕

齊系「兮」字字形與金文相同。

單 字						
兮/陶錄 3.6.1						

87. 乎

《說文解字·卷五·乎部》：「乎，語之餘也。从兮，象聲上越揚之形也。」甲骨文作 （合 28350）；金文作 （井鼎）、 （乎鼎）。姚孝遂認為，「兮」

〔註110〕于省吾主編：《甲骨文字詁林》，頁 3414。

和「乎」二字本同源，卜辭中已分化。〔註111〕

齊系「乎」字偏旁與金文 、 形相同。

偏　旁						
虖/陶彙 3.816	虖/集成 04.2082	虖/集成 16.10194	虖/文明 6.200	虖/文明 6.200	虖/遺錄 79	虖/山東 853 頁

十三、心　部

88. 心

《說文解字・卷十・心部》：「，人心，土藏，在身之中。象形。博士說以為火藏。凡心之屬皆从心。」甲骨文作（合 00006）；金文作（師望鼎）；楚系簡帛文字作（包 2.218）。于省吾謂「象人心臟的輪廓形。」〔註112〕

齊系「心」字有甲骨、金文、楚系形三種字形。單字皆作形，偏旁則作、形，並有以下特殊字形：

1. 形中無點畫，上部的筆畫下移到底部，例：（忉/陶錄 3.267.3）。

2. 有些字形底部再加一撇畫，例（忉/陶錄 3.266.1）。

3. 字形與形相近，但中心開口，曲筆變橫直筆，例：（忌/璽彙 1146）。

4. 心形的橫畫變短，字形就會與「口」字形近訛同，例：（忘/集成 09.4647）。

5. 有些字形在形近「口」形的基礎上再省略橫畫，例：（懇/陶錄 2.616.2）。

單　字						
心/集成 01.285	心/集成 01.285	心/集成 01.272	心/集成 01.272	心/集成 01.276	心/集成 01.281	心/集成 01.271
心/集成 05.2750	心/陶錄 2.405.1					

〔註111〕同上註。

〔註112〕于省吾：《甲骨文字釋林》，頁 361。

偏　旁					
恋/陶錄 3.390.3	恋/璽彙 3121	愻/璽彙 3560	愬/陶錄 3.293.5	癋/璽彙 2056	憢/陶錄 2.60.2	憢/陶錄 2.60.3
醶/璽彙 2096	懇/陶錄 3.56.4	忕/陶錄 2.175.4	慌/璽彙 0243	癓/璽彙 3742	疾（瘕）/ 璽彙 3726	悕/陶錄 2.169.2
态/璽彙 0589	态/璽彙 3634	恢/璽彙 2673	懤/璽彙 3538	懤/陶錄 2.314.4	懤/陶錄 2.314.3	悕/陶錄 2.131.3
悕/陶錄 2.169.1	悕/陶錄 2.169.4	悕/陶錄 2.120.4	悕/陶錄 2.131.2	遙/陶錄 2.547.4	悵/璽彙 3551	怡/集成 01.105
悢/集成 01.285	悢/集成 08.4190	悢/集成 01.272	忞/陶錄 2.106.3	忞/陶錄 2.134.4	忞/陶錄 2.134.3	忞/陶錄 2.106.1
寋/陶錄 2.188.1	寋/陶錄 2.188.4	寋/陶錄 2.187.1	寋/陶錄 2.310.1	慭/璽彙 2096	慭/陶錄 2.544.1	慭/陶錄 2.671.4
慭/陶錄 2.544.2	慭/陶錄 2.543.2	慭/陶錄 2.543.4	懿/集成 07.3939	懿/集成 12.6511	懿/集成 12.6511	懿/山東 104 頁
慜/集成 01.285	愍/陶錄 3.648.3	愍/陶錄 3.329.5	愍/陶錄 3.329.4	愁/陶錄 2.241.3	惰/璽彙 0578	思/歷文 2009.2.51
蘆/璽彙 2196	德/集成 12.6511	德/集成 01.285	德/集成 09.4596	德/集成 01.272	德/集成 01.279	德/集成 09.4595
德/集成 12.6511	德（悳）/ 集成 09.4649	德（悳）/ 山東 104 頁	懼（愳）/ 璽考 66 頁	懼（愳）/ 陶錄 2.218.4	懼（愳）/ 陶錄 2.153.3	懌/陶錄 3.168.4

懌/陶錄 3.170.3	懌/陶錄 3.14.3	懌/陶錄 3.169.4	懌/陶錄 3.169.6	懌/陶錄 3.169.2	/陶錄 3.168.3	懌/陶錄 3.168.6
怗/陶錄 2.417.1	怗/陶錄 2.417.4	怗/陶錄 2.669.1	慈/陶錄 3.185.5	慈/陶錄 2.252.4	慈/陶錄 2.197.1	慈/陶錄 2.197.3
慈/陶錄 2.197.2	慈/陶錄 2.69.1	慈/陶錄 2.69.2	慈/陶錄 2.69.3	慈/陶錄 2.68.2	慈/陶錄 2.251.1	慈/陶錄 2.309.1
慈/陶錄 2.309.1	慈/陶錄 3.185.6	慈/璽彙 1949	愲/陶錄 3.219.4	愲/陶彙 9.107	愸/陶錄 2.252.4	記/陶錄 3.539.5
記/陶錄 3.539.6	記/集成 01.217	愗/陶彙 3.272	忦/集成 18.11608	懇/陶錄 2.618.4	懇/陶錄 2.615.4	懇/陶錄 2.616.2
懇/陶錄 2.617.1	懇/陶錄 2.689.3	懇/陶錄 2.616.3	懇/陶錄 2.617.3	懇/陶錄 2.618.2	懇/陶錄 2.617.2	憁/陶錄 3.390.2
憁/陶錄 3.389.5	憋/璽彙 1319	志/璽彙 4335	志/璽彙 4889	悬/集成 18.11259	悬/陶錄 3.404.2	悬/陶錄 3.403.2
悬/陶錄 3.402.6	悬/陶錄 3.403.1	悬/陶錄 3.404.4	悬/陶錄 3.403.3	悬/陶錄 3.403.4	悬/陶錄 3.404.5	慕/集成 09.4649
惕/古研 29.396	惕/古研 29.395	愓/璽彙 3518	悍/陶錄 2.117.2	悍/陶錄 2.219.3	悍/陶錄 2.117.1	悍/陶錄 2.15.5
悍/陶錄 2.117.3	悍/陶錄 2.117.4	俐/集成 17.10958	怛/新泰 14	怛/新泰 15	怛/新泰 12	怛/新泰 16

怛/山大 11	恂/陶錄 3.340.6	恂/陶錄 3.340.2	恂/陶錄 3.340.3	恂/陶錄 3.340.5	恂/陶錄 3.341.2	恂/陶錄 3.340.1
悥/璽彙 2330	思/璽彙 1326	思/璽彙 1472	思/璽彙 3570	恭/陶錄 3.477.3	愁/璽彙 0654	懃/陶錄 3.17.4
懃/陶錄 3.17.5	懃/陶錄 3.17.1	懃/陶錄 3.17.2	懃/陶彙 3.789	懃/陶彙 3.788	忳/陶錄 2.738.5	忳/陶錄 2.738.4
忳/璽彙 3576	忳/歷博 55.24	悆/陶錄 2.37.2	悆/陶錄 2.38.1	悆/陶錄 2.40.2	悆/陶錄 2.221.2	悆/陶錄 2.221.3
悆/陶錄 2.222.2	悆/陶錄 2.222.3	悆/陶錄 2.96.1	悆/陶錄 2.96.3	懥/陶錄 2.13.1	棚/陶錄 3.56.5	憑/璽彙 3667
憑/璽彙 0657	憑/璽彙 3598	惑/陶錄 2.741.1	惑/陶錄 2.741.2	惑/陶錄 3.343.1	惑/陶錄 3.343.4	惑/陶錄 3.343.5
惑/陶錄 3.343.6	惑/璽彙 1255	惑/璽考 301 頁	戀/集成 18.12089	悕/璽彙 3551	慮/陶錄 2.107.1	慮/陶錄 2.107.4
懚/集成 05.2750	慶/後李一 8	慶/陶錄 2.243.2	慶/陶錄 2.661.3	慶/陶錄 2.243.1	慶/集成 16.10280	慶/集成 03.608
慶/集成 09.4443	慶/集成 09.4443	慶/集成 09.4444	慶/集成 09.4445	慶/遺珍 38 頁	慶/遺珍 41 頁	慶/遺珍 38 頁
慶/遺珍 61 頁	慶/遺珍 69 頁	慶/遺珍 115 頁	慶/遺珍 116 頁	慶/璽彙 5587	慶/璽彙 3427	慶/璽彙 1269

慶/璽彙 0236	慶/璽彙 1146	慶/璽彙 3730	慶/璽彙 5676	惟/集成 09.4649	懽/新收 1781	懽/集成 09.4630
懽/集成 09.4629	窓/陶錄 3.529.4	窓/陶錄 3.529.5	窓/陶錄 3.529.6	盔/集成 16.10361	忑/後李二 1	忑/陶錄 2.239.1
忑/陶錄 2.145.2	忑/陶錄 2.144.1	忑/陶錄 2.145.1	忑/陶錄 2.145.4	忑/陶錄 2.146.2	忑/陶錄 2.146.3	忑/陶錄 2.238.1
忑/陶錄 2.238.3	忑/陶錄 2.238.2	忑/陶錄 2.238.4	惩/歷博 41.4	惩/陶錄 3.642.5	惩/陶錄 3.437.4	惩/陶錄 3.437.5
惩/璽彙 2197	惩/陶錄 3.433.1	惩/陶錄 3.434.1	惩/陶錄 3.434.3	惩/陶錄 3.434.4	惩/陶錄 3.433.3	惩/陶錄 3.433.4
惩/陶錄 3.433.2	惩/陶錄 3.436.1	惩陶錄 3.436.5	惩/陶錄 3.437.1	惩/陶錄 3.437.3	忌/陶錄 3.115.4	忌/陶錄 3.117.3
忌/陶錄 3.116.3	忌/陶錄 3.116.4	忌/陶錄 3.116.6	忌/陶錄 3.117.6	忌/陶錄 3.117.4	忌/陶錄 3.118.1	忌/陶錄 3.118.3
悭/陶錄 2.83.1	悭/陶錄 2.83.2	悭/陶錄 2.665.3	惠/古研 29.395	惠/古研 29.396	惠/集成 01.271	惠/集成 01.271
惠/集成 09.4623	惠/集成 09.4624	忌/璽彙 5587	忌/璽彙 1146	忌/璽彙 1269	忌/集成 16.10151	忌/集成 01.149
忌/集成 01.150	忌/集成 01.151	忌/集成 01.245	忌/集成 01.272	忌/集成 01.285	忌/集成 08.4190	忌/新收 1074

紀（紀）/璽彙2301	㦲/璽彙0249	悚/陶錄3.356.2	悚/陶錄3.356.3	悚/陶錄3.356.4	悚/陶錄3.356.1	忉/陶錄3.267.4
忉/陶錄3.264.1	忉/陶錄3.264.2	忉/陶錄3.264.4	忉/陶錄3.265.1	忉/陶錄3.266.4	忉/陶錄3.267.3	忉/陶錄3.265.4
忉/陶錄3.454.1	忉/陶錄3.454.2	忉/陶錄3.454.3	忉/陶錄3.265.5	忉/陶錄3.266.1	忉/陶錄3.266.2	忉/陶錄3.266.6
忉/陶錄3.267.5	忉/歷博54.17	忘/集成09.4646	忘/集成09.4647	忘/集成09.4648	忘/集成08.4145	忻/璽彙1563
怒（思）/陶錄2.405.2	怒（思）/陶錄2.18.2	怒（思）/陶錄2.61.1	怒（思）/陶錄2.61.2	怒（思）/陶錄2.61.3	怒（思）/陶錄2.62.1	怒（思）/陶錄2.663.4
怒（思）/集成01.245	怒（思）/山大3	怒（思）/新泰10	念/集成09.4458	念/集成09.4593	念/集成16.10144	念/集成09.4458
念/陶錄3.119.1	念/陶錄3.119.3	念/陶錄3.119.4	念/陶錄3.123.5	念/陶錄3.123.4	念/集成09.4458	念/歷博53.7
愈/集成03.690	愈/集成03.692	愈/集成03.694	愈/集成16.10244	愈/集成16.10115	㤑/山大7	㤑/陶錄2.391.4
㤑/陶錄2.558.1	㤑/陶錄2.558.2	㤑/陶錄2.158.4	㤑/陶錄2.369.1	㤑/陶錄2.391.3		

合 文		
小心/集成01.285	小心/集成01.285	小心/集成01.272

十四、手　部

89. 手

《說文解字・卷十二・手部》：「，拳也。象形。凡手之屬皆从手。，古文手。」金文作（伊簋）；楚系簡帛文字作（郭.五.45）。季旭昇師謂「象手自指至臂之形。」〔註113〕

齊系「手」字承襲金文，偏旁或增加飾筆點形或「一」形，例：（拍/集成 09.4644）、（捧/集成 01.282）；或手形的手指向下，例：（捧/集成 15.9729）。

單　字					
 手/中新網 2012.8.11	 手/中新網 2012.8.11				
偏　旁					
 拍/集成 09.4644	 抆/璽彙 3120	 抆/璽彙 3702	 抆/璽彙 3121	 捧/集成 01.275	 捧/集成 01.282
 捧/集成 01.285	 捧/集成 15.9729	 捧/集成 15.9730	 捧/集成 01.285	 捧/集成 01.273	 掌/璽考 33 頁

90. 又

《說文解字・卷三・又部》：「，手也。象形。三指者，手之刿多略不過三也。凡又之屬皆从又。」甲骨文作（合 21398）；金文作（史頌簋）；楚系簡帛文字作（郭.語 1.47）、（上 1.紂.3）。象人手之形。

齊系「又」字與甲骨、金文、楚系文字字形相同，單字與偏旁字形相同。偏旁「又」字或增加點形或橫畫飾筆，例：（友/陶錄 3.273.6）。偏旁「又」字的特殊字形如下：

1. 偏旁「又」字簡省手指之形，省作點形或短橫劃，例：（郫/璽彙 0152）。

〔註113〕季旭昇師：《說文新證》，頁 844。

2. 「又」與「斗」字形接近，區別在於「斗」字手柄處多加一短橫畫。如：「盨」字：（斝）、（㪺）。

3. 兩個「又」字字形結合共筆，例：（鄰/璽彙 3604）。

4. 「又」與「父」字形近易訛，「父」字的「又」形上端中部筆畫向左或右傾斜，表示手持杖形，例：（專/集成 01.285）；「又」字字形則不傾斜，例：（專/集成 01.282）。

單　字						
又/集成 09.4646	又/集成 09.4647	又/集成 09.4646	又/集成 09.4647	又/集成 01.271	又/集成 01.271	又/集成 01.275
又/集成 01.276	又/集成 01.274	又/集成 01.275	又/集成 01.277	又/集成 01.283	又/集成 01.285	又/集成 01.285
又/集成 01.285	又/集成 01.285	又/集成 01.285	又/璽彙 0648	又/後李七 3	又/後李七 4	又/陶錄 3.659.4
又/古研 29.311	又/古研 29.310	又/新收 1043	又/新收 1042	又/新收 1042		
偏　旁						
付/陶錄 3.233.4	付/陶錄 3.233.5	付/陶錄 3.233.2	付/陶錄 3.234.5	付/陶錄 3.235.2	/陶錄 3.236.6	付/陶錄 3.234.1
付/陶錄 3.237.1	付/陶錄 3.237.2	付/陶錄 3.237.4	付/陶錄 3.231.1	付/陶錄 3.231.4	付/陶錄 3.233.3	付/陶錄 3.233.1
付/陶錄 3.237.3	付/陶錄 3.234.3	付/陶錄 3.234.4	付/陶錄 3.235.3	付/陶錄 3.235.6	付/陶錄 3.234.5	付/陶錄 3.236.2
付/陶錄 3.236.5	及/集成 01.142	及/集成 01.275	及/集成 01.285	及/集成 01.102	及/集成 01.412	瞳/璽彙 0623

伹/璽考 250頁	伹/璽彙 3532	伹/璽彙 3705	伹/璽彙 0590	伹/璽彙 3561	虢/集成 16.10272	迡/集錄 1009
迡/歷文 2009.2.51	汲/集成 15.9632	傳/璽彙 3551	傳/璽彙 0583	傳/集成 15.9729	傳/陶錄 2.153.1	傳/陶錄 2.152.1
傳/陶錄 2.152.2	傳/陶錄 2.152.3	貟/陶彙 3.205	貟/陶錄 2.232.4	貟/陶錄 2.230.4	貟/陶錄 2.231.2	貟/陶錄 2.230.3
貟/陶錄 2.231.1	貟/陶錄 2.231.3	僕/集成 01.285	僕/集成 01.275	僕/新泰 8	僕/山大 5	僕/山東 696頁
僕/古貨幣 227	府/古貨幣 222	戻（反）/ 陶錄 3.231.1	戻（反）/ 陶錄 3.231.2	戻（反）/ 陶錄 3.231.4	戻（反）/ 陶錄 3.232.1	興/集成 09.4458
興/集成 09.4458	虔/集成 01.285	趣/集成 08.4152	丞/集成 01.285	丞/集成 01.275	寬/集成 09.4645	郆/珍秦19
郶/集成 05.2601	郶/集成 05.2602	郶/集成 04.2422	郶/集成 07.4040	郶/集成 07.4040	郶/璽彙 2097	郶/璽彙 2096
郶/新收 1042	郶/新收 1042	郶/新收 1045	郶/新收 1045	郶/新收 1046	郶/山東 170頁	郶/山東 668頁
郲/璽彙 2207	郲/璽彙 2206	郲璽彙 3604	鄆/璽考 58頁	鄆/璽考 57頁	鄆/璽彙 0152	鄲/齊幣 347
鄲/齊幣 300	鄲/貨系 2496	鄲/璽彙 3682	守阝/璽彙 2219	鄅/集成 05.2732	敬/古研 29.396	奴/集成 05.2589

暵/璽彙 0306	羃/集成 01.150	羃/集成 01.151	羃/集成 08.4190	羃/集成 01.245	羃/集成 05.2750	羃/集成 15.9733
羃/集成 09.4630	羃/集成 01.087	羃/陶錄 3.164.3	羃/陶錄 3.165.2	羉/陶錄 3.164.6	羉/陶錄 3.165.2	羉/陶錄 3.633.6
羉/陶錄 3.163.3	羉/陶錄 3.163.4	羉/陶錄 3.165.3	羉/陶錄 3.165.6	取/陶錄 2.285.4	取/陶錄 2.135.4	取/陶錄 2.716.5
取/陶錄 3.532.5	椒/新收 1781	椒/集成 09.4629	椒/集成 09.4630	聯/璽彙 0645	聯/璽彙 1509	逑/陶錄 3.457.5
逑/陶錄 2.550.2	逑/陶錄 2.654.3	逑/陶錄 2.443.2	逑/陶錄 2.444.1	逑/陶錄 2.378.4	逑/陶錄 2.667.3	逑/陶錄 2.550.1
逑/陶錄 2.442.4	逑/陶錄 2.133.1	逑/陶錄 3.457.1	逑/陶錄 2.440.4	逑/陶錄 2.409.3	/陶錄 2.133.2	逑/陶錄 2.133.3
逑/陶錄 2.133.4	逑/陶錄 2.134.1	逑/陶錄 2.440.2	逑/陶錄 2.440.3	逑/陶錄 2.441.1	逑/陶錄 2.442.1	逑/陶錄 2.442.2
逑/陶錄 2.442.3	逑/陶錄 3.457.2	逑/陶錄 3.457.4	逑/璽彙 3222	右/文史 2000.1.34	右/歷文 2007.5.16	右/山璽 016
右/集成 17.10975	右/集成 16.10383	右/集成 17.11259	右/集成 17.10945	右/集成 17.11127	右/集成 18.11815	右/集成 17.11259
右/集成 01.272	右/集成 01.274	右/集成 01.278	右/集成 01.279	右/集成 01.280	右/集成 01.285	右/集成 17.11070

右/集成 01.285	右/集成 01.285	右/集成 16.10367	右/集成 16.10366	右/集成 15.9733	右/集成 17.11260	右/集成 18.11489
右/集成 17.10998	右/集成 18.11490	右/集成 17.11062	右/集成 17.11487	右/璽彙 5542	右/璽彙 0319	右/璽彙 0290
右/璽彙 0282	右/璽彙 0031	右/璽彙 0032	右/璽彙 0033	右/璽彙 0299	右/璽彙 3700	右/璽彙 0259
右/璽彙 0040	右/璽彙 0041	右/璽彙 0063	右/璽彙 0148	右/璽彙 0149	右/璽彙 0196	右/新收 1113
右/新收 1538	右/新收 1125	右/新收 1077	右/新收 1069	右/新收 1498	右/新收 1542	右/山東 740 頁
右/山東 740 頁	右/山東 844 頁	右/周金文 存 631	右/璽考 37 頁	右/璽考 35 頁	右/璽考 43 頁	右/璽考 45 頁
右/璽 考 59 頁	右/璽考 49 頁	右/陶錄 2.650.3	右/陶錄 3.523.5	右/陶錄 2.560.2	右/陶錄 2.7.1	右/陶錄 2.12.4
右/陶錄 2.48.2	右/陶錄 2.24.4	右/陶錄 2.25.1	右/陶錄 2.48.4	右/陶錄 2.49.3	右/陶錄 2.406.3	右/陶錄 2.22.4
右/陶彙 3.807	右/後李六 1	啓/陶錄 3.94.5	啓/陶錄 3.91.1	啓/陶錄 3.91.5	啓/陶錄 3.95.3	啓/陶錄 3.94.6
啓/陶錄 3.92.5	啓/陶錄 3.95.2	啓/陶錄 3.91.2	啓/陶錄 3.94.4	興/陶錄 3.53.2	興/陶錄 3.53.3	興/陶錄 3.52.3

興/陶錄 3.49.2	興/陶錄 3.49.3	嗣/集成 05.2592	嗣/集成 16.10116	嗣/集成 17.11206	嗣/集成 16.10154	嗣/集成 09.4691
嗣/集成 09.4689	嗣/集成 05.2638	嗣/集成 09.4690	嗣/集成 09.4440	嗣/集成 09.4441	嗣/集成 16.10275	嗣/集成 16.10277
嗣/集成 09.4440	嗣/新收 1917	敢/集成 09.4595	敢/集成 09.4596	敢/集成 07.3832	敢/集成 09.4415	敢/集成 09.4415
敢/集成 07.3828	敢/集成 07.3829	敢/集成 07.3831	敢/集成 01.272	敢/集成 01.92	敢/集成 01.273	敢/集成 01.273
敢/集成 01.275	敢/集成 01.275	敢/集成 01.275	敢/集成 01.279	敢/集成 01.282	敢/集成 01.285	敢/集成 01.285
敢/集成 01.285	敢/集成 01.285	敢/集成 01.285	敢/集成 01.285	敢/集成 01.285	敢/集成 16.10222	敢/陶錄 3.524.1
敢/陶錄 3.32.1	敢/陶錄 3.32.5	敢/陶錄 3.544.5	敢/陶錄 3.544.2	敢/陶錄 3.544.3	敢/陶錄 2.430.1	敢/陶錄 3.524.2
敢/陶錄 2.430.4	敢/陶錄 3.32.6	敢/陶錄 2.429.4	敢/陶錄 2.759.3	敢/山東 104頁	敢/山東 104頁	敢/古研 29.423
敢/璽彙 3715	嚴/山東 104頁	召（舉）/ 新收 1042	召（舉）/ 陶錄 2.1.1	召（舉）/ 集成 17.11088	召（舉）/ 新收 1042	閣/陶錄 3.513.2
閣/陶錄 3.522.3	閣/陶錄 3.513.1	尃/陶錄 2.551.3	戬/璽彙 0156	戬/璽彙 0154	戬/璽彙 0157	戬/璽彙 0314

戠/璽考 56頁	友/集成 03.717	友/集成 16.10236	友/集成 10.5245	友/集成 10.5245	友/集成 17.11088	友/陶錄 3.273.5
友/陶錄 3.273.4	友/陶錄 3.273.6	友/陶錄 3.273.6	友/遺珍 30頁	友/古研 29.311	壽/集成 07.4019	鎛/集成 01.285
鎛/集成 01.271	鎛/集成 01.140	飯/集成 15.9709	慐/陶錄 3.389.5	與/陶錄 2.435.1	與/陶錄 2.99.3	與/集成 01.217
與/陶彙 3.816	旟/集成 01.285	旟/集成 01.272	旟/銘文選 848	盨（叜）/ 集成 09.4444	盨（叜）/ 集成 09.4443	敧/璽彙 3122
靜/集成 16.10361	冉/陶錄 2.326.3	冉/陶錄 2.326.4	冉/陶錄 3.561.1	冉/陶錄 3.561.3	冉/陶錄 3.561.4	冉/陶錄 2.326.2
冉/古研 29.396	冉/古研 29.395	受/集成 16.10361	受/集成 15.9730	受/集成 07.4036	受/集成 07.4037	受/集成 16.10142
受/集成 15.9730	受/集成 15.9729	受/集成 15.9733	受/集成 15.9729	受/集成 01.275	/集成 01.285	受/集成 01.282
受/集成 01.285	受/集成 01.175	受/集成 01.173	受/集成 01.177	受/新收 1042	受/新收 1042	受/璽彙 3937
受/古研 29.396	尋/集成 16.10135	尋/集成 16.10266	秦/遺珍 61頁	秦/遺珍 115頁	秦/遺珍 38頁	秦/遺珍 41頁
秦/遺珍 116頁	秦/遺珍 38頁	秦/遺珍 69頁	籐/璽彙 5682	籐/璽彙 3112	籐/集成 17.10898	躔/陶錄 3.415.3

躇/陶錄 3.415.1	躇/陶錄 3.415.2	寺/集成 01.151	寺/集成 05.2750	寺/集成 03.591	寺/集成 03.718	寺/集成 01.151
/集成 08.3818	寺/集成 07.3817	寺/集成 01.149	寺/集成 15.9700	寺/陶錄 3.239.3	寺/陶錄 3.240.1	寺/陶錄 3.240.2
寺/陶錄 3.240.3	寺/陶錄 2.308.1	寺/陶錄 3.239.1	寺/集錄 1009	寺/集錄 1009	達/陶錄 2.406.4	登/集成 09.4649
登/集成 01.285	登/集成 01.274	登/集成 09.4646	登/集成 09.4647	登/集成 09.4648	登/璽彙 3722	登/璽彙 1929
登/璽彙 4090	登/璽彙 1930	登/璽彙 1931	登/璽彙 1932	登/璽彙 1933	待/陶錄 3.238.5	待/陶錄 3.238.6
待/陶錄 3.238.1	待/陶錄 3.238.2	返/齊幣 271	返/齊幣 272	返/齊幣 273	返/齊幣 275	返/齊幣 276
返/齊幣 277	返/齊幣 280	返/齊幣 284	返/齊幣 281	返/齊幣 286	返/貨系 2575	返/貨系 2586
洧（汉）/ 新收 1167	洧（汉）/ 新收 1983	灰/陶錄 3.505.2	煐/璽彙 3561	檀/陶錄 2.570.2	檀/陶錄 2.362.4	檀/陶錄 2.298.3
檀/陶錄 2.568.2	暴/陶錄 2.419.4	暴/陶錄 2.417.2	暴/陶錄 2.415.1	暴/陶錄 2.414.1	暴/陶錄 2.415.2	暴/陶錄 2.418.1
暴/陶錄 2.411.1	暴/陶錄 2.410.1	暴/陶錄 2.410.3	暴/桓台 40	社（樱）/ 集成 09.4629	檣/集成 09.4623	檣/集成 09.4624

秉/集成 16.10361	秉/山東 161頁	奏/遺珍 115頁	奏/遺珍 116頁	專/集成 01.274	專/集成 01.274	專/集成 01.274
專/集成 01.275	專/集成 01.282	專/集成 01.285	專/集成 01.272	專/古研 23.98	博/集成 01.285	轉/璽彙 3634
虔/陶錄 2.301.4	虔/陶錄 3.461.1	虔/陶錄 3.461.6	虔/陶錄 2.368.1	虔/陶錄 3.461.2	虔/陶錄 2.281.2	虔/陶錄 2.568.2
虔/陶錄 2.51.1	虔/陶錄 2.652.1	虔/陶錄 2.52.1	虔/陶錄 2.52.2	虔/陶錄 2.282.1	虔/陶錄 2.683.1	虔/陶錄 2.572.2
虔/陶錄 2.305.3	虔/陶錄 2.307.3	虔/陶錄 2.363.4	虔/陶錄 2.365.1	虔/陶錄 2.367.4	虔/陶錄 2.368.3	虔/陶錄 2.567.1
虔/陶錄 2.369.1	虔/陶錄 2.370.2	虔/陶錄 2.373.1	虔/陶錄 2.376.2	虔/陶錄 2.377.1	虔/陶錄 2.379.1	虔/陶錄 3.642.1
虔/陶錄 2.379.4	虔/陶錄 2.380.1	虔/陶錄 2.386.3	虔/陶錄 2.387.3	虔/陶錄 2.386.1	虔/陶錄 2.380.3	虔/陶錄 2.298.1
虔/陶錄 2.380.4	虔/陶錄 2.385.4	虔/陶錄 2.389.2	虔/陶錄 2.385.4	虔/陶錄 2.362.1	虔/陶錄 2.362.3	虔/陶錄 2.298.3
虔/陶錄 2.362.1	虔/陶錄 2.362.3	虔/陶錄 2.362.4	虔/陶錄 2.369.3	虔/陶錄 2.369.4	虔/陶錄 2.382.3	虔/陶錄 2.307.4
虔/陶錄 2.383.4	虔/陶錄 2.387.1	虔/陶錄 2.387.2	虔/陶錄 2.683.3	虔/陶錄 2.389.3	虔/陶錄 2.363.3	虔/陶錄 2.565.1

蔓/陶錄 2.293.1	蔓/陶錄 2.570.2	蔓/陶錄 2.572.1	蔓/歷博 41.4	蔓/璽彙 3755	蔓/桓台 40	蔓/後李三 6
蒦/璽彙 2301	蒦/陶錄 2.60.2	蒦/陶錄 2.65.4	蒦/陶錄 2.65.1	蒦/陶錄 2.166.1	蒦/陶錄 2.176.1	蒦/陶錄 3.41.3
蒦/陶錄 2.85.3	蒦/陶錄 2.176.3	蒦/陶錄 2.38.1	蒦/陶錄 2.224.1	蒦/陶錄 2.58.2	蒦/陶錄 2.59.3	蒦/陶錄 2.240.4
蒦/陶錄 2.61.1	蒦/陶錄 2.63.1	蒦/陶錄 2.64.4	蒦/陶錄 2.171.1	蒦/陶錄 2.172.1	蒦/陶錄 2.75.4	蒦/陶錄 2.240.3
蒦/陶錄 2.66.1	蒦/陶錄 2.68.3	蒦/陶錄 2.69.1	蒦/陶錄 2.70.3	蒦/陶錄 2.66.3	蒦/陶錄 2.70.4	蒦/陶錄 2.236.2
蒦/陶錄 2.72.1	蒦/陶錄 2.73.4	蒦/陶錄 2.77.1	蒦/陶錄 2.80.3	蒦/陶錄 2.81.3	蒦/陶錄 2.65.3	蒦/陶錄 2.236.1
蒦/陶錄 2.82.1	蒦/陶錄 2.82.2	蒦/陶錄 2.81.2	蒦/陶錄 2.82.4	蒦/陶錄 2.225.3	蒦/陶錄 2.83.1	蒦/陶錄 2.60.2
蒦/陶錄 2.85.1	蒦/陶錄 2.135.3	蒦/陶錄 2.135.4	蒦/陶錄 2.140.3	蒦/陶錄 2.141.1	蒦/陶錄 2.144.3	蒦/陶錄 2.86.3
蒦/陶錄 2.169.3	蒦/陶錄 2.164.1	蒦/陶錄 2.164.3	蒦/陶錄 2.166.3	蒦/陶錄 2.182.4	蒦/陶錄 2.167.1	蒦/陶錄 2.664.1
蒦/陶錄 2.167.2	蒦/陶錄 2.144.4	蒦/陶錄 2.169.2	蒦/陶錄 2.171.3	蒦/陶錄 2.171.4	蒦/陶錄 2.174.2	蒦/陶錄 2.212.1

蒦/陶錄 2.174.3	蒦/陶錄 2.170.1	蒦/陶錄 2.170.3	蒦/陶錄 2.178.1	蒦/陶錄 2.179.1	蒦/陶錄 2.184.1	蒦/陶錄 2.249.4
蒦/陶錄 2.185.3	蒦/陶錄 2.190.1	蒦/陶錄 2.190.3	蒦/陶錄 2.198.1	蒦/陶錄 2.198.3	蒦/陶錄 2.200.1	蒦/陶錄 2.248.3
蒦/陶錄 2.200.3	蒦/陶錄 2.205.1	蒦/陶錄 2.205.2	蒦/陶錄 2.196.1	蒦/陶錄 2.194.1	/陶錄 2.206.1	蒦/陶錄 2.247.1
蒦/陶錄 2.206.4	蒦/陶錄 2.209.3	蒦/陶錄 2.211.1	蒦/陶錄 2.211.2	蒦/陶錄 2.213.3	蒦/陶錄 2.218.2	蒦/陶錄 2.264.1
蒦/陶錄 2.218.4	蒦/陶錄 2.186.3	蒦/陶錄 2.220.3	蒦/陶錄 2.226.1	蒦/陶錄 2.231.1	蒦/陶錄 2.233.1	蒦/陶錄 2.660.1
蒦/陶錄 2.233.3	蒦/陶錄 2.234.1	蒦/陶錄 2.238.1	蒦/璽考 66頁	蒦/璽考 66頁	蒦/璽考 66頁	蒦/璽考 66頁
蒦/璽考 65頁	蒦/璽考 65頁	蒦/璽考 65頁	蒦/後李一8	蒦/後李一7	蒦/後李一5	蒦/歷博 43.16
蒦/桓台 41	蒦/桓台 41	蒦/集成 09.4668	奉/璽考 295頁	奉/璽考 295頁	封/陶錄 3.478.6	䢔/錢典 1194
隓/陶錄 2.185.3	隓/陶錄 2.185.4	隓/集成 15.9700	尊（隌）/ 考古 2011.2.16	尊（隌）/ 考古 2010.8.33	尊（隌）/ 考古 2010.8.33	尊（隌）/ 古研 29.311
尊（隌）/ 古研 29.310	尊（隌）/ 集成 14.9096	尊（隌）/ 集成 16.10007	尊（隌）/ 集成 04.2268	尊（隌）/ 集成 03.614	尊（隌）/ 集成 04.2146	尊（隌）/ 集成 06.3670

尊（障）/集成08.4127	尊（障）/集成07.4037	尊（障）/集成07.3893	尊（障）/集成07.4111	尊（障）/集成07.4019	尊（障）/集成05.2640	尊（障）/集成03.608
尊（障）/集成07.3828	尊（障）/集成07.3831	尊（障）/集成03.593	尊（障）/集成05.2641	尊（障）/山東173頁	尊（障）/山東189頁	尊（障）/山東172頁
尊（障）/山東235頁	尊（障）/璽彙1956	尊（障）/新收1091	翼/集成17.11087	翼/周金6.26.1	翼/集成17.11086	畢/集成08.4190
畢/集成01.149	畢/集成01.151	畢/集成01.245	羞/遺珍41頁	羞/遺珍61頁	羞/集成03.690	羞/集成15.9729
羞/集成15.9730	羞/集成03.596	羞/集成03.694	羞/集成03.691	羞/古研29.310	膳/陶錄3.533.6	腹/璽彙0306
腹/璽彙0656	虡/集成01.179	虡/集成16.10261	虡/集成16.10187	虡/集成01.175	虡/集成07.4110	虡/集成07.4111
虡/集成01.174	虡/陶錄2.282.3	虡/集成01.91	虡/集成01.92	虡/集成07.4110	虡/陶錄2.52.1	虡/陶錄2.282.4
虡/陶錄2.652.1	虡/陶錄2.51.2	虡/陶錄2.283.1	虡/揖芬集345頁	虡/璽彙0174	繡/璽彙3921	繡/陶錄3.388.2
繡/陶錄3.389.1	繡/陶錄3.388.1	繡/陶錄3.390.4	繡/陶錄3.388.6	繡/陶錄3.388.4	繡/歷博52.6	隻/銘文選2.865

隻/璽考 311頁	隻/璽彙 0242	隻/璽彙 3914	隻/集成 16.9703	隻/集成 16.9975	隻/陶錄 3.250.2	隻/陶錄 3.250.3
隻/陶錄 2.263.1	隻/陶錄 2.263.2	隻/陶錄 2.425.3	隻/陶錄 3.250.1	隻/陶錄 2.65.1	隻/陶錄 2.422.3	隻/陶錄 2.423.3
隻/陶錄 2.423.4	隻/陶錄 2.425.1	隻/陶錄 2.668.2	隻/陶錄 2.668.3	隻/陶錄 2.392.4	隻/陶錄 2.563.2	隻/歷文 2009.2.51
得/集成 15.9703	得/集成 15.9975	得/集成 16.10374	得/集成 17.11033	得/陶錄 2.13.3	得/陶錄 2.482.2	得/陶錄 3.56.6
得/陶錄 2.6.3	得/陶錄 2.13.1	得/陶錄 2.13.2	得/陶錄 2.14.1	得/陶錄 2.14.3	得/陶錄 2.15.1	得/陶錄 2.15.3
得/陶錄 2.15.2	得/陶錄 2.248.3	得/陶錄 2.249.3	得/陶錄 2.278.2	得/陶錄 2.278.3	得/陶錄 2.301.4	得/陶錄 2.306.3
得/陶錄 2.395.1	得/陶錄 2.402.1	得/陶錄 2.478.1	得/陶錄 2.477.1	得/陶錄 2.479.3	得/陶錄 2.480.3	得/陶錄 2.483.1
得/陶錄 2.483.4	得/陶錄 2.484.2	得/陶錄 2.531.2	得/陶錄 2.671.3	得/陶錄 2.631.1	得/陶錄 2.631.4	得/陶錄 2.731.3
得/陶錄 2.732.3	得/陶錄 2.735.2	得/陶錄 2.735.3	得/陶錄 2.735.4	得/陶錄 2.751.3	得/陶錄 2.751.4	得/陶錄 3.13.4
得/陶錄 3.57.4	得/陶錄 3.57.6	得/陶錄 3.61.1	得/陶錄 3.59.4	得/陶錄 3.60.1	得/陶錄 3.61.3	得/陶錄 3.61.6

得/璽彙 0291	得/璽彙 1265	得/璽彙 3377	得/璽彙 3604	得/璽彙 4335	/璽彙 4889	得/璽考 41 頁
得/璽考 66 頁	得/後李四 10	得/後李四 11	得/陶彙 3.803	得/山大 6	得/山大 10	得/新泰 6
得/新泰 7	得/新泰 8	得/新泰 23	得/新泰 24	得/集錄 1011	得/貨系 3791	得/貨系 3790
得/齊幣 346	得/齊幣 376	得/考古 2011.10.28	彝/集成 01.276	彝/集成 01.285	彝/集成 01.173	彝/集成 08.4190
彝/集成 01.149	彝/集成 01.151	彝/集成 01.172	彝/集成 01.175	彝/集成 01.245	彝/集成 09.4623	彝/集成 09.4458
彝/集成 07.3939	彝/集成 08.4190	彝/集成 09.4649	有/集成 09.4648	有/集成 09.4649	有/古研 29.396	有/古研 29.310
有/後李七 2	有/集成 01.285	有/集成 01.276	祭/集成 09.4649	祭/集成 01.245	祭/集成 08.4152	祭/集成 09.4646
祭/集成 09.4647	祭/陶錄 3.8.2	祭/陶錄 3.8.3	祭/陶錄 3.9.1	祭/陶錄 3.11.1	祭/陶錄 3.11.4	祭/陶錄 3.71.3
祭/陶錄 3.9.2	祭/陶錄 3.10.2	祭/陶錄 3.69.1	祭/陶錄 3.69.5	祭/陶錄 3.70.3	祭/陶錄 3.71.5	祭/陶錄 3.72.4
祭/陶錄 3.69.6	祭/陶錄 3.70.4	祭/陶錄 3.12.4	祭/陶錄 3.71.6	祭/陶錄 3.73.2	祭/陶錄 3.73.3	祭/陶錄 3.73.1

祭/陶錄 3.70.1	祭/陶錄 3.67.2	祭/陶錄 3.72.1	祭/澂秋 30	屡/集成 08.4190	槃（盤）/ 璽彙 0640	飯/璽彙 0242
飯/璽彙 3598	素/陶錄 2.547.2	素/陶錄 2.547.3	曼/集成 09.4595	曼/集成 09.4596	釜/陶彙 3.748	釜/璽彙 0289
釜/璽彙 0290	釜/璽考 42頁	釜/璽考 43頁	釜/璽考 42頁	釜/璽考 42頁	釜/陶錄 2.6.4	釜/陶錄 2.7.1
釜/陶錄 2.16.4	釜/陶錄 2.40.2	釜/陶錄 2.41.4	釜/陶錄 2.46.2	釜/陶錄 2.654.1	釜/陶錄 2.11.1	釜/陶錄 2.34.4
釜/陶錄 2.16.1	釜/陶錄 2.41.2	釜/陶錄 2.10.1	釜/陶錄 2.12.4	釜/陶錄 2.13.2	/陶錄 2.14.3	釜/陶錄 2.14.1
釜/陶錄 2.20.2	釜/陶錄 2.20.4	釜/陶錄 2.646.1	釜/陶錄 2.7.2	釜/集成 16.10374	釜/集成 16.10374	釜/集成 16.10371
釜/集成 16.10374	叟/璽考 64頁	叟/璽彙 0265	叟/璽彙 0312	叟/璽彙 0334	叟/璽彙 0336	戒/集成 01.285
戒/集成 01.275	戒/集成 01.285	戒/集成 01.285	戒/集成 01.272	戒/集成 01.274	兵/中新網 2012.8.11	兵/集成 15.9733
兵/集成 01.285	兵/集成 15.9733	兵/集成 01.275	對/集成 01.285	對/古研 29.311	對/古研 29.310	對/中新網 2012.8.11
對/中新網 2012.8.11	對/集成 01.92	對/集成 01.273	守/陶錄 2.400.1	守/陶錄 2.400.2	守/陶錄 2.400.3	鬭/陶錄 3.137.1

關/陶錄 3.134.2	關/陶錄 3.137.4	關/陶錄 3.134.3	關/陶錄 3.135.4	關/貨系 2544	關/貨系 2546	關/貨系 4019
關/貨系 4019	關/貨系 2541	關/貨系 2545	關/貨系 2544	關/錢典 983	關/錢典 982	關/錢典 981
關/先秦編 397	關/先秦編 397	關/齊幣 37	關/齊幣 36	關/齊幣 38		
重 文						
與/集成 01.285						
合文						
右/璽彙 5682	祭豆/陶錄 3.12.2	祭豆/陶錄 3.72.2	祭豆/陶錄 3.72.5			

91. 九

《說文解字‧卷十四‧九部》：「〔九〕，陽之變也。象其屈曲究盡之形。凡九之屬皆从九。」甲骨文作〔九〕（菁2.1）、〔九〕（前2.6.6）；金文作〔九〕（九簋）、〔九〕（申簋）；楚系簡帛文字作〔九〕（信2.018）、〔九〕（包2.90）。丁山謂「本肘字，象臂節形。」〔註114〕季旭昇師謂「甲骨文『肘』字作〔肘〕（前4.11.2），去掉左下指事符號，確與『九』同形。」〔註115〕

齊系「九」字承襲甲骨，單字和偏旁字形相同。

單 字						
九/集成 01.285	九/集成 01.271	九/集成 01.271	九/集成 01.276	九/集成 01.283	九/集成 01.285	九/集成 15.9700

〔註114〕丁山：〈數名古誼〉，《中央研究院歷史語言研究所集刊》第 1 本 1 分，頁 94。
〔註115〕季旭昇師：《說文新證》，頁 953。

九/陶錄 2.31.3	九/貨系 2557	九/雪齋 2.72	九/新收 1074	九/古研 29.396		
偏　旁						
訊/璽彙 0194	圠/陶錄 2.679.4	酛/陶錄 3.559.2	盅/陶錄 3.322.2	盅/陶錄 3.322.6	盅/陶錄 3.323.3	盅/陶錄 3.322.1
盅/陶彙 3.1020						

92. 丑

　　《說文解字·卷十四·丑部》：「　，紐也。十二月，萬物動，用事。象手之形。時加丑，亦舉手時也。凡丑之屬皆从丑。」甲骨文作　（鐵 215.3）；金文作　（乍冊大方鼎）；楚系簡帛文字作　（包 2.45）、　（清 1.皇.3）。姚孝遂謂「丑本象手甲形。」〔註116〕

　　齊系「丑」字承襲甲骨　形，並加飾筆短橫畫，例：　（丑/山東 103 頁）。

單　字						
丑/集成 09.4644	丑/陶錄 2.220.2	丑/陶錄 2.220.1	丑/山東 76 頁	丑/山東 103 頁	丑/山東 103 頁	丑/山東 103 頁
偏　旁						
疦/璽彙 0599	疦/陶彙 3.809					

93. 尤

　　《說文解字·卷十四·乙部》：「　，異也。从乙又聲。」甲骨文作　（合 33981）；金文作　（鑄司寇鼎）；楚系簡帛文字作　（上 8.志.6）。季旭昇師謂「『尤』初假借『右』，其後『右』字形稍變，即成『尤』字。」〔註117〕

〔註116〕于省吾主編：《甲骨文字詁林》，頁 3593。
〔註117〕季旭昇師：〈從戰國楚簡中的「尤」字談到殷代一個消失的氏族〉，《古文字與

齊系「尢」字作 （新收 1917），單字與偏旁字形大致相同。

單 字					
尢/新收 1917					
偏 旁					
試/集成 04.2426	惎/陶彙 3.272				

94. 秫

《說文解字・卷七・禾部》：「䄸，稷之黏者。从禾；朮，象形。秫，秫或省禾。」甲骨文作（合 03238）；金文作（大嗣馬簠）；楚簡文字作（包 2.269）。朱芳圃謂「朮為初文，秫為後起字。金文作，象稷黏手之形。」〔註 118〕

齊系偏旁「朮」字與楚系字形相近。

單 字					
尣/陶錄 3.477.2					

95. 舁

說文未見獨立字形。《說文解字・卷三・異部》：「𦥔，分也。从廾从畀。畀，予也。凡異之屬皆从異。」用作偏旁時，甲骨文作（異/合 29090）；金文作（異/大盂鼎）；楚系簡帛文字作（異/郭.語 2.52）。于省吾認為，象舉手形，即「舉」字古文。〔註 119〕季旭昇師謂「象人雙手上舉捧物之形。」〔註 120〕

齊系偏旁「舁」字承襲甲骨字形。

古代史》第二輯，頁 371～379。

〔註 118〕朱芳圃：《殷周文字釋叢》（臺北：學生書局，1972 年），頁 131。

〔註 119〕于省吾：〈釋舁〉，《考古》1979 年第 4 期，頁 353～355。

〔註 120〕季旭昇師：《說文新證》，頁 178。

偏　旁				
 異/陶錄 2.750.3	 異/陶錄 2.751.3			

96. 尹

《說文解字‧卷三‧又部》:「，治也。从又ノ，握事者也。，古文尹。」
甲骨文作（合30451）、（合31081）；金文作（智壺盖）、（尹姞鬲）；
楚系簡帛文字作（包2.121）。王國維謂「从又持｜，象筆形。」[註121]李孝
定謂「象以手執筆之形。蓋官尹治事必秉薄書，故引申得訓治也。筆字作，
以其意主於筆，故特象其形作；尹之意主於治事，故於筆形略而作｜也。」
[註122]

齊系「尹」字單字和偏旁與金文、形相同。

單　字				
 尹/集成 15.9579	 尹/陶錄 3.759			

偏　旁						
 邢/陶錄 2.50.1	 君/集成 17.11265	 君/集成 01.102	 君/集成 01.050	 君/集成 17.11088	 君/集成 08.4152	 君/集成 16.10383
 君/集成 01.273	 君/集成 01.275	 君/集成 01.282	 君/集成 01.285	 君/集成 01.285	 君/集成 01.102	 君/古研 29.311
 君/古研 29.310	 君/璽彙 5537	 君/璽彙 0327	 君/璽彙 0007	 君/璽彙 3620	 君/璽考 31頁	 君/璽考 31頁
 君/文明 6.200	 君/遺珍 38頁	 君/遺珍 38頁	 君/遺珍 33頁	 君/三代 18.32.2	 君/歷文 2009.2.51	 羣/集成 09.4647

〔註121〕王國維:〈釋史〉,《觀堂集林》（臺北:世界書局,1961年）卷六,頁133。
〔註122〕李孝定:《甲骨文字集釋》,頁908。

羣/集成 09.4646	羣/集成 08.4145	羣/集成 09.4648	賮/璽彙 2611	賮/珍秦 19	賮/古研 29.310	賮/古研 29.310
賮/璽彙 0573	賮/璽彙 1943	賮/璽彙 3590	賮/璽彙 3678	賮/璽彙 3690	賮/璽彙 1928	賮/璽彙 3609
賮/璽彙 3918	賮/璽彙 3723	賮/陶錄 2.55.2	賮/陶錄 2.3.2	賮/陶錄 2.4.2	賮/陶錄 2.5.1	賮/陶錄 2.55.2
賮/陶錄 2.653.1	賮/陶錄 2.4.1	賮/陶錄 2.5.2	賮/陶錄 2.55.1			

97. 父

《說文解字·卷三·又部》:「，矩也。家長率教者。从又舉杖。」甲骨文作（甲 02376）；金文作（疋乍父丙鼎）；楚系簡帛文字作（包 2.126）、（郭.六.29）。何琳儀謂「从又持杖，與甲骨文攴同形。攴、父一字分化，以手持杖為攴，持杖者為父。」〔註 123〕

齊系「父」字作（集成 10.5245）、（集成 16.10244），單字與偏旁字形相同。

單 字						
父/遺珍 33 頁	父/遺珍 30 頁	父/遺珍 32 頁	父/遺珍 32 頁	父/集成 09.4568	父/集成 05.2589	父/集成 03.717
父/集成 09.4444	父/集成 10.5245	父/集成 10.5245	父/集成 09.4441	父/集成 16.10275	父/集成 08.4111	父/集成 04.2418
父/集成 09.4443	父/集成 16.10081	父/集成 16.10211	父/集成 08.3987	父/集成 03.694	父/集成 09.4566	父/集成 09.4567

〔註 123〕何琳儀:《戰國古文字典》，頁 593。

父/集成 16.10114	父/集成 16.10244	父/集成 07.3989	父/集成 07.3974	父/集成 16.10086	父/集成 16.10236	父/集成 09.4592
父/集成 15.9657	父/集成 03.707	父/集成 03.685	父/集成 03.686	父/集成 07.4040	父/集成 07.4040	父/集成 08.4127
父/集成 08.4127	父/集成 03.608	父/集成 16.10151	父/集成 09.4517	父/集成 09.4517	父/集成 09.4518	父/集成 09.4519
父/集成 09.4520	父/古研 29.396	父/山東 672 頁	父/山東 668 頁	父/山東 189 頁	父/山東 611 頁	

偏　旁						
守/集成 05.2589	鄁/璽彙 0232	專/集成 01.285	專/集成 01.285	專/集成 01.274	逋/璽彙 0240	桶/陶錄 3.105.2
桶/陶錄 3.107.5	桶/陶錄 2.529.2	桶/陶錄 3.105.4	桶/陶錄 3.110.6	桶/陶錄 3.108.1	甫/集成 16.10261	甫/集成 09.4534
輔/璽彙 5706	鋪（匜）/ 集成 09.4689	鋪（匜）/ 集成 09.4690	鋪（匜）/ 集成 09.4690	鋪（匜）/ 集成 09.4691	釜/集成 16.10374	釜/陶錄 2.34.4
釜/集成 16.10371	釜/集成 16.10371	斧/集成 15.9709				

合　文						
父丁/集成 03.614						

98. 聿

《說文解字・卷三・聿部》：「，所以書也。楚謂之聿，吳謂之不律，燕謂之弗。从聿一聲。凡聿之屬皆从聿。」甲骨文作（合 22065）、（合 22063）；金文作（婦聿延夒卣）、（聿戈）。羅振玉謂「象手持筆之形。」〔註 124〕

齊系「聿」字偏旁字形承襲甲骨金文，有些字形中的筆形顛倒，例：（肇/考古 2010.8.33）。

偏　旁						
鉯/集成 15.9730	肇/考古 2010.8.33	肇/考古 2010.8.33	肇/考古 2011.2.16	肇/新收 1917	肇/山東 170 頁	肇/山東 104 頁
肇/集成 09.4458	肇/集成 16.10275	肇/集成 08.4110	肇/集成 05.2587	肇/集成 07.3944	肇/集成 09.4571	肇/集成 01.273
肇/集成 01.285	肇/集成 07.3939	肇/集成 05.2639	肇/集成 16.10116	肇/集成 09.4423	肇/集成 09.4440	肇/集成 09.4415
肇/集成 09.4570	肇/集成 09.4441	肇/集成 09.4441	肇/集成 09.4595	肇/集成 09.4596	肇/集成 16.10275	庫/山東 104 頁
庫/集成 07.3828	庫/集成 07.3830	建/集成 17.10918	建/山東 844 頁	建/璽彙 338	建/集成 17.11025	

99. 攴

《說文解字・卷三・攴部》：「，小擊也。从又卜聲。凡攴之屬皆从攴。」甲骨文作（合 27742）。用作偏旁，金文作（班簋）；楚系簡帛文字作（敓/清 2.繫.1）。何琳儀謂「攴、父一字分化，以手持杖為攴，持杖者為父。」〔註 125〕

〔註 124〕羅振玉：《增訂殷契書契考釋》中，頁 40。
〔註 125〕何琳儀：《戰國古文字典》，頁 593。

　　齊系「攴」字承襲甲骨，也有與楚系字形偏旁相同的字形。有些字形省略
卜形的短橫畫，例：（𢼸/集成 16.10280）。偶有字形把表示杖形的筆畫連寫
作豎折筆畫，例：（般/集成 15.9709）「攴」與「殳」形義俱近，如「叚」
字，從攴作（陶錄 2.11.3）；從殳作（集成 09.4440）。

單　字					
攴/集成 01.142					
偏　旁					
蠤/陶錄 2.109.1	蠤/陶錄 2.109.3	蠤/陶錄 2.110.1	蠤/陶錄 2.147.1	蠤/陶錄 2.149.1	蠤/陶錄 2.149.4	蠤/陶錄 2.148.4
蠤/陶錄 2.108.1	蠤/陶錄 2.108.2	攸/璽彙 1946	攸/集成 01.142	敖/璽彙 0643	敖/璽彙 3725	瘱/璽彙 2056
敳/集成 01.272	敳/集成 01.285	臧（臧）/ 銘文選 2.865	臧（臧）/ 集成 16.9975	寇/集成 17.11083	寇/集成 16.10154	寇/新收 1917
救/遺珍 32 頁	救/遺珍 33 頁	救/遺珍 32 頁	嚴/集成 16.10133	嚴/集成 01.276	嚴/集成 16.10263	嚴/集成 01.285
嚴/陶錄 2.674.4	嚴/陶錄 2.675.2	嚴/陶錄 2.438.1	嚴/陶錄 2.439.3	嚴/璽彙 5294	愁/陶錄 2.241.3	鄧/集成 01.285
愁/集成 01.285	愁/陶錄 2.251.1	愁/陶錄 2.309.1	愁/陶錄 2.197.2	愁/陶錄 2.69.1	愁/陶錄 2.69.2	愁/陶錄 2.69.3
愁/陶錄 3.185.6	愁/陶錄 3.185.5	愁/陶錄 2.68.2	愁/陶錄 2.252.4	愁/陶錄 2.197.1	愁/陶錄 2.197.3	愁/陶錄 2.309.1

慾/璽彙 1949	敬/璽彙 3535	敬/璽彙 0342	敬/中新網 2012.8.11	敬/中新網 2012.8.11	敬/集成 01.273	敬/集成 01.285
敬/集成 01.102	斁/璽彙 0306	敓/陶錄 2.173.2	敓/陶錄 2.173.3	敓/陶錄 2.660.4	敥/集成 17.10962	敥/集成 17.11070
故/集成 3818	故/集成 3817	故/山東 696 頁	鎰/集成 08.4152	攻/璽彙 3702	攻/璽彙 3121	攻/璽彙 3120
敷/陶錄 3.263.4	敷/陶錄 3.263.1	敷/陶錄 3.263.2	敷/陶錄 3.263.5	敷/璽彙 3122	燮/陶錄 2.366.3	燮/陶錄 2.382.1
燮/陶錄 2.382.2	燮/璽彙 3709	遫/陶錄 3.504.1	發/文物 2001.10.48	政/集成 01.272	政/集成 01.272	政/集成 01.276
政/集成 01.278	政/集成 01.279	政/集成 01.280	政/集成 01.281	政/集成 01.283	/集成 01.285	政/集成 01.285
政/集成 01.285	政/集成 01.271	政/集成 01.285	政/集成 01.271	政/集成 01.285	政/璽彙 3479	散/璽考 49 頁
綮/璽彙 3679	釐/山東 161 頁	釐/山東 161 頁	釐/集成 01.275	釐/集成 01.285	釐/集成 01.281	釐/集成 02.663
釐/集成 01.92	釐/集成 01.285	釐/集成 01.273	釐/集成 01.273	亩（籔）/ 璽考 49 頁	亩（籔）/ 璽彙 5526	亩（籔）/ 璽彙 0300
亩（籔）/ 璽彙 3573	亩（籔）/ 璽彙 1597	亩（籔）/ 集成 16.10371	亩（籔）/ 集成 16.10374	亩（籔）/ 集成 16.10374	亩（籔）/ 陶錄 2.23.1	亩（籔）/ 陶錄 2.17.1

亘（叡）/ 山璽 003	敵（敔）/ 集成 01.285	敵（敔）/ 集成 01.274	敵（敔）/ 集成 01.285	敵（敔）/ 集成 01.273	散（簸）/ 山東 833頁	散（簸）/ 山東 832頁
散（簸）/ 集成 17.11036	散（簸）/ 集成 18.12023	散（簸）/ 集成 17.11033	散（簸）/ 集成 17.10963	散（簸）/ 集成 18.12024	散（簸）/ 集成 17.11210	散（簸）/ 集成 08.4037
散（簸）/ 集成 17.11101	散（簸）/ 集成 08.4036	散（簸）/ 集成 17.11591	散（簸）/ 尋繹 63	散（簸）/ 尋繹 63	散（簸）/ 新收 1168	攽/璽彙 5644
攽/璽彙 1509	敦/璽彙 4033	敦/陶錄 2.165.4	敦/集成 16.10371	贅/陶錄 2.709.4	贅/陶錄 2.714.4	贅/陶錄 2.714.5
贅/陶錄 2.709.5	贅/陶錄 2.712.1	贅/陶錄 2.711.2	贅/陶錄 2.714.6	贅/陶錄 2.389.3	贅/陶錄 2.683.3	贅/陶錄 2.696.4
贅/陶錄 2.709.3	贅/陶錄 2.713.4	贅/桓台 40	毅/陶錄 3.278.5	毅/陶錄 3.278.6	毅/陶錄 3.279.1	毅/陶錄 3.648.4
毅/陶錄 3.278.1	毅/陶錄 3.278.2	毅/陶錄 3.278.3	毅/陶錄 3.278.4	敗/集成 01.285	敗/集成 01.276	敗/銘選 848
敢/集成 08.4041	屐/集成 01.285	致/陶錄 3.263.2	簋（殷）/ 璽考39頁	簋（殷）/ 璽考59頁	簋（殷）/ 璽彙1285	簋（殷）/ 璽彙5539
簋（殷）/ 璽彙0040	簋（殷）/ 璽彙0194	簋（殷）/ 璽彙0034	簋（殷）/ 璽彙0035	簋（殷）/ 璽彙0038	簋（殷）/ 璽彙0881	簋（殷）/ 璽彙0345

簋（殷）/ 陶錄 2.304.1	簋（殷）/ 陶錄 2.297.3	簋（殷）/ 陶錄 2.24.1	簋（殷）/ 陶錄 2.11.1	簋（殷）/ 陶錄 2.293.1	簋（殷）/ 陶錄 2.11.3	簋（殷）/ 集成 07.3987
徽/集成 16.10371	盤/集成 16.10113	盤/集成 16.10114	盤/集成 16.10115	敄/璽彙 4026	賷/璽彙 3697	攻/璽考 57 頁
攻/璽考 57 頁	攻/集成 01.271	攻/集成 16.10361	攻/集成 01.273	攻/集成 01.281	攻/集成 01.285	攻/璽彙 0157
攻/璽彙 0149	攻/璽彙 0150	攻/璽彙 0147	攻/璽彙 0148	攻/後李三 8	攻/新收 1550	敵/璽考 37 頁
救/集成 16.10371	致/陶錄 2.154.2	敵/陶錄 2.154.1	敵/璽彙 0631	敵/璽彙 0630	鼓/集成 01.277	鼓/集成 01.284
鼓/集成 01.285	鼓/集成 15.9729	鼓/集成 15.9730	鼓/集成 15.9733	戜/陶錄 2.111.1	攴/集成 01.285	攴/集成 01.277
攴/集成 01.285	攴/集成 01.275	攴/集成 16.10280	攴/陶錄 3.581.2	攴/歷文 2009.2.51	弢/集成 01.176	弢/集成 01.179
弢/集成 01.172	弢/集成 01.174	弢/集成 01.178	弢/璽彙 3923	般/集成 09.4596	般/集成 16.10117	般/集成 16.10144
般/集成 16.10086	般/集成 15.9709	般/集成 16.10123	般/集成 16.10159	般/集成 09.4595	般/集成 16.10282	般/集成 05.2750
般/集成 16.10163	般/集成 16.10133	般/新收 1043	般/山東 672 頁	敆/璽彙 3626	收/陶錄 3.385.1	

合　文						
司寇/璽彙 0220	敦于/璽彙 4026	敦于/璽彙 4027	敦于/璽彙 4028	敦于/璽彙 4029	敦于/璽彙 4030	敦于/璽彙 4031
敦于/璽彙 4032	敦于/璽彙 4025	敦于/山東 848 頁	敦于/珍秦 34			

100. 殳

《說文解字・卷三・殳部》：「■，以杸殊人也。《禮》：『殳以積竹，八觚，長丈二尺，建於兵車，車旅賁以先驅。』从又几聲。凡殳之屬皆从殳。」金文作■（十五年趙曹鼎）。用作偏旁時，楚系簡帛文字作■（投/清 3.祝.2）。林義光謂「象手持殳形，亦象手有所持以治物，故从殳之字與又攴同意。」〔註 126〕

齊系「殳」字偏旁字形有金文■形和楚系偏旁■形兩種字形。有些偏旁字形繁化，例：■（盤/集成 16.10151）；或手持之物筆畫訛變而形似「人」形，例：■（般/集成 16.10124）。「攴」與「殳」形義俱近，詳見「攴」字根。

偏　旁						
殷/集成 15.9733	殷/集成 05.2750	毆/璽彙 1466	鐵/璽彙 3666	擊/陶錄 2.200.4	擊/陶錄 2.201.3	擊/陶錄 2.201.2
擊/陶錄 2.200.1	擊/陶錄 2.200.2	擊/陶錄 2.202.1	鬪（毀）/ 集成 15.9733	簋（殷）/ 陶錄 2.307.21	簋（殷）/ 陶錄 2.305.2	簋（殷）/ 陶錄 2.305.3
簋（殷）/ 陶錄 2.307.3	簋（殷）/ 集成 08.4190	簋（殷）/ 集成 08.4190	簋（殷）/ 集成 09.4428	簋（殷）/ 集成 07.3974	簋（殷）/ 集成 07.3998	簋（殷）/ 集成 07.3901

〔註 126〕林義光：《文源》，頁 236。

簋（段）/集成 08.4127	簋（段）/集成 09.4440	簋（段）/集成 07.4040	簋（段）/集成 09.4441	簋（段）/集成 07.3897	簋（段）/集成 07.3899	簋（段）/集成 07.3900
簋（段）/集成 07.4096	簋（段）/璽彙 3705	盤/集成 16.10151	般/文明 6.200	般/集成 16.10087	般/集成 16.10116	般/集成 16.10154
般/集成 16.10081	般/集成 16.10124					
合　文						
𧻟里/璽彙 0546	𧻟里/璽彙 0538					

101. 史

《說文解字・卷三・史部》：「🔲，記事者也。从又持中。中，正也。凡史之屬皆从史。」甲骨文作 🔲（合 17961）、🔲（合 27051）；金文作 🔲（史父庚鼎）、🔲（乍册魊卣）；楚系簡帛文字作 🔲（郭.六.14）、🔲（上 2.子.8）。吳大徵謂「象手持簡形以記事。」〔註 127〕王國維認為，象射禮盛筭之器，亦可盛簡，皆由史官所持。〔註 128〕

齊系「史」字承襲甲骨字形。

單　字						
史/璽彙 0301	史/集成 06.3740	史/集成 05.2586	史/山東 189 頁	史/山東 507 頁		

102. 吏

《說文解字・卷一・一部》：「🔲，治人者也。从一从史，史亦聲。」甲骨

〔註 127〕吳大徵：《說文古籀補》（臺北：臺灣商務印書館，1968 年），頁 15。
〔註 128〕王國維：〈釋史〉，《觀堂集林》，頁 245～252。

文作 （前 5.23.3）；金文作 （大盂鼎）。季旭昇師謂「『吏』字的字義來自『史』的引申，後來為了讓字形有區別，於是在『史』字的上端加『Ｖ』形分化符號，因而分化出『吏』字。金文把中畫又向上突出，但是直到睡虎地秦簡、西漢初年的馬王堆帛書，『吏』字的上部都不从『一』。然而西漢晚年的上孫家寨漢簡，上部就从『一』形了。」〔註 129〕

齊系「吏」字與金文 形相同。

單　字					
吏/集成 01.271	吏/集成 15.9729	吏/集成 15.9729	吏/集成 15.9632	吏/集成 01.271	吏/集成 05.2732

103. 事

《說文解字・卷三・史部》：「，職也。从史，之省聲。，古文事。」甲骨文作 （合 05489）；金文作 （天亡簋）、（伯矩鼎）；楚系簡帛文字作 （望 1.26）。于省吾謂「 字的造字本義，係于 字豎畫的上端分作兩叉形，作為指事字的標誌，以別于史，而仍因史字以為聲。」〔註 130〕

齊系「事」字承襲甲骨，有些字形上部訛變作 （事/陶錄 2.8.4）；或上部的兩叉形出現繁化，例：（事/山東 10 頁）、（事/陶錄 2.6.3）。

單　字						
事/集成 15.9632	事/集成 15.9729	事/集成 15.9729	事/集成 15.9730	事/集成 01.271	事/集成 01.271	事/集成 01.271
事/集成 17.11259	事/集成 16.10374	事/集成 15.9709	事/集成 09.4630	事/集成 16.10371	事/集成 16.10361	事/集成 15.9730
事/集成 01.272	事/集成 01.272	事/集成 01.274	事/集成 01.277	事/集成 01.285	事/集成 01.285	事/集成 01.285

〔註 129〕季旭昇師：《說文新證》，頁 43。
〔註 130〕于省吾：《甲骨文字釋林》，頁 446～447。

事/集成 05.2732	事/集成 09.4629	事/集成 15.9703	事/集成 15.9975	事/集成 17.11069	事/集成 15.9700	事/集成 16.10374
事/集成 16.10374	事/山大 5	事/集錄 004	事/銘文選 2.865	事/璽彙 0277	事/璽彙 2530	事/璽彙 5561
事/璽彙 2531	事/璽彙 3590	事/璽彙 3760	事/璽彙 4889	事/璽彙 0289	事/璽彙 0290	事/璽彙 4572
事/陶錄 2.1.1	事/陶錄 2.3.2	事/陶錄 2.3.3	事/陶錄 2.8.2	事/陶錄 2.8.4	事/陶錄 2.11.1	事/陶錄 2.16.2
事/陶錄 2.17.2	事/陶錄 2.646.1	事/陶錄 2.16.3	事/陶錄 2.654.1	事/陶錄 2.6.3	事/新泰 3	事/新泰 9
事/新泰 10	事/新泰 11	事/新泰 17	事/新泰 19	事/山東 76 頁	事/山東 103 頁	事/山東 103 頁
事/山東 103 頁	事/山東 10 頁	事/新收 1042				

合　文						
事人/璽考 63 頁						

104. 爰

《說文解字·卷四·受部》:「[　]，引也。从受从于。籀文以為車轅字。」
甲骨文作[　]（合06473）；金文作[　]（爰卣）；楚系簡帛文字作[　]（郭.尊.23）。
林義光謂「即援之古文。象兩手有所引取形。」〔註131〕

〔註131〕林義光:《文源》，頁188～189。

齊系「爰」字承襲甲骨，與楚系字形相同，單字與偏旁字形相同。

單　字						
爰/陶錄 3.218.1	爰/陶錄 3.218.2	爰/陶錄 3.218.4	爰/陶錄 3.218.5	爰/陶錄 3.218.6		
偏　旁						
猨/陶錄 2.327.1	猨/陶錄 2.327.3	猨/陶錄 2.328.3	猨/後李三 4	瑗/陶錄 3.77.1	瑗/陶錄 3.635.5	瑗/陶錄 3.76.6
緩/陶彙 3.114.1	緩/陶錄 2.327.1	緩/陶錄 2.328.3				

105. 夋

《說文解字・卷三・夋部》：「，驅也。从革㥠聲。，古文夋。」甲骨文作 （合 20842）；金文作 （九年衛鼎）；楚系簡帛文字作 （郭.老甲.1）。《金文形義通解》認為，字象手持鞭，鞭索結於杆之形。〔註132〕

齊系「夋」字承襲甲骨，與說文古文字形相同。

單　字						
夋/陶錄 3.521.5	夋/陶錄 3.596.3					
偏　旁						
㦤/璽彙 1319						

106. 爪

《說文解字・卷三・爪部》：「，㕚也。覆手曰爪。象形。凡爪之屬皆从爪。」甲骨文作 （合 00975）；金文作 （師克盨）。林義光謂「即俗抓

〔註132〕張世超、孫凌安、金國泰、馬如森：《金文形義通解》，頁 583。

字。今多用為叉甲字。」〔註133〕姚孝遂謂「蓋覆手為爪。」〔註134〕季旭昇師謂「『爪』、『叉』本為一字，上古亦同音，後世分化為二耳。」〔註135〕

　　齊系「爪」字承襲甲骨 形，但爪形方向不一。用作偏旁時，「爪」字有訛變現象，有些字形雙爪形與器物相結合字形訛變，例： （鑄／集成 09.4629）；有些字形雙爪形與人形相結合而形近田形，例： （鋑／集成 09.4646）。

單 字						
爪/陶錄 3.292.2	爪/陶錄 3.292.3	爪/陶錄 3.292.5	爪/陶錄 3.292.6			
偏 旁						
鋑/集成 09.4646	虢/集成 16.10272	鄧/璽彙 0237	興/集成 09.4458	屓/集成 09.4458	沫（䀠）/ 新收 1043	沫（䀠）/ 集成 16.10163
沫（䀠）/ 集成 09.4645	沫（䀠）/ 集成 01.277	沫（䀠）/ 集成 15.9709	沫（䀠）/ 集成 16.10361	沫（䀠）/ 集成 16.10318	沫（䀠）/ 集成 16.10280	沫（䀠）/ 集成 01.285
沫（䀠）/ 集成 09.4690	沫（䀠）/ 集成 07.3987	沫（䀠）/ 集成 01.245	沫（䀠）/ 集成 09.4574	沫（䀠）/ 集成 01.102	沫（䀠）/ 集成 16.10277	沫（䀠）/ 集成 15.9729
沫（䀠）/ 集成 05.2586	沫（䀠）/ 集成 09.4623	沫（䀠）/ 集成 16.10007	沫（䀠）/ 集成 16.10006	鏤/璽彙 3687	婁/集成 15.9730	婁/集成 15.9729
孚/集成 15.9733	歖/集成 09.4620	歖/集成 09.4621	歖/集成 09.4622	脬/陶錄 2.538.1	脬/陶錄 2.538.2	辱/集成 09.4520

〔註133〕林義光：《文源》，頁 160～161。
〔註134〕于省吾主編：《甲骨文字詁林》，頁 3593～3594。
〔註135〕季旭昇師：《說文新證》，頁 192。

㝡/集成 09.4517	㝡/集成 09.4517	㝡/集成 09.4518	㝡/集成 09.4519	嘉/集成 15.9730	嘉/山東 188頁	鑄/古研 29.396
鑄/集成 03.596	鑄/集成 01.149	鑄/集成 01.150	鑄/集成 01.152	鑄/集成 09.4574	鑄/集成 15.9730	鑄/集成 09.4623
鑄/集成 09.4642	鑄/集成 01.177	鑄/集成 09.4560	鑄/集成 09.4560	鑄/集成 09.4570	鑄/集成 09.4570	鑄/集成 09.4127
鑄/集成 01.47	鑄/集成 16.10361	鑄/集成 01.175	鑄/集成 09.4630	鑄/集成 01.245	鑄/集成 15.9729	鑄/集成 01.245
鑄/集成 01.173	鑄/集成 01.179	鑄/集成 09.4629	鑄/集成 16.10361	鑄/集成 15.9733	鑄/集成 01.277	鑄/集成 01.285
鑄/集成 09.4470	鑄/集成 15.9513	鑄/新收 1917	鑄/三代 10.17.3	鑄/山東 379頁	鑄/新收 1781	受/璽彙 3937
受/集成 01.175	受/集成 01.177	受/集成 16.10361	受/集成 15.9730	受/集成 07.4036	受/集成 07.4037	受/集成 16.10142
受/集成 15.9730	受/集成 15.9729	受/集成 15.9733	受/集成 15.9729	受/集成 01.275	受/集成 01.285	受/集成 01.282
受/集成 01.285	受/集成 01.173	受/古研 29.396	受/新收 1042	受/新收 1042	靜/集成 16.10361	興/陶錄 3.52.3

興/陶錄3.49.2	興/陶錄3.49.3	興/陶錄3.53.2	興/陶錄3.53.3	旗/集成01.272	旗/集成01.285	旗/銘文選848
嗣/陶錄2.643.4	嗣/新收1917	嗣/中新網2012.8.11	嗣/中新網2012.8.11	嗣/集成16.10154	嗣/集成09.4440	嗣/集成09.4691
嗣/集成01.285	嗣/集成05.2638	嗣/集成15.9729	嗣/集成09.4440	嗣/集成09.4441	嗣/集成15.9730	嗣/集成15.9730
嗣/集成15.9730	嗣/集成09.4689	嗣/集成09.4690	嗣/集成16.10275	嗣/集成15.9733	嗣/集成01.273	嗣/集成16.10277
嗣/集成15.9729	嗣/集成05.2592	嗣/集成16.10116	嗣/集成17.11206	遣/集成07.4040	遣/集成07.4029	遣/集成07.4029
遣/集成07.4040	遣/集成04.2422	遣/山東668頁	愿/陶錄2.617.2	愿/陶錄2.689.3	愿/陶錄2.616.3	愿/陶錄2.617.3
愿/陶錄2.618.2	愿/陶錄2.618.4	愿/陶錄2.615.4	愿/陶錄2.616.2	愿/陶錄2.617.1	采/集成18.12093	盥/新收1043
盥/集成15.9704	盥/集成16.10163	盥/集成16.10282	盥/集成16.10283	盥/集成16.10280	/集成16.10159	盥/集成15.9659
采/集成18.12093	采/陶錄3.41.4	稻/集成09.4621	稻/集成09.4622	坖/璽彙0253	爲/遺珍48頁	爲/山東675頁
爲/集成07.4649	爲/集成01.140	爲/集成04.2426	爲/集成01.172	爲/集成16.1015	爲/集成01.271	爲/集成17.11073

爲/集成 07.4096	爲/集成 01.285	爲/集成 01.273	爲/集成 01.285	爲/集成 15.9729	爲/集成 15.9704	爲/集成 09.4640
爲/集成 01.245	爲/集成 15.9730	爲/陶錄 2.544.4	爲/陶錄 2.700.4	爲/陶錄 2.13.1	爲/陶錄 2.39.1	爲/陶錄 2.40.1
爲/陶錄 2.150.1	爲/陶錄 2.150.2	爲/陶錄 2.150.3	爲/新收 1042	爲/古研 29.310	爲/古研 23.98	爲/新收 1042
爲/新收 1043	爲/新收 1097	再/古研 29.396	再/古研 29.395	再/陶錄 3.561.1	再/陶錄 3.561.3	再/陶錄 3.561.4
再/陶錄 2.326.2	再/陶錄 2.326.3	再/陶錄 2.326.4	遺/古研 29.310			
合　文						
孚呂/中新網 2012.8.11	孚呂/中新網 2012.8.11	鑄其/集成 01.172				

107. 尋

《說文解字・卷三・寸部》：「，繹理也。从工从口从又从寸。工、口，亂也。又、寸，分理之。彡聲。此與𣂤同意。度，人之兩臂爲尋，八尺也。」甲骨文作 （合 24609）、（佚 831）；金文作 （晉仲之孫殷）、（尋仲匜）；楚系簡帛文字作 （郭.性.65）。唐蘭認爲字形象伸兩臂丈量之形，「度廣曰尋，古尺短，伸臂爲度，約得八尺，卜辭偏旁之，正象伸兩臂之形，其作丨者，丈形。卜辭或作者、《公食禮・記》『加萑席尋』，注：『丈六尺曰常，半常曰尋』是席長亦八尺，故伸臂與之等長也。」〔註136〕

齊系「尋」字字根字形與金文字形相同，單字字形在甲骨字形基礎之上，

────────────

〔註136〕唐蘭：《天壤閣甲骨文存考釋》（北京：輔仁大學，1939 年），頁 42～43。

加義符「又」、「口」。「尋」字偏旁則不增加義符。

偏　旁					
尋/集成 16.10135	尋/集成 16.10266	尋/集成 16.10221	鄩/集成 01.271		

108. ナ

《猷說文解字・卷三・ナ部》：「　，ナ手也。象形。凡ナ之屬皆从ナ。」
甲骨文作　（合24506）；金文作　（小盂鼎）。象左手之形。

齊系偏旁「ナ」字與金文　形相同。

偏　旁						
左/集成 16.10374	左/集成 17.11001	左/集成 17.11017	左/集成 17.10932	左/集成 17.11158	左/集成 17.11130	左/集成 01.87
左/集成 17.11056	左/集成 17.10971	左/集成 17.11022	左/集成 17.10969	左/集成 17.10930	左/集成 16.10368	左/集成 01.274
左/集成 01.272	左/集成 01.278	左/集成 01.279	左/集成 01.280	左/集成 01.285	左/集成 01.285	左/集成 01.285
左/集成 18.11609	左/集成 16.10371	左/集成 15.9700	左/集成 16.10371	左/集成 05.2592	左/集成 17.10983	左/集成 17.10984
左/集成 17.10985	左/集成 17.10982	左/集成 17.11041	左/集成 17.10997	左/璽考 48頁	左/璽考 48頁	左/璽考 51頁
左/璽考 33頁	左/璽考 35頁	左/璽考 37頁	左/璽考 35頁	左/璽考 37頁	左/璽考 40頁	左/璽考 42頁
左/璽考 42頁	左/璽考 43頁	左/璽考 45頁	左/璽考 46頁	左/璽考 47頁	左/璽考 47頁	左/璽考 47頁

左/陶錄 2.315.3	左/陶錄 2.654.1	左/陶錄 2.666.1	左/陶錄 2.667.1	左/陶錄 2.673.1	左/陶錄 2.700.1	左/陶錄 2.313.1
左/陶錄 2.293.1	左/陶錄 2.5.1	左/陶錄 2.5.2	左/陶錄 2.5.4	左/陶錄 2.3.2	左/陶錄 2.3.3	左/陶錄 2.6.1
左/陶錄 2.6.2	左/陶錄 2.6.4	左/陶錄 2.8.1	左/陶錄 2.8.2	左/陶錄 2.8.3	左/陶錄 2.9.1	左/陶錄 2.10.1
左/陶錄 2.10.2	左/陶錄 2.10.4	左/陶錄 2.11.1	左/陶錄 2.11.4	左/陶錄 2.12.2	左/陶錄 2.15.1	左/陶錄 2.16.1
左/陶錄 2.17.1	左/陶錄 2.20.2	左/陶錄 2.20.3	左/陶錄 2.21.2	左/陶錄 2.23.1	左/陶錄 2.23.3	左/陶錄 2.23.4
左/陶錄 2.24.1	左/陶錄 2.24.2	左/陶錄 2.24.3	左/陶錄 2.35.1	左/陶錄 2.261.1	左/陶錄 2.293.3	左/陶錄 2.293.2
左/陶錄 2.295.4	左/陶錄 2.298.1	左/陶錄 2.298.2	左/陶錄 2.299.1	左/陶錄 2.299.2	左/陶錄 2.300.1	左/陶錄 2.300.2
左/陶錄 2.300.3	左/陶錄 2.300.4	左/陶錄 2.301.1	左/陶錄 2.302.4	左/陶錄 2.303.1	左/陶錄 2.309.1	左/陶錄 2.310.3
左/陶錄 2.304.1	左/陶錄 2.304.2	左/陶錄 2.310.4	左/陶錄 2.311.1	左/陶錄 2.311.3	左/陶錄 2.312.1	左/璽彙 5540
左/璽彙 0195	左/璽彙 0047	左/璽彙 0037	左/璽彙 0038	左/璽彙 0039	左/璽彙 0157	左/璽彙 0227
左/璽彙 0256	左/璽彙 0257	左/璽彙 0285	左/璽彙 0296	左/璽彙 0298	左/璽彙 0300	左/璽彙 0307

左/璽彙 0337	左/璽彙 0313	左/山璽 008	左/山璽 009	左/山璽 011	左/山璽 012	左/山璽 013
左/山璽 014	左/山璽 015	左/山璽 003	左/山璽 004	左/後李六 1	左/陶彙 3.703	左/山東 846頁
左/山東 845頁	左/山東 817頁	左/山東 865頁	左/歷文 2007.5.15	左/中國錢 幣1987.4	左/文物 2002.5.95	左/新收 1496
左/新收 1110	左/新收 1197	左/新收 1167	左/新收 1167	左/新收 1983	左/新收 1078	
偏　旁						
佐/收藏家 2011.11.25	佐/集成 17.11211	痡/陶錄 3.369.1	痡/陶錄 3.368.6	痡/陶錄 3.368.1	痡/陶錄 3.368.3	差/集成 01.274
差/集成 01.285	差/集成 16.10361	隋（肴）/ 陶錄 3.484.5	隋（肴）/ 陶錄 3.484.4	隋（肴）/ 陶錄 3.484.6		

109. 奔

《說文解字》未見。甲骨文作 ▨（庫 1397）；金文作 ▨（毛公鼎）；楚系簡帛文字作 ▨（信 2.015）。羅振玉謂「象兩手奉火形。」〔註137〕林義光謂「象兩手奉物以贈人。」〔註138〕朱芳圃認為，象兩手奉梲形。〔註139〕季旭昇師謂「朕從舟、從廾持物填船縫。以唐蘭象意字聲化例推之，『奔』字當即『朕』之初文，字從廾持物填縫隙，舟以縫隙最需填，故後遂加舟旁。」〔註140〕

齊系「奔」字字形承襲甲骨金文，有些字形與楚系字形相近，增加「八」

〔註137〕羅振玉：《增訂殷虛書契考釋》中，頁 18。
〔註138〕林義光：《文源》，卷六，頁 18。
〔註139〕朱芳圃：《殷周文字釋叢》，頁 79～80。
〔註140〕季旭昇師：《說文新證》，頁 685。

形，點形飾筆或為短橫畫，例：𣥤（朕/集成 01.273）。或表示器物之形的豎畫訛變為兩個橫畫，例：𦞖（榺/集成 15.9733）。

偏　旁						
鄰/璽彙 3545	勝/新收 1462	勝/新收 1074	勝/歷文 2009.2.51	譽/璽彙 0194	籐/集成 17.10898	籐/璽彙 3112
籐/璽彙 5682	榺/集成 15.9733	滕（朕）/ 集成 09.4428	滕（朕）/ 集成 09.4428	滕（胮）/ 集成 03.669	滕（胮）/ 集成 16.10144	滕（縢）/ 新收 1733
滕（縢）/ 古研 23.98	滕（縢）/ 集成 04.2154	滕（縢）/ 集成 04.2525	滕（縢）/ 集成 09.4635	滕（縢）/ 集成 18.11608	滕（縢）/ 集成 03.565	滕（縢）/ 集成 06.3670
滕（縢）/ 集成 17.11079	滕（縢）/ 集成 17.11123	滕（縢）/ 集成 17.11077	滕（縢）/ 集成 17.11078	縢/璽彙 3827	縢/集成 15.9733	滕（𦞖）/ 新收 1550
朕/集成 03.717	朕/集成 16.10263	朕/集成 09.4593	朕/集成 09.4644	朕/集成 03.690	朕/集成 16.10081	朕/集成 16.10114
朕/集成 16.10115	朕/集成 09.4574	朕/集成 01.47	朕/集成 09.4534	朕/集成 16.10133	朕/集成 16.10318	朕/集成 08.4111
朕/集成 01.272	朕/集成 01.272	朕/集成 01.272	朕/集成 01.273	朕/集成 01.273	朕/集成 01.275	朕/集成 01.285
朕/集成 01.285	朕/集成 03.694	朕/集成 03.691	朕/集成 01.47	朕/集成 16.10280	朕/集成 09.4645	朕/集成 16.10236
朕/集成 16.10154	朕/集成 05.2690	朕/集成 05.2692	朕/集成 09.4620	朕/集成 09.4621	朕/集成 09.4621	朕/集成 16.10244

朕/古研 29.311	朕/山東 104頁	朕/山東 379頁	朕/山東 104頁	朕/古研 29.310	朕/古研 29.310	朕/古研 29.310
朕/古研 29.396	朕/古研 29.396	朕/古研 29.396	朕/古研 29.396	朕/古研 29.311	朕/三代 10.17.3	朕/文明 6.200
朕/歷文 2009.2.51	賸/新收 1045	賸/新收 1045	賸/山東 672頁	賸/山東 675頁	賸/瑯琊網 2012.4.18	賸/集成 16.10159
賸/集成 07.3987	賸/集成 07.3974	賸/集成 16.10086	賸/集成 07.3988	賸/集成 07.3989	賸/集成 05.2589	賸/集成 16.10271
賸/集成 16.10277	賸/集成 03.707	賸/集成 16.10135	賸/集成 16.10266			

110. 卑

《說文解字·卷三·ナ部》:「[字形],賤也。執事也。从ナ甲。」甲骨文作[字形]（合 37677）；金文作[字形]（免簋）；楚系簡帛文字作[字形]（郭.緇.23）。季旭昇師謂「象卑者所持之器具，猶僕持箕之類。」〔註141〕

齊系「卑」字單字承襲甲骨金文，與楚系字形相同。有些偏旁中的又形筆畫拉長，例：[字形]（焯/陶錄 3.412.1）。「卑」字中的「又」字或作手持柄形，例：[字形]（卑/璽彙 5683），詳見「華」字根。

單　字						
卑/集成 01.285	卑/集成 16.10361	卑/集成 01.142	卑/集成 01.277	卑/集成 01.278	卑/集成 01.284	卑/集成 16.10361
卑/璽彙 0234	卑/璽彙 3677	卑/璽彙 5683	卑/山東 104頁			

〔註141〕季旭昇師：《說文新證》，頁 213。

偏　旁					
焷/陶錄 3.412.1	焷/陶錄 3.412.5	焷/陶錄 3.412.6	焷/陶錄 3.413.6	焷/陶錄 3.413.4	焷/陶錄 3.414.1

十五、足　部

111. 足

《說文解字・卷二・足部》：「，人之足也。在下。从止口。凡足之屬皆从足。」甲骨文作（合 22236）；金文作（免簋）；楚系簡帛文字作（包 2.112）。徐鍇曰：「口象股脛之形。」季旭昇師謂「象臀部至腳底之形。」〔註 142〕

齊系「足」字承襲金文，字形中的「〇」形作「口」形，單字與偏旁字形相同。

單　字					
足/陶錄 3.505.6					
偏　旁					
郢/璽彙 3234	踵/陶錄 3.415.3	踵/陶錄 3.415.2	路（瓂）/ 璽彙 0148	路（瓂）/ 璽彙 3912	路（瓂）/ 璽彙 2610	路（瓂）/ 璽彙 4207

112. 疋

《說文解字・卷二・疋部》：「，足也。上象腓腸，下从止。《弟子職》曰：『問疋何止。』古文以為《詩・大疋》字。亦以為足字。或曰胥字。一曰疋，記也。凡疋之屬皆从疋。」甲骨文作（合 13631）；金文作（十年洱陽令戈）；楚簡文字作（上 1.孔.10）。徐灝謂「疋乃足之別體。所菹切，亦足之轉聲。」〔註 143〕

齊系「疋」字作（陶錄 3.818），或字形筆畫簡省作（貨系 2649）。有些偏旁字形中，表示腳底之形的筆畫出現簡省，例：（閠/陶錄 2.425.3）。

〔註 142〕季旭昇師：《說文新證》，頁 140。
〔註 143〕清・徐灝：《說文解字注箋》，卷二下，頁 66。

單 字						
疋/貨系 2649	疋/貨系 2650	疋/陶錄 2.52.2	疋/陶錄 3.818	疋/陶錄 3.653.5		
偏 旁						
差/陶錄 2.144.3	差/陶錄 2.144.4	差/陶錄 2.144.4	邔/璽彙 2206	楚/璽彙 0642	楚/璽彙 0571	楚/新收 1086
楚/陶錄 2.387.1	楚/陶錄 2.362.4	楚/陶錄 2.389.3	楚/陶錄 2.382.3	楚/陶錄 3.25.1	楚/陶錄 3.25.2	楚/陶錄 2.683.3
楚/陶錄 2.634.1	楚/陶錄 2.636.4	楚/陶錄 2.636.4	楚/陶錄 2.392.2	楚/陶錄 2.377.2	楚/陶錄 2.633.4	楚/陶錄 2.324.1
楚/陶錄 3.25.1	楚/陶錄 3.25.2	楚/陶錄 2.316.1	楚/陶錄 2.317.2	楚/陶錄 2.319.2	楚/陶錄 2.319.4	楚/陶錄 2.320.1
楚/陶錄 2.321.1	楚/陶錄 2.323.1	楚/陶錄 2.323.4	楚/陶錄 2.330.1	楚/陶錄 2.333.1	楚/陶錄 2.325.1	楚/陶錄 2.326.1
楚/陶錄 2.327.1	楚/陶錄 2.327.3	楚/陶錄 2.326.4	楚/陶錄 2.335.3	楚/陶錄 2.365.1	楚/陶錄 2.365.3	楚/陶錄 2.367.1
楚/陶錄 2.367.4	楚/陶錄 2.379.1	楚/陶錄 2.380.1	楚/陶錄 2.380.4	楚/陶錄 2.373.2	楚/陶錄 2.373.4.	楚/陶錄 2.382.1
楚/陶錄 2.389.2	楚/陶錄 2.384.1	楚/陶錄 2.385.4	楚/陶錄 2.386.3	楚/陶錄 2.387.3	楚/陶錄 2.390.1	楚/陶錄 2.390.2
楚/陶錄 2.392.4	楚/陶錄 2.681.3	楚/陶錄 2.390.3	楚/陶錄 2.390.4	楚/陶錄 2.392.2	楚/陶錄 2.392.3	楚/陶錄 2.393.1

楚/陶錄 2.393.2	楚/陶錄 2.393.3	楚/陶錄 2.393.4	楚/陶錄 2.683.1	楚/陶錄 2.386.1	楚/陶錄 2.362.1	胥/陶錄 2.26.6
胥/璽彙 3554	胥/璽彙 3587	胥/璽彙 2177	胥/陶錄 2.26.4	胥/陶錄 2.26.5	閻/後李三 12	閻/陶錄 2.431.1
閻/陶錄 2.417.3	閻/陶錄 2.417.4	閻/陶錄 2.422.3	閻/陶錄 2.423.3	閻/陶錄 2.425.3	閻/陶錄 2.427.1	閻/陶錄 2.427.2
閻/陶錄 2.430.1	閻/陶錄 2.430.4	閻/陶錄 2.434.3	閻/陶錄 2.436.2	閻/陶錄 2.437.1	閻/陶錄 2.431.3	閻/陶錄 2.431.2
閻/陶錄 2.432.1	閻/陶錄 2.435.1	閻/陶錄 2.417.2	閻/璽彙 4012	閻/璽彙 4013	閻/璽彙 4014	閻/璽彙 3239
定/歷文 2007.5.16	定/集成 17.11085	定/集成 17.10997	定/集成 17.11070	定/集成 17.10969		

113. 止

《說文解字・卷二・止部》：「􀀀，下基也。象艸木出有址，故以止為足。凡止之屬皆从止。」甲骨文作􀀀（合33193）、􀀀（合00974）；金文作􀀀（蔡簋）；楚系簡帛文字作􀀀（包2.181）、􀀀（上1.紂.16）。林義光謂「象人足，即趾之本字。」〔註144〕

齊系「止」字承襲甲骨，字形方向不一，單字和偏旁字形相同。特殊字形如下：

1. 「止」與「屮」字形近訛同，例：􀀀（此/陶錄3.236）。

2. 「止」與「行」字相結合，例：􀀀（往/陶錄3.458.6）。

3. 「止」與「凵」字相結合，例：􀀀（妝/集成01.276）。

4. 「止」字的趾形筆畫簡省，例：􀀀（前/陶錄2.180.1）、􀀀（趄/集成

〔註144〕林義光：《文源》，頁62。

09.4629）。

單　字						
止/山東 634頁	止/陶錄 3.456.1	止/陶錄 3.456.2	止/陶錄 3.568.6	止/陶錄 3.17.3	止/陶錄 3.17.6	
偏　旁						
步/陶錄 2.91.4	步/陶錄 2.139.1	步/陶錄 2.139.2	步/陶錄 2.139.3	步/陶錄 2.180.4	步/陶錄 2.264.1	步/陶錄 2.656.4
先/集成 01.285	先/集成 01.285	先/集成 01.140	先/集成 01.272	先/集成 01.275	陟（㳇）/ 陶錄 3.196.1	陟（㳇）/ 陶錄 3.195.1
陟（㳇）/ 陶錄 3.195.2	陟（㳇）/ 陶錄 3.195.3	陟（㳇）/ 陶錄 3.195.4	陟（㳇）/ 陶錄 3.194.6	陟（㳇）/ 陶錄 3.649.4	陟（㳇）/ 陶錄 3.196.4	縱/集成 18.12092
洗/山東 104頁	洗/山東 104頁	從/陶錄 3.476.1	從/陶錄 3.476.2	從/集成 15.9730	從/集成 15.9729	從/集成 15.9729
從/集成 15.9733	從/集成 01.271	迟/陶錄 3.522.1	迖/歷文 2009.2.51	迖/集錄 1009	往/陶錄 3.458.3	往/陶錄 3.458.5
往/陶錄 3.459.2	往/陶錄 3.458.1	往/陶錄 3.458.2	往/陶錄 3.458.6	遜/璽彙 0282	遜/璽彙 0232	遜/璽彙 3233
遜/璽彙 0155	遜/璽彙 3920	遜/集成 16.10374	遜/集成 01.271	遜/集成 16.10374	鏊/山東 748頁	鏊/山東 718頁
鏊/山東 747頁	鏊/新收 1083	鏊/新收 1084	鏊/新收 1081	鏊/新收 1082	遼/周金 6.132	遹/集成 01.285

觑/銘文選848	徒（遷）/璽彙0200	徒（遷）/璽彙0202	徒（遷）/璽彙0198	徒（遷）/璽彙0322	徒（遷）/璽考55頁	此/集成01.180
此/集成05.2640	此/集成01.174	此/集成01.178	此/集成01.179	此/集成01.173	此/集成01.177	此/陶錄3.578.4
此/陶錄3.385.3	此/陶錄3.235.2	此/陶錄3.236	斐/陶錄3.481.4	斐/陶錄3.481.5	斐/陶錄3.481.6	茈/璽彙3142
坒/璽彙3923	貲/陶錄2.251.4	貲/陶錄3.159.1	貲/陶錄3.159.3	貲/陶錄3.159.5	貲/陶錄2.251.3	齒/陶錄3.216.2
齒/璽彙4013	齒/陶錄3.216.4	齒/陶錄3.216.5	齒/陶錄3.217.1	齒/陶錄3.217.2	齒/陶錄3.217.3	齒/陶錄3.217.6
齒/陶錄3.216.1	齒/陶錄3.216.3	齒/陶錄3.216.6	齒/陶錄2.251.3	齒/陶錄2.251.4	达/桓台40	达/璽彙1433
达/璽彙1481	奔/璽彙3693	奔/分域691	鄈/璽彙3604	錇/集成01.285	錇/銘文選848	趣/集成08.4152
趜/金文總集02.1478	趄/集成09.4649	趄/集成09.4649	趄/集成09.4629	趄/集成09.4630	趄/新收1781	趄/集成09.4649
走/集成09.4556	走/集成16.10275	走/集成09.4440	走/集成09.4441	走/集成09.4441	趣/集成03.685	趣/集成03.686
逆/集成07.4096	逆/集成07.4630	逆/集成07.4629	逆/新收1781	逆/陶錄3.540.4	遡/陶錄3.227.2	遡/陶錄3.227.3

遡/陶錄 3.227.1	遡/陶錄 3.227.4	夏/陶錄 2.653.4	夏/陶錄 3.531.6	夏/集成 16.10006	夏/集成 01.285	夏/集成 01.276
夏/璽彙 0266	夏/璽考 301頁	頯/陶錄 3.187.3	頯/陶錄 3.187.4	頯/陶錄 3.187.5	頯/陶錄 3.188.6	頯/陶錄 3.189.2
頯/陶錄 3.188.3	頯/山大 2	郣/珍秦 19	郣/集成 05.2601	郣/集成 05.2602	郣/集成 04.2422	郣/集成 07.4040
郣/集成 07.4040	郣/新收 1046	郣/新收 1042	郣/新收 1042	郣/新收 1045	郣/新收 1045	郣/璽彙 2096
郣/璽彙 2097	郣/山東 668頁	郣/山東 170頁	御/中新網 2012.8.11	御/中新網 2012.8.11	御/新收 1109	御/新收 1733
御/集成 15.9729	御/集成 05.2732	御/集成 15.9729	御/集成 15.9729	御/集成 15.9730	御/集成 15.9729	御/集成 09.4635
御/集成 16.10374	御/集成 15.9729	御/集成 15.9730	御/集成 15.9730	御/集成 15.9730	御/集成 16.10124	御/集成 04.2525
御/集成 17.11083	御/璽彙 3127	御/陶錄 3.485.4	迻/璽彙 0177	妯/集成 01.276	妯/集成 01.285	妯/集成 01.280
是/集成 07.4096	是/集成 01.149	是/集成 01.140	是/集成 01.245	是/集成 01.151	是/集成 01.152	是/集成 05.2732
是/集成 01.285	是/集錄 1009	是/集成 01.271	是/集成 01.271	是/集成 01.276	是/集成 01.276	是/集成 01.285

是/集成 17.11259	是/山東 675 頁	是/山東 104 頁	是/古研 29.396	是/新收 1043	德/山東 104 頁	德/集成 01.272
德/集成 01.285	德/集成 09.4596	德/集成 12.6511	德/集成 01.279	德/集成 09.4595	德/集成 12.6511	⿺辶取/璽彙 3222
⿺辶取/陶錄 2.444.1	⿺辶取/陶錄 2.667.3	⿺辶取/陶錄 2.550.1	⿺辶取/陶錄 2.550.2	⿺辶取/陶錄 2.654.3	⿺辶取/陶錄 3.457.2	⿺辶取/陶錄 3.457.4
⿺辶取/陶錄 3.457.5	⿺辶取/陶錄 2.133.1	⿺辶取/陶錄 3.457.1	⿺辶取/陶錄 2.440.4	⿺辶取/陶錄 2.409.3	⿺辶取/陶錄 2.133.2	⿺辶取/陶錄 2.133.3
⿺辶取/陶錄 2.133.4	⿺辶取/陶錄 2.134.1	⿺辶取/陶錄 2.440.2	⿺辶取/陶錄 2.440.3	⿺辶取/陶錄 2.441.1	⿺辶取/陶錄 2.442.1	⿺辶取/陶錄 2.442.2
⿺辶取/陶錄 2.442.3	⿺辶取/陶錄 2.442.4	⿺辶取/陶錄 2.378.4	⿺辶取/陶錄 2.443.2	⿺辶耳/陶錄 2.660.1	⿺辶耳/陶錄 2.196.4	⿺辶耳/陶錄 2.659.1
⿺辶耳/陶錄 2.361.3	⿺辶耳/陶錄 2.87.1	⿺辶耳/陶錄 2.87.2	⿺辶耳/陶錄 2.87.3	⿺辶耳/陶錄 2.361.2	⿰彳各/璽彙 0328	造/歷文 2007.5.15
造/文物 2002.5.95	造/古貨幣 227	造/集成 17.11160	造/集成 17.11087	造/集成 17.11088	造/集成 17.11128	造/集成 17.11591
造/集成 17.11158	造/集成 17.11260	造/集成 17.11128	造/集成 17.11035	造/集成 18.11815	造/集成 09.4648	造/集成 18.11815
造/集成 17.11129	造/集成 17.11130	造/集成 05.2732	造/集成 17.11101	造/集成 17.11158	造/陶錄 2.239.4	造/陶錄 2.195.4

造/陶錄 2.196.1	造/陶錄 2.195.2	造/陶錄 2.194.2	造/陶錄 2.663.1	造/陶錄 2.195.3	造/山東 812頁	造/山東 877頁
造/新收 1167	造/新收 1028	造/新收 1086	造/新收 1112	造/新收 1983	造（窖）/ 周金6.35	艁/集成 04.2422
窖/璽考 67頁	邊/集成 07.3987	礦（礑）/ 集成 16.10277	達/璽彙 3087	達/璽彙 3563	達/集成 01.285	達/集成 01.271
達/集成 01.277	達/陶錄 2.5.3	達/陶錄 2.206.2	達/陶錄 2.206.4	達/陶錄 2.207.1	達/陶錄 2.237.2	達/陶錄 2.237.3
達/陶錄 3.352.4	達/陶錄 3.353.4	達/陶錄 3.630.2	達/陶錄 3.353.3	達/陶錄 3.353.1	達/陶錄 3.352.2	達/陶錄 3.352.1
達/陶錄 2.206.1	遍/集成 01.273	遍/集成 01.285	延/陶錄 3.149.2	延/陶錄 3.149.3	延/陶錄 3.149.1	沽/陶錄 3.337.4
沽/陶錄 3.336.2	沽/陶錄 3.336.3	沽/陶錄 3.336.4	沽/陶錄 3.336.6	沽/陶錄 3.336.5	沽/陶錄 3.337.1	沽/陶錄 3.337.2
沽/陶錄 3.649.1	沽/陶錄 3.649.2	沽/陶錄 3.336.1	沽/陶錄 3.337.3	适/璽彙 5677	适/陶錄 3.336.1	适/陶錄 2.97.3
适/陶錄 3.337.1	适/陶錄 3.337.2	适/陶錄 3.337.3	訾/陶錄 3.290.3	訾/陶錄 3.432.1	訾/陶錄 3.432.3	訾/陶錄 3.432.6
訾/陶錄 3.290.1	訾/陶錄 3.290.6	訾/陶錄 3.290.2	齒/陶錄 3.548.6	齒/璽彙 2239	齒/璽彙 1468	寺/集錄 1009

寺/集錄 1009	寺/集成 15.9700	寺/集成 01.151	寺/集成 05.2750	寺/集成 03.591	寺/集成 03.718	寺/集成 01.151
寺/集成 08.3818	寺/集成 07.3817	寺/集成 01.149	寺/陶錄 3.239.1	寺/陶錄 3.239.3	寺/陶錄 3.240.1	寺/陶錄 3.240.2
寺/陶錄 3.240.3	寺/陶錄 2.308.1	待/陶錄 3.238.1	待/陶錄 3.238.5	待/陶錄 3.238.2	待/陶錄 3.238.6	遝/陶錄 2.406.4
得/陶錄 3.56.6	得/考古 2011.10.28	得/集錄 1011	登/陶錄 3.548.4	登/璽彙 1931	登/璽彙 1932	登/璽彙 4090
登/璽彙 1933	登/璽彙 3722	登/璽彙 1929	登/璽彙 1930	登/集成 09.4649	登/集成 01.285	登/集成 09.4646
登/集成 09.4647	登/集成 01.274	登/集成 09.4648	返/貨系 2586	返/貨系 2575	返/齊幣 280	返/齊幣 281
返/齊幣 284	返/齊幣 286	返/齊幣 276	返/齊幣 271	返/齊幣 272	返/齊幣 273	返/齊幣 275
返/齊幣 277	癹/璽彙 3709	癹/陶錄 2.366.3	癹/陶錄 2.382.1	癹/陶錄 2.382.2	遬/陶錄 3.504.1	發/文物 2001.10.48
政/集成 01.285	政/集成 01.271	政/集成 01.285	政/集成 01.271	政/集成 01.272	政/集成 01.272	政/集成 01.276
政/集成 01.278	政/集成 01.279	政/集成 01.280	政/集成 01.281	政/集成 01.283	政/集成 01.285	政/集成 01.285

政/集成 01.285	政/璽彙 3479	遣/集成 07.4029	遣/集成 04.2422	遺/古研 29.310	退/集成 16.10374	還/陶錄 2.230.2
還/陶錄 2.229.4	還/陶錄 2.230.1	違/陶錄 3.602.3	後/陶錄 3.338.3	後/陶錄 3.522.1	後/陶錄 3.337.6	後/陶錄 3.338.6
後/陶錄 3.338.5	後/陶錄 3.338.1	後/陶錄 3.338.4	後/陶錄 3.338.2	後/璽彙 0296	後/山東 871頁	迷/璽彙 1945
迷/璽彙 2184	迷/山東188頁	志/璽彙 4889	志/璽彙 4335	逃（逿）/璽彙 4012	逃（逿）/陶錄 3.460.3	連/璽彙 3080
貳/陶錄 3.186.3	貳/陶錄 3.186.2	貳/陶錄 3.186.1	永（坙）/集成 16.10222	永（坙）/集成 15.9687	永（坙）/集成 16.10222	永（坙）/集成 07.3897
永（坙）/集成 07.3898	永（坙）/集成 04.2495	永（坙）/遺珍 65頁	市/陶錄 2.33.4	市/陶錄 2.34.1	市/陶錄 3.717	市/璽彙 0156
市（坿）/陶錄 2.10.1	市（坿）/陶錄 2.26.5	市（坿）/陶錄 2.26.6	市（坿）/陶錄 2.27.2	市（坿）/陶錄 2.27.3	市（坿）/陶錄 2.27.3	市（坿）/陶錄 2.27.4
市（坿）/陶錄 2.27.5	市（坿）/陶錄 2.27.6	市（坿）/陶錄 2.28.1	市（坿）/陶錄 2.28.2	市（坿）/陶錄 2.29.3	市（坿）/陶錄 2.28.4	市（坿）/陶錄 2.30.2
市（坿）/陶錄 2.30.3	市（坿）/陶錄 2.30.4	市（坿）/陶錄 2.31.3	市（坿）/陶錄 2.31.4	市（坿）/陶錄 2.32.1	市（坿）/陶錄 2.32.3	市（坿）/陶錄 2.32.4

市（坲）/陶錄2.35.1	市（坲）/陶錄2.27.1	市（坲）/陶錄2.31.1	市（坲）/陶錄2.34.3	市（坲）/陶錄2.35.3	市（坲）/陶錄2.35.2	市（坲）/陶錄2.644.1
市（坲）/陶錄2.34.2	市（坲）/璽考58頁	市（坲）/璽考58頁	市（坲）/璽考59頁	市（坲）/璽考59頁	市（坲）/璽考59頁	市（坲）/璽考60頁
市（坲）/璽考60頁	市（坲）/璽考58頁	市（坲）/璽考57頁	市（坲）/璽彙0355	市（坲）/璽彙0152	市（坲）/璽彙1142	市（坲）/璽彙3626
市（坲）/山璽001	賑/陶錄3.300.2	賑/陶錄3.300.5	賑/陶錄3.301.3	賑/陶錄3.306.4	賑/陶錄3.306.5	賑/陶錄3.306.2
賑/陶錄3.306.3	賑/陶錄3.306.6	賑/陶錄3.306.1	賑/陶錄3.12.1	賑/陶錄3.305.5	賑/陶錄3.304.1	賑/陶錄3.3036
賑/陶錄3.301.2	賑/陶錄3.307.4	賑/璽彙3999	賑/璽彙0235	賑/璽彙3992	賑/歷博53.11	逨/陶錄2.2.1
遱/集成01.271	遱/集成15.9730	遱/集成01.276	遱/集成01.271	坒/陶錄2.264.1	坒/陶錄2.139.1	歸/集成09.4640
歸/集成09.4640	歸/集成15.9733	歸/集成16.10151	逐/陶錄2.405.2	逐/陶錄2.408.1	迊/璽考45頁	迊/陶錄3.814
迊/集成16.9559	迊/集成16.9560	遄/集成15.9730	遄/集成15.9729	遄/周金6.35	皇（生）/陶錄3.460.1	皇（生）/陶錄3.459.3
皇（生）/陶錄3.459.4	皇（生）/陶錄3.648.2	皇（生）/集成09.4630	皇（生）/集成09.4630	皇（生）/集成09.4630	皇（生）/集成09.4629	皇（生）/集成09.4629

皇（坒）/ 集成 09.4629	皇（坒）/ 集成 07.4096	皇（坒）/ 集成 09.4629	皇（坒）/ 集成 09.4630	皇（坒）/ 新收 1781	皇（坒）/ 新收 1781	皇（坒）/ 新收 1781
皇（坒）/ 新收 1781	填/歷博 1993.2	徒/集成 17.11024	徒/集成 17.11158	徒/集成 01.285	徒/集成 17.11084	徒/集成 17.11086
徒/集成 04.2593	徒/集成 17.11205	徒/集成 09.4415	徒/集成 09.4415	徒/集成 09.4691	徒/集成 09.4691	徒/集成 16.10316
徒/集成 16.10277	徒/集成 01.273	徒/集成 01.273	徒/集成 01.2285	徒/集成 09.4690	徒/集成 17.10971	徒/集成 09.4689
徒/集成 16.10316	徒/集成 17.11049	徒/集成 17.11050	徒/陶錄 3.5.3	徒/陶錄 3.5.2	徒/新收 1499	徒/山東 87 頁
徒/考古 2011.10.28	徒/璽彙 0019	徒/璽考 40 頁	追/集成 01.88	追/集成 01.89	追/集成 01.90	追/集成 09.4458
追/集成 09.4458	追/集成 08.4190	追/集成 07.4040	追/集成 07.4040	追/山東 668 頁	追/中新網 2012.8.11	追/中新網 2012.8.11
迣/陶錄 3.540.4	逐/集成 09.4596	逐/集成 09.4595	达/集成 09.4595	达/集成 09.4596	駬/陶錄 3.580.1	鵂/璽彙 1219
迚/陶錄 3.507.1	迚/陶錄 3.507.4	迚/陶錄 3.507.6	迚/陶錄 3.507.2	迚/陶錄 3.507.3	迚/陶錄 3.507.5	迚/陶錄 3.508.1
萬（蠆）/ 集成 16.10163	萬（蠆）/ 集成 05.2639	萬（蠆）/ 集成 16.10272	萬（蠆）/ 集成 16.10135	萬（蠆）/ 集成 09.4638	萬（蠆）/ 集成 09.4639	萬（蠆）/ 集成 09.4645

萬（蠆）/ 集成 16.10283	萬（蠆）/ 集成 16.10318	萬（蠆）/ 集成 16.10280	萬（蠆）/ 集成 01.277	萬（蠆）/ 集成 01.278	萬（蠆）/ 集成 01.285	萬（蠆）/ 集成 01.285
萬（蠆）/ 集成 09.4629	萬（蠆）/ 集成 09.4630	萬（蠆）/ 集成 09.4630	萬（蠆）/ 集成 16.10282	萬（蠆）/ 集成 07.3816	萬（蠆）/ 集成 16.10222	萬（蠆）/ 集成 15.9687
萬（蠆）/ 集成 15.9730	萬（蠆）/ 集成 16.10266	萬（蠆）/ 新收 1462	萬（蠆）/ 山東 183 頁	萬（邁）/ 遺珍 65 頁	朏/陶錄 2.218.2	遊/陶彙 3.265
記/陶錄 3.485.5	達（衛）/ 集成 15.9733	達（衛）/ 集成 02.718	武/集成 17.10966	武/集成 17.10967	武/集成 17.11025	武/集成 09.4630
武/集成 01.276	武/集成 01.276	武/集成 01.278	武/集成 01.285	武/集成 15.9733	武/集成 09.4649	武/集成 09.4649
武/集成 17.11024	武/集成 17.10923	武/集成 17.10900	武/璽彙 0150	武/璽彙 0174	武/璽彙 0176	武/璽彙 0336
武/璽彙 1326	武/璽彙 3120	武/璽彙 3483	武/陶錄 3.171.3	武/陶錄 3.171.5	武/陶錄 3.171.1	武/陶錄 3.171.2
武/陶錄 2.52.1	武/璽考 64 頁	武/璽考 53 頁	武/小校 10.16.1	武/分域 676	武/新收 1781	武/新收 1169
遨/璽彙 3080	歲/集成 16.10374	歲/集成 17.11259	歲/集成 15.9703	歲/集成 15.9700	歲/集成 15.9709	歲/集成 16.10361

歲/集成 16.10371	歲/集成 16.9975	歲/山東 103 頁	歲/山東 76 頁	歲/山東 76 頁	歲/山東 103 頁	歲/山東 104 頁
歲/山東 103 頁	歲/陶錄 2.8.2	歲/陶錄 2.646.1	歲/陶錄 2.16.4	歲/陶錄 2.1.1	歲/陶錄 2.8.3	歲/陶錄 2.21.2
歲/璽彙 0289	歲/璽彙 0290	迋/集成 05.2732	連/璽彙 1952	連/璽彙 0250	連/璽考 250 頁	連/陶錄 3.521.4
延/集成 05.2732	延/集成 09.4444	延/集成 09.4445	延/集成 09.4443	延/集成 09.4443	延/集成 09.4442	延/集成 09.4444
延/集成 09.4442	延/集成 15.9657	延/山東 611 頁	延/新收 1088	延/璽彙 0634	延/集成 18.11651	前/陶錄 2.180.2
前/陶錄 2.259.1	前/陶錄 2.259.2	前/陶錄 3.457.6	前/陶錄 2.180.1	定/陶錄 3.477.5	出/集成 09.4644	出/集錄 1009
出/陶錄 3.21.4	臺/集成 17.11125	臺/集成 17.11124	㞚/璽彙 3666	㞚/璽彙 3560	㞚/陶錄 2.290.3	㞚/陶錄 2.290.4
正/古研 29.396	正/古研 29.396	正/古研 29.396	正/集成 16.10007	正/集成 01.173	正/集成 05.2732	正/集成 01.88
正/集成 16.10282	正/集成 01.142	正/集成 09.4649	正/集成 16.10124	正/集成 01.245	正/集成 01.102	正/集成 01.89
正/集成 09.4623	正/集成 09.4624	正/集成 16.10163	正/集成 01.274	正/集成 15.9733	正/集成 01.173	正/集成 08.4152

正/集成 07.3939	正/集成 09.4644	正/集成 09.4629	正/集成 09.4630	正/集成 01.149	正/集成 01.151	正/集成 01.140
正/璽彙 3737	正/璽彙 3939	正/璽彙 0299	正/璽彙 3940	正/璽彙 2195	正/璽彙 0298	正/陶錄 3.150.3
正/陶錄 3.151.2	正/陶錄 2.494.1	正/陶錄 2.494.3	正/陶錄 2.749.4	正/陶錄 3.150.5	正/陶錄 3.150.6	正/陶錄 3.150.2
正/陶錄 3.151.1	正/陶錄 3.151.4	正/陶錄 3.151.3	正/陶錄 3.505.3	正/陶錄 3.544.6	正/陶錄 2.494.4	正/陶錄 3.150.1
正/陶錄 3.150.4	正/璽考 47頁	正/璽考 47頁	正/璽考 48頁	正/璽考 48頁	正/璽考 49頁	正/璽考 50頁
正/璽考 63頁	正/璽考 47頁	正/璽考 46頁	正/山東 104頁	正/山東 104頁	正/貨系 2647	正/貨系 2648
正/山璽 009	正/山璽 010	正/山璽 011	正/山璽 012	正/山璽 013	正/山璽 014	正/山璽 008
正/山璽 015	正/新收 1074	正/中新網 2012.8.11	正/陶彙 9.47	正/遺珍 43頁		
合　文						
還子/璽彙 5681	戳里/璽彙 0546	戳里/璽彙 0538				

114. 之

《說文解字‧卷六‧之部》:「▉，出也。象艸過屮，枝莖益大，有所之。一者，地也。凡之之屬皆从之。」甲骨文作▉（合03523）、▉（合11917）；

金文作■（毛公鼎）；楚系簡帛文字作■（包 2.33）、■（上.紂.8）。羅振玉謂
「从之从一，人所之也。」〔註145〕

齊系「之」字與金文字形相同，用作偏旁時，之形右邊的筆畫與「一」形相連，例：■（往/陶錄 3.458.6）。

單　字						
之/集成 17.11126	之/集成 17.11127	之/集成 17.11105	之/集成 17.11210	之/集成 17.11124	之/集成 17.11125	之/集成 15.9709
之/集成 17.11128	之/集成 17.11018	之/集成 17.11079	之/集成 17.11123	之/集成 17.11078	之/集成 17.11006	之/集成 16.9975
之/集成 18.11609	之/集成 18.11608	之/集成 09.4630	之/集成 09.4630	之/集成 16.10368	之/集成 16.10371	之/集成 15.9733
之/集成 16.10374	之/集成 01.87	之/集成 01.102	之/集成 01.140	之/集成 05.2732	之/集成 01.172	之/集成 01.271
之/集成 16.10361	之/集成 03.718	之/集成 04.2591	之/集成 09.4689	之/集成 16.10124	之/集成 16.10124	之/集成 01.87
之/集成 16.10163	之/集成 04.2690	之/集成 09.4622	之/集成 09.4640	之/集成 16.10381	之/集成 15.9729	之/集成 15.9704
之/集成 01.271	之/集成 01.271	之/集成 01.245	之/集成 16.10144	之/集成 15.9733	之/集成 15.9733	之/集成 15.9733
之/集成 15.9733	之/集成 15.9733	之/集成 01.272	之/集成 01.273	之/集成 01.274	之/集成 01.275	之/集成 01.276

〔註145〕羅振玉：《增訂殷虛書契考釋》，頁 63。

之/集成 01.276	之/集成 01.276	之/集成 01.276	之/集成 01.283	之/集成 01.285	之/集成 01.285
之/集成 16.10318					
之/集成 16.10280	之/集成 01.174	之/集成 01.180	之/集成 17.11120	之/集成 17.11131	之/集成 17.11089
之/集成 18.11651					
之/集成 17.11160	之/山東 809頁	之/山東 853頁	之/山東 634頁	之/山東 799頁	之/陶彙 3.612
之/陶彙 3.827					
之/陶彙 3.616	之/璽考 70頁	之/璽考 46頁	之/璽考 55頁	之/璽考 60頁	之/遺珍 50頁
之/遺珍 48頁					
之/遺珍 43頁	之/遺珍 32頁	之/遺珍 33頁	之/古研 29.396	之/古研 29.396	之/古研 29.396
之/山璽 006					
之/璽彙 0023	之/璽彙 0026	之/璽彙 0027	之/璽彙 0197	之/璽彙 0198	之/璽彙 0200
之/璽彙 0202					
之/璽彙 0209	之/璽彙 0211	之/璽彙 0216	之/璽彙 0220	之/璽彙 0222	之/璽彙 0223
之/璽彙 0224					
之/璽彙 0225	之/璽彙 0226	之/璽彙 0227	之/璽彙 0231	之/璽彙 0227	之/璽彙 2218
之/璽彙 3752					
之/璽彙 5550	之/璽彙 5555	之/璽彙 1185	之/璽彙 5557	之/璽彙 0007	之/陶錄 2.1.1
之/陶錄 2.21.4					
之/陶錄 2.257.4	之/陶錄 2.258.3	之/陶錄 2.258.3	之/陶錄 3.3.1	之/陶錄 3.23.2	之/陶錄 2.407.2
之/陶錄 2.407.3					

之/陶錄 3.1.1	之/陶錄 3.3.3	之/陶錄 2.292.4	之/陶錄 3.1.3	之/貨系 2522	之/貨系 2523	之/銘文選 2.865
之/齊幣 61	之/齊幣 66	之/齊幣 92	/齊幣 101	之/齊幣 106	之/齊幣 58	之/齊幣 22
之/齊幣 23	之/先秦編 394	之/先秦編 403	之/先秦編 390	之/先秦編 394	之/錢典 1010	之/新收 1128
之/新收 1080	之/文明 6.200	之/新收 1079	之/臨淄商 王墓地 42～43頁	之/臨淄商 王墓地 42～43頁		

偏　旁						
㞷/陶錄 2.139.1	㞷/陶錄 2.264.1	往/陶錄 3.458.1	往/陶錄 3.458.2	往/陶錄 3.458.3	往/陶錄 3.458.5	往/陶錄 3.459.2
往/陶錄 3.458.6						

115. 乏

《說文解字・卷二・正部》:「🔳,《春秋傳》曰:『反正為乏。』」金文作🔳(中山王𦆅壺)、🔳(兆域圖銅版);楚系簡帛文字作🔳(清 1.程.7)。季旭昇師謂「从正,但是把上一橫畫打斜,造出另一個字,其義當即不正。」〔註146〕

齊系「乏」字與金文字形相同,單字和偏旁字形相同。

單　字					
乏/陶錄 2.52.2	乏/貨系 2649	乏/貨系 2650			

〔註146〕季旭昇師:《說文新證》,頁121。

偏 旁						
𢓇/陶錄 2.351.1	𢓇/陶錄 2.351.3	𢓇/陶錄 2.351.4	𢓇/陶錄 2.352.2	𢓇/陶錄 2.354.1	𢓇/陶錄 2.356.4	胝/陶錄 2.26.6
胝/陶錄 2.26.5						

116. 世

《說文解字‧卷三‧卅部》：「𡳾，三十年為一世。从卅而曳長之。亦取其聲也。」金文作（寧簋蓋）；楚系簡帛文字作（郭.唐.3）。于省吾謂「世字的造字本義，係于止字上部附加一點或三點，以別于止，而仍因止字以為聲（止世雙聲）。」〔註147〕

齊系「世」字偏旁與金文字形相同，有些字形省略「止」形的右側豎筆或上部的點形，例：（葉/新泰7）。

偏 旁						
世（䇷）/ 集成 09.4646	世（䇷）/ 集成 09.4647	世（䇷）/ 集成 09.4648	世（䇷）/ 集成 09.4649	枼/集成 01.285	枼/集成 09.4644	枼/集成 01.271
枼/集成 01.278	葉/新泰 6	葉/新泰 5	葉/新泰 8	葉/新泰 7		

117. 夊

《說文解字‧卷五‧夊部》：「，从後至也。象人兩脛後有致之者。凡夊之屬皆从夊。讀若黹。」《說文解字‧卷五‧夂部》：「，跨步也。从反夊。从此。」甲骨作（乙2110）。用作偏旁，金文作（各/耳尊）；楚系簡帛文字作（各/清2.繫.104）。李孝定謂「象倒止形。意與止痛，均所以示行動。」〔註148〕

〔註147〕于省吾主編：《甲骨文字詁林》，頁461～462。
〔註148〕李孝定：《甲骨文字集釋》，頁1895。

　　齊系「夂」字偏旁與金文、楚系文字偏旁字形相同。有些字形的筆畫拉長，而形近「勹」形，並增加尾形飾筆，例：▓（夌/璽彙0148）。

偏　旁						
瘞/集成16.10361	勝（朕）/陶錄3.9.2	勝（朕）/陶錄3.154.1	勝（朕）/陶錄3.154.2	勝（朕）/陶錄3.152.4	勝（朕）/陶錄3.152.5	鄰/集錄1164
各/山東161頁	各/中新網2012.8.11	敆/陶錄2.173.2	敆/陶錄2.173.3	敆/陶錄2.660.4	洛/璽彙0322	貉/集成07.3977
貉/陶彙3.1056	貉/陶彙3.1057	戟（戜）/集成17.11123	徦/璽彙0328	客/集成05.2732	客/集成15.9700	客/璽考33頁
客/陶錄3.614.1	諱/集成01.285	諱/集成01.272	諱/集成01.279	諓/集成16.10374	路（跲）/璽彙2610	路（跲）/璽彙4207
路（跲）/璽彙3912	路（跲）/璽彙0148	路（跲）/璽彙0328	違/陶錄3.602.3	退/集成16.10374	還/陶錄2.229.4	還/陶錄2.230.1
還/陶錄2.230.2	稷/集成16.10374	夆/新收1160	夆/新收1162	夆/璽彙3746	夆/璽彙3499	夆/集成02.696
夆/集成16.10282	夆/集成06.3130	夆/集成03.894	夆/集成10.5245	夆/集成10.5245	夆/陶錄3.557.1	夆/陶錄2.543.1
夆/陶錄2.544.3	襣/陶錄2.544.3	襣/陶錄2.544.4	襣/陶錄2.543.2	襣/陶錄2.544.1	襣/陶錄2.546.4	襣/陶錄2.527.3
襣/陶錄2.534.2	襣/陶錄2.534.4	襣/陶錄2.535.3	襣/陶錄2.528.1	襣/陶錄2.533.1	襣/陶錄2.546.1	襣/陶錄2.533.4

褍/陶錄 2.546.2	褍/陶錄 2.547.1	褍/陶錄 2.547.2	褍/陶錄 2.547.3	褍/陶錄 2.543.1	叟/珍秦 14	圍/集成 15.9733
圍/璽彙 5557	後/璽彙 0296	後/山東 871頁	後/陶錄 3.522.1	後/陶錄 3.338.3	後/陶錄 3.338.5	後/陶錄 3.338.6
後/陶錄 3.337.6	後/陶錄 3.338.1	後/陶錄 3.338.4	後/陶錄 3.338.2			

118. 采

《說文解字・卷二・采部》：「⿱，辨別也。象獸指爪分別也。凡采之屬皆從采。讀若辨。⿱，古文采。」甲骨文作⿱（合 4212）；金文作⿱（天舟乍父乙卣）；楚系簡帛文字作⿱（信 2.029）。林義光謂「象獸足之形。ƒ象其掌，∴象其爪，當即蹯之本字。」〔註149〕何琳儀謂「從又從少，會手於沙中摸索分辨之意。」〔註150〕

齊系「采」字偏旁承襲金文，與楚系字形相同。有些字形省略中間的橫畫，例：⿱（訊/集成 01.285）；或下部增加「一」形，例：⿱（郑/璽彙 0098）。齊系「采」字與「米」字字形訛同，例：⿱（番/集成 02.545）、⿱（梁/集成 15.9733）。

偏旁						
郑/璽彙 0098	鄙/璽彙 1661	訊/集成 01.285	迷/山東 188頁	迷/璽彙 2184	迷/璽彙 1945	番/集成 02.545

〔註149〕林義光：《文源》，頁 64。
〔註150〕何琳儀：《戰國古文字典》，頁 1059。